Sheila Kitzinger · Wie soll mein Kind geboren werden?

Sheila Kitzinger

Wie soll mein Kind geboren werden?

Ein Ratgeber für Schwangere

Kösel-Verlag München

Übersetzung aus dem Englischen: Inge Wacker, Magnetsried. Die Originalausgabe erschien unter dem Titel »The Good Birth Guide« bei Penguin Books Ltd., Harmondsworth, England.

CIP-Kurztitelaufnahme der Deutschen Bibliothek

Kitzinger, Sheila:
Wie soll mein Kind geboren werden? : Ein Ratgeber für Schwangere / Sheila Kitzinger. [Übers. aus d. Engl.: Inge Wacker]. – München : Kösel, 1986.
Einheitssacht.: The good birth guide ⟨dt.⟩
ISBN 3-466-34150-7

Gesamtherstellung: Kösel, Kempten.
Umschlag: Günther Oberhauser, München, unter Verwendung eines Fotos von Bildagentur Mauritius, Mittenwald.
ISBN 3-466-34150-7

Inhalt

Einleitung

Dieses Buch bietet einen Überblick über die heute in Geburtskliniken angebotenen Alternativen, es stützt sich dabei auf die Erfahrungen von Tausenden von Frauen. Aber es geht um mehr als nur eine »Verbraucherberatung«, denn der Leserin werden auch eine Reihe von Untersuchungsergebnissen vorgestellt, die für ihre Wahl von Bedeutung sein können. Mit Hilfe dieser Informationen kann sie die verschiedenen Praktiken und geburtshilflichen Eingriffe, mit denen mehr oder weniger routinemäßig in den Kliniken gearbeitet wird, nochmals überdenken, mit Ärzten und Hebammen diskutieren und eine fundierte Entscheidung treffen.[1]

Ein Großteil der heute in der Geburtshilfe eingesetzten Technologie wurde ohne ausreichende Untersuchungen und ohne den schlüssigen Beweis ihrer Vorteile eingeführt. Es ist nicht leicht, diese festen Bestandteile der Klinikroutine, zum Beispiel die ständige Herztonüberwachung oder den Oxytozintropf, in Frage zu stellen, wenn der Frau gesagt wird, alles geschehe »zum Vorteil von Mutter und Baby«. Viele Klinikrituale sind für das Personal selbstverständliche Pflichtübung, so daß es fast als Beleidigung gilt, Zweifel zu äußern. Daß die Schamhaare rasiert, Einläufe gemacht und Zäpfchen gegeben werden, die Frau während der Wehen im Bett flachliegen soll, daß die Fruchtblase gesprengt wird und die Frau während der Wehen nicht essen darf, daß man sie drängt, in der Austreibungsphase mit aller Kraft zu pressen und die Luft anzuhalten, und nicht zuletzt der Dammschnitt – das alles sind Beispiele für Routinemaßnahmen, selbstverständliche Bestandteile des in der westlichen Welt üblichen Geburtsablaufs. Wenn eine Frau es anders machen möchte, kann es ihr passieren, als »neurotisch«, als »Querulantin« oder als »eine von diesen Emanzen« abgestempelt zu werden. Geburt ist etwas, das nur Frauen geschieht, doch allzu oft werden *ihre* Besorgnis, *ihre* Wünsche, *ihre* Hoffnungen, Ängste und Befürchtungen wegdiskutiert – als unwichtig gegenüber dem einzig gültigen Erfolgskriterium »lebendige, gesunde Mutter und lebendiges, gesundes Baby«, oder weil sie als Teil der pathologischen Abläufe in der weiblichen Psyche gelten.

Gewöhnlich möchten Frauen in den Wehen nicht für »ruppig« oder aggressiv gehalten werden. So werden sie passiv und gefügig, wenn sie ihre Situation als ausweglos erleben, zudem sie sich auf einem Territorium befinden, das der Macht von Experten untersteht. Manchmal ist der Grund Einschüchterung, denn sie fürchten, ein Widersetzen könnte ihnen oder ihrem Baby nur noch Schlimmeres bringen. Ich weiß, daß einige Ärzte und Hebammen, die ihre Energie, Zeit und ihre Fähigkeiten ohne Einschränkung zur Verfügung stellen, um ihr Möglichstes für ihre Patientinnen zu tun, eindringlich zu einem behutsamen Vorgehen bei allen Veränderungsversuchen raten, zur Bereitschaft zur »Kooperation«. Auch Frauen, die ein Baby erwarten, warnen uns vielleicht davor, »das Kind mit dem Bade auszuschütten«, selbst diejenigen, die sich ebenfalls dafür einsetzen, daß werdenden Müttern eine Entscheidung zwischen verschiedenen Alternativen ermöglicht wird.

Aber die Erfahrung lehrt, daß sich nichts verändert, zumindest nicht für eine große Zahl von Frauen, wenn eine Schwangere ein ruhiges Gespräch mit ihrem Arzt führt, sondern nur, wenn es zu offenem, öffentlichen Protest kommt. Ruhige Gespräche sind durchaus angebracht, doch bedarf es mehr, um in der Geburtskultur der westlichen Welt irgendeine einschneidende Veränderung zu bewirken. Es erfordert Wissen und Verständnis, den Mut, festgefaßte Annahmen zu hinterfragen und die Energie, gemeinsam an der Entwicklung von Geburtspraktiken in unserer Gesellschaft zu arbeiten, bei der Frauen als erwachsene Menschen und aktiv Gebärende anerkannt werden.

Ein ganzes Kapitel dieses Buches befaßt sich mit neuen Ansichten über die Geburt, die die Vorstellungen der Frauen grundlegend beeinflußten. Hierzu gehört die Arbeit von Leboyer und Odent, gehört eine neue Definition der Geburtsarbeit, bei der die Frau in Bewegung bleibt und immer wieder ihre Haltung verändert, bei der sie mit den Wehen der Austreibungsphase so mitarbeitet, daß das Hinausschieben zu einem harmonischen Ablauf wird. Und dazu gehören neue Entbindungszimmer, die von den Kliniken immer häufiger angeboten werden.

Ein weiteres Kapitel gibt Anregungen für die Vorausplanung der Geburt und unvorhergesehener Ereignisse. Häufig bekommen Frauen zu hören, es hinge davon ab, wer gerade im Dienst ist, ob ihre Anliegen – z. B. in aufrechter Haltung gebären und das Baby im Arm halten zu können, bevor die Nabelschnur abgeklemmt und durchtrennt wird, z. B. vom Vater auf dem Entbindungsbett gestützt zu werden, – berücksichtigt werden. Das ist nicht zufriedenstellend. Die Frau sollte Gelegenheit haben, mit ihrem Arzt und ihrer Hebamme für die Geburt vorauszuplanen. So kann eine Gebärende auch einem notwendigen Eingriff viel eher gelassen zustimmen, da sie weiß, daß ihre Helfer das, was sie anstrebt, akzeptieren und sie dabei unterstützen. Ein schriftlicher Geburtsplan, der auf den ausführlichen Gesprächen mit ihren Betreuern basiert und von dem eine Durchschrift den Klinikunterlagen beigefügt wird, ist ein erster Schritt, dieses Einverständnis zu erreichen.

In einigen Kliniken verändert sich heute vieles, z. B. schließen sich Gruppen von Frauen, die dort ihre Babys bekommen haben, zu Beratungsausschüssen zusammen und arbeiten gemeinsam mit Gynäkologen, Hebammen und der Verwaltung an notwendigen Veränderungen. Noch vor zehn Jahren wäre das fast undenkbar gewesen.
Für uns Frauen bedeutet dieses neue Klima auch neue Verantwortung. Wir können nicht passiv bleiben, ohne Kommentar jede Behandlung hinnehmen – wir haben jetzt die Chance, Alternativen einzubringen und unsere Wünsche zu äußern. Das verlangt auch, uns die Bedürfnisse der Frauen zu vergegenwärtigen, die aus einer fremden Kultur stammen und nicht unsere Sprache sprechen, die sich nicht zu Wort melden, die nicht die gleichen Bildungsprivilegien hatten, die nicht wissen, wie sie ihre Gefühle dem Klinikpersonal verständlich machen können.
Ich hoffe, daß durch diese Zusammenarbeit immer mehr Einrichtungen, die dem Wohl schwangerer Frauen dienen, wirklich die Atmosphäre bieten, die sich die Frauen selbst wünschen.

Die Gedanken dieses Buches stützen sich auf die Erfahrungen von Frauen, auf Berichte über Geburtserlebnis und Klinikaufenthalt von Tausenden, die zwischen 1979 und Anfang 1982 ein Kind bekommen haben. Vor allem diesen vielen Frauen, die mir aus erster Hand ihre Geburtserfahrungen mitteilten, danke ich. Und dann allen Hebammen, Schwestern, Verwaltungsdirektoren, Gynäkologen und Kinderärzten, die mir Informationen über ihre Klinik schickten. Bei der Zusammenstellung eines Geburtsplans konnte ich mich zum Teil auf das Material eines Schwangerschafts- und Geburtsvorbereitungskurses der Einrichtung für Erwachsenenbildung, »Open University«, beziehen.
Meine Familie nimmt sehr viel auf sich. Ich möchte Tess, Nell und Polly, meinen Töchtern, die während dieser Zeit am ehesten daheim waren, dafür danken, daß sie meiner Konzentration auf meine Arbeit soviel Toleranz entgegengebracht haben, und besonders meinem Mann Uwe für all seine Unterstützung und seinen emotionalen Beistand. Meine Ausdauer beruht ganz und gar auf seiner Liebe.

Standlake Manor,
Near Witney, Oxfordshire *Sheila Kitzinger*

1 Schwanger sein – krank sein?

Wozu Vorsorgeuntersuchungen?

In den meisten Gesellschaften werden Regeln für die Schwangerschaft aufgestellt, strenge Bestimmungen darüber, was eine Frau tun oder nicht tun darf, was sie essen und was sie meiden soll. In jeder Kultur wird so der Grenzcharakter des schwangeren Zustands betont und von Übergangsriten, *rites de passage,* umgeben. Das war in der westlichen Welt immer so, und unsere »Ammenmärchen« sind Überreste eines komplexen Glaubensgebildes, das das Verhalten der Schwangeren bestimmte. Heute übernehmen neue Träger die vormals von älteren Frauen, Großmüttern und Tanten ausgeübte soziale Kontrolle und in großem Maße haben sie sich sogar die Macht und den Nimbus angeeignet, von denen früher die Priesterschaft umgeben war. Das neue System untersteht den Ärzten. Sie legen die Regeln fest, und eine Frau wendet sich an medizinische Experten, die ihr sagen, wie sie sich verhalten sollte. Wenn sie schon zu Beginn der Schwangerschaft und weiterhin regelmäßig die Vorsorgeuntersuchungen besucht und befolgt, was die Ärzte sagen, dann hat sie angeblich alles in ihrer Möglichkeit Stehende für eine sichere Geburt und das Wohlergehen ihres Babys getan. Wenn sie gegen die Regeln verstößt, ist das eine Unterlassungssünde, und die Strafe dafür, so wird ihr zu verstehen gegeben, kann eine schwierige Geburt oder ein mißgebildetes, behindertes oder totes Kind sein.

Tatsache ist, daß man erst vor kurzem begann, den Kosten-Nutzen-Effekt der Vorsorge zu untersuchen. Wir wissen nicht genau, wie bald oder wie oft eine Frau zur Vorsorge gehen sollte oder ob eine gesunde Frau überhaupt eine Vorsorge benötigt. Uns ist nicht bekannt, ob einige Untersuchungen – wie zum Beispiel das Vorhandensein von Eiweiß, Zucker und Bakterien im Urin – nicht von der Frau selbst zuhause durchgeführt werden könnten, oder besser von Hebammen als von Ärzten. Auch wissen wir nicht, ob die bei den Vorsorgeuntersuchungen üblichen Prozeduren in der Mehrzahl der Fälle sinnvoll sind oder nicht.

Es stimmt, daß Frauen, die nicht schon zu Beginn der Schwangerschaft zur Vorsorge gehen, wahrscheinlich am ehesten ihr Baby verlieren, aber bei ihnen liegt auch am ehesten eine ungewollte Schwangerschaft vor. Oder sie sind nicht verheiratet, noch sehr jung, gehören der untersten sozialen Schicht an, ernähren sich unzureichend, leben in unzulänglichen, beengten Wohnverhältnissen, oder sind nicht informiert über die ihnen zustehenden sozialen Leistungen. Die Aufstellung auf S. 12–13 enthält die bei der Vorsorge am häufigsten veranlaßten Untersuchungen. Die einzige dieser Untersuchungen, die in einer Klinik oder in einer entsprechend ausgestatteten Praxis vorgenommen werden muß, ist der Ultraschall.

Ultraschallgeräte mit Dopplereffekt zur Aufzeichnung der kindlichen Herztöne können mühelos auch außerhalb der Klinik eingesetzt werden, das Gerät hat etwa die Größe eines normalen Kassettenrecorders. Es erzeugt einen sehr starken Ultraschall, und da bisher noch nicht bekannt ist, ob Ultraschall schädliche Langzeitwirkungen auf das Baby hat, sollte es überlegt eingesetzt werden, und nur, wenn die Vorteile deutlich gegenüber möglichen Risiken überwiegen.

Routinemäßig oder häufig vorgenommene Untersuchungen

Untersuchung	**Zeitpunkt**	**Zweck**	**erforderliche Probe**
Schwangerschaftstest	jederzeit ab der 2. Woche nach Ausbleiben der Periode	Feststellung der Schwangerschaft	Urin
Blutgruppe	bei der 1. Vorsorgeuntersuchung	Untersuchung des Hämoglobinwerts, falls eine Bluttransfusion nötig wird oder zur Feststellung einer Rhesusunverträglichkeit	Blut
Durch Geschlechtsverkehr übertragbare Krankheiten	bei der 1. Vorsorgeuntersuchung	Sofortige Behandlung	Blut
Gewicht	bei jeder Vorsorgeuntersuchung	Schätzung des fötalen Wachstums, Erkennen einer möglichen Präeklampsie	–
Brustwarzen	bei der 1. Vorsorgeuntersuchung	Feststellung von Hohlwarzen	–
Albumin	bei jeder Vorsorgeuntersuchung	Erkennen von Präeklampsie	Urin
Bakterien	bei jeder Vorsorgeuntersuchung	Sofortige Behandlung einer Blaseninfektion	Urin
Glukose	bei jeder Vorsorgeuntersuchung	Erkennen der Vorstufe von Diabetes	Urin/Blut
Ultraschalluntersuchung	16./17. Woche	Feststellung der Schwangerschaftsdauer, Plazentalokalisation	–

Untersuchung	Zeitpunkt	Zweck	erforderliche Probe
Palpation (Abtasten des Bauches)	bei jeder Vorsorgeuntersuchung	Feststellung der Höhe des Gebärmutterfundus, Lage und Größe des Fötus	–
Abhören der kindlichen Herztöne mit Doppler-Ultraschallgerät, Stethoskop oder Herztönerohr.	ab der 12. Woche.	Bestätigung der Schwangerschaft und Lebenszeichen des Fötus, Feststellung der Herzfrequenz und Unregelmäßigkeiten.	–
Blutdruckmessung	bei jeder Vorsorgeuntersuchung	Feststellung von Bluthochdruck und Präeklampsie	–
Vaginale Untersuchung	bei der ersten Vorsorgeuntersuchung und nach der 36. Woche	Feststellung der Schwangerschaft, Untersuchung des Muttermundes, Lage des Fötus	–

Die folgenden Untersuchungen werden gewöhnlich bei der Vorsorge nicht routinemäßig durchgeführt, sind jedoch in einigen Kliniken Teil des Untersuchungsablaufs:

Weniger häufig verordnete Untersuchungen

Untersuchung	Zeitpunkt	Zweck	erforderliche Probe
Abstrich am Muttermund	bei der ersten Vorsorgeuntersuchung	Ausschluß von Krebserkrankungen am Muttermund	Gewebezellen vom Muttermund
Ultraschall	gegen Mitte der Schwangerschaft oder die ganze Schwangerschaft hindurch	s. S. 12, ferner zur Beobachtung der Atembewegungen des Fötus, oft zu wissenschaftlichen Zwecken	–
Herztöne durch Doppler-Ultraschall	mehrmals zu verschiedenen Zeiten der Schwangerschaft	s. S. 12, häufig auch zu wissenschaftlichen Zwecken	
Pränatale Kardiografie	nach der 30. Woche	Beurteilung der kindlichen Herzfrequenz, häufig zu wissenschaftlichen Zwecken	–

Untersuchung	Zeitpunkt	Zweck	erforderliche Probe
Belastungstests	nach der 30. Woche	Beurteilung möglicher Reaktionen des Fötus auf Wehen, häufig zu wissenschaftlichen Zwecken	–
Östriol	zu beliebigen Zeitpunkten nach der 30. Woche, bei Überschreiten des Geburtstermins	Beurteilung der Plazentafunktion, oft zu wissenschaftlichen Zwecken	Urin- oder Blutproben über einen Zeitraum von 24 Stunden
Aufzeichnung der Kindsbewegungen	in den letzten Schwangerschaftswochen und bei Überschreiten des Geburtstermins	Feststellung des Wohlbefindens des Kindes, häufig zu wissenschaftlichen Zwecken	–

Diese letzgenannte Untersuchung, nämlich die Bewegungen des Kindes aufzuzeichnen, ist die einzige, die eventuell von der Frau durchgeführt werden darf. Zur Untersuchung des Östriolspiegels im Blut müssen die Frauen meistens in der Klinik bleiben, obwohl der Urin auch daheim gesammelt werden könnte. Es folgt eine Aufstellung weiterer Untersuchungen, die in besonderen Fällen empfohlen werden können.

Spezielle Untersuchungen

Untersuchung	Zeitpunkt	Zweck	erforderliche Probe
Amniozentese (Fruchtwasseruntersuchung)	16./17. Woche	Ausschluß von Fehlentwicklungen des Fötus, z. B. Spina bifida, Mikrozephalie, Down-Syndrom; Geschlechtsbestimmung im Falle erblicher geschlechtsgebundener Krankheiten	Fruchtwasser, das mit einer Hohlnadel entnommen wird, die durch die Bauchdecke der Mutter in die Gebärmutter eingeführt wird
	24. Woche*	Beurteilung des Zustands des Fötus im Falle von Rhesusunverträglichkeit	Fruchtwasser, wie oben
	30–38. Woche	Beurteilung des Zustands der fötalen Lungen vor einer Geburtseinleitung oder einem Kaiserschnitt	Fruchtwasser, wie oben

Untersuchung	Zeitpunkt	Zweck	erforderliche Probe
Ultraschall unmittelbar vor der Amniozentese		Feststellung der Lage der Plazenta und des Fötus	–
Antikörper	24./32./36. Woche	Diagnose von Rhesusunverträglichkeit	Blut
Röntgendurchleuchtung des Bekkenraums	gegen Ende der Schwangerschaft	Feststellung der Bekkengröße und -form, Größe und Lage des Fötus, Mißbildungen, Mehrlingsschwangerschaft	–
Fetoskopie	16. Woche*	Entnahme fötalen Blutes	ein feines Röhrchen mit einer Lichtquelle wird durch die mütterliche Bauchdecke und die Gebärmutterwand eingeführt, um fötales Blut zu entnehmen
HPL, Human-Plazentar-Laktogen	30. Woche*	Beurteilung der Plazentafunktion	Blut
Amnioskopie (Fruchtwasserspiegelung)	36. Woche*	Feststellung von Anzeichen für fötalen Distress	ein Röhrchen mit Lichtquelle wird durch die Scheide in den Muttermund eingeführt zur Feststellung einer eventuellen Trübung des Fruchtwassers durch Mekonium.

* Diese Untersuchungen können in besonderen Fällen auch zu anderen Zeitpunkten durchgeführt werden.

Bisherige Erfahrungen mit der Vorsorge

Häufig erleben Frauen den Gang zu den Vorsorgeuntersuchungen als lästig und anstrengend, vor allem in den Kliniken. Selbst dort, wo die Betreuung und das Verständnis, das ihnen während der Wehen und der

Geburt entgegengebracht wurde, von den Frauen vorbehaltlos gelobt wird, beschreiben sie die Vorsorgebetreuung als schlecht organisiert, »chaotisch«, »eine Zumutung«. Sie müssen lange, ermüdende Wartezeiten in einer unfreundlichen Umgebung in Kauf nehmen, müssen neue weitere Behandlungsräume aufsuchen, um dort nur von neuem zu warten. Kinder stehen dabei oft im Weg, werden müde und unruhig.

Ich wartete drei Stunden, bis ich an die Reihe kam. Normalerweise dauerte die Wartezeit zwischen eineinhalb und zwei Stunden, auf die dann eine sehr eilige Untersuchung folgte, ohne Zeit für Fragen. Mütter mit Kindern taten mir besonders leid. Außer einem kaputten Schaukelpferd gab es nichts zum Spielen. Durch die Unruhe und die Langeweile der Kinder wurde das Warten für alle noch anstrengender.

Frauen berichten, daß sie die Behandlung als »beleidigend« empfanden, ihre Persönlichkeitsrechte mißachtet fühlten und Angst vor der nächsten Untersuchung hatten. Sie kamen sich vor wie »in einer Fabrik«, fühlten sich als »Nummer in einer Kartei«, behandelt wie »eine Konservendose auf einem Fließband«.
Selbst in neuen Kliniken hat sich das alte System erhalten, die Einstellung ist die gleiche geblieben. Nicht Architektur oder Innenausstattung bringen Veränderungen, wichtig ist die Beziehung zwischen betreuendem Personal und den seine Dienste in Anspruch nehmenden Frauen, und wahrscheinlich ebenso die Beziehung der Betreuer untereinander.
Für die Frauen stellt die *unbeständige, wechselnde Betreuung* eines der augenscheinlichsten Probleme dar. Die Zahl der verschiedenen Leute, mit denen eine Frau zu tun hat, ist verwirrend, sie kennt sie nicht beim Namen und weiß nicht, ob sie je wieder mit ihnen zusammentreffen wird, sie hört Bemerkungen über den Fortgang ihrer Schwangerschaft, die nicht mit den zuvor gehörten übereinstimmen, und bekommt Ratschläge, die denen einer anderen Betreuungsperson widersprechen. Eine Frau, bei der nach einer vaginalen Untersuchung festgestellt wurde, daß sie Fruchtwasser verlor, schrieb:

Fünf junge Ärzte waren mit mir beschäftigt. Sie standen alle um mich herum und redeten miteinander, als wäre ich gar nicht anwesend. Einer meinte, daß es für die Geburt noch viel zu früh sei und man die Geburtswehen bis zum Termin unterbinden solle. Ein anderer meinte, daß das Baby zum jetzigen Zeitpunkt sehr schwach auf die Welt kommen würde und wahrscheinlich in den Brutkasten müsse, weil seine Lungen Schaden nehmen würden. Ein dritter meinte, daß jetzt der richtige Zeitpunkt für die Geburt wäre.

Frauen mit besonders großen Ängsten oder Frauen, die hoffen, eine möglichst natürliche Geburt zu erleben, haben Schwierigkeiten, den richtigen Ansprechpartner zu finden. Sie berichten, daß sie sich bei Nachfragen oft wie »ein vorwitziges Schulmädchen« vorkamen oder wie ein »unwissendes Kind«, sie bekommen vage Antworten – sie sollten sich nur keine Gedanken machen, das Klinikpersonal kümmere sich schon um alles – oder sie befürchten, als »Querulantinnen« abgestempelt zu werden. Die Folge ist, daß Frauen lernen, es sei besser, passiv zu sein. Selbst wenn in einer Klinik Stillberatung angeboten wird und eine Schwester zu Informationsgesprächen bereit ist, bleiben die Frauen lieber im Warteraum, weil sie fürchten, sonst vielleicht später an die Reihe zu kommen, weitere Behandlungen über sich ergehen lassen zu müssen, und die Wartezeit nur noch zu verlängern, wenn sie sich um zusätzliche Informationen kümmern oder vom Verhalten aller anderen Patientinnen im Warteraum abweichen. Ergeben bleiben die Frauen auf ihren Stühlen sitzen, warten vor den Türen der jeweiligen Untersuchungszimmer, und erwidern das Lächeln des Arztes, selbst wenn sie Angst haben oder deprimiert sind. Gewöhnlich bemühen sie sich darum, der Rolle der angenehmen, dankbaren Patientin zu entsprechen, die den Routineablauf nicht stört. Die Hauptaufgabe der Schwestern besteht einfach darin, einen reibungslosen Sprechstundenverlauf zu gewährleisten.

Je größer die Klinik ist, um so mehr Betrieb herrscht, und desto stärker sind die jeweiligen Untersuchungen auf einzelne Bereiche verteilt – für verschiedene Maßnahmen sind verschiedene Angestellte zuständig, die sich auf eine ganz bestimmte *Aufgabe* und nicht auf die *Patientin* konzentrieren, die Behandlungszimmer sind über die Klinik verteilt. So bekommt die Frau den Eindruck, während der ganzen Schwangerschaft »weitergeschoben« zu werden:

Ich kam mir vor wie in einer Kuhherde, die durch die verschiedenen Untersuchungszimmer geschleust wurde – Anmeldung, Wiegen, Blutdruck, Urinprobe, Stich in den Finger, Blutentnahme – und jedesmal eine andere Schwester, und dann die lange, unangenehme Wartezeit auf die erniedrigende Arztuntersuchung. Mir war heiß, und nervös lag ich mit gespreizten Beinen auf dem Untersuchungstisch, während eine ganze Schar von Studenten sich um mich versammelte und ein Arzt, den ich noch nie zuvor gesehen hatte, ohne Ankündigung seine Hand in meine Scheide einführte, als würde er ein Huhn ausnehmen.

Die große Anzahl der Patientinnen in der Vorsorge läßt nicht genügend Zeit für Einzelbetreuung. So lautet z. B. eine häufige Beschwerde der Frauen, daß keine Möglichkeit bestünde zu einem Gespräch mit dem Arzt, der nur Interesse an ihrem Unterleib zu haben scheint:

Ich war wirklich völlig verängstigt und ein Nervenbündel, weil niemand mit mir redete. Der Arzt brummte nur irgendetwas. Er schaute nicht einmal in meine Richtung, und wenn er etwas sagte, dann ging das über eine Schwester, als wäre ich ein geistig zurückgebliebenes Kind.

Selbst wenn ein Frauenarzt aufgeschlossen zu sein scheint, zögert eine Frau vielleicht, ihn zu »bemühen, weil sie weiß, daß das Wartezimmer voll ist. Zudem ist es schwierig, ein Gespräch mit einem fremden Mann zu beginnen, der sich über die Frau beugt, während sie von der Taille abwärts nackt daliegt.

Wenn eine Frau ängstlich und besorgt ist, können ihre Ängste durch die Untersuchung in der Klinik noch verstärkt werden: »Warum hat er nichts gesagt? – Was hat er mit dem gemeint, was er zu der Schwester gesagt hat? – Er hat die Stirn gerunzelt. Stimmt mit dem Baby etwas nicht? – Er hat gesagt: Wir müssen Sie im Auge behalten. Warum? – Er hat gesagt: Das ist aber ein großes Baby. Heißt das, daß ich einen Kaiserschnitt bekommen muß? ... Ich kam mir vor wie ein Fleischstück auf dem Schlachtertisch«, meinte eine Frau.

Zuallererst sollte die Zeiteinteilung bei der Vorsorge neu gestaltet werden, und zwar nicht nur im Interesse der werdenden Mütter, sondern auch im Interesse des Klinik- und Praxispersonals, das sich eventuell durch das Fließbandsystem ebenso belastet fühlt. Es ist eine grundlegende Überprüfung der hierbei geleisteten Arbeit notwendig, um zu klären, ob Ärzte, Krankenschwestern, Arzthelferinnen und Hebammen die Arbeit leisten, die sie am besten können, und ob das unter optimalen Bedingungen geschieht.

So wäre auch zu überlegen, ob ein Teil der Vorsorgeuntersuchungen zu Hause durchgeführt werden könnte. Wenn z. B. Hebammen die Frauen dort besuchen würden – und zwar nicht nur bei Notfällen –, könnten sie einen Eindruck gewinnen von den sozialen Verhältnissen der Frau und den speziellen Problemen in der Familie – alles Faktoren, die eine Schwangerschaft nicht unwesentlich beeinflussen. Auch für die Schwangere hätte eine Hausbesuch der Hebamme Vorteile: in ihrer vertrauten Umgebung ist sie entspannter und traut sich eher, Fragen zu stellen als in der hektischen Klinikatmosphäre.

Die künftige Schwangerenvorsorge

Eine Arbeitsgruppe über Schwangerenvorsorge, die ich 1980 für die britische Vereinigung für Geburtsvorbereitung »National Childbirth Trust« organisierte, machte Empfehlungen für Veränderungen, die weitreichende Folgen haben würden. Die Gruppe bestand aus Hebammen, frei praktizierenden und an Kliniken arbeitenden Gynäkologen, einem leitenden Verwaltungsangestellten einer Klinik, Soziologen und Müttern. Sie schlugen folgendes vor:

Empfehlungen

Schwangerschaft ist keine medizinische Angelegenheit. Bei 80 Prozent aller Frauen verlaufen Schwangerschaft und Geburt völlig normal, bei 20 Prozent zeigen sich Risiken. Nur bei der Hälfte dieser Frauen wird man während der Schwangerschaft auf das Risiko aufmerksam. Bei den übrigen 10 Prozent ergeben sich Risiken erst während der Geburt, doch bei optimaler Betreuung könnten sie vor der Geburt vorhergesehen werden. Das gesamte Vorsorgesystem ist also darauf abgestimmt, im Höchstfall 20 Prozent der Frauen als Risikofälle zu erkennen.

Äußerliche Verbesserungen, kleine Veränderungen zögern die grundlegende Reformierung des gesamten Kliniksystems lediglich hinaus. Ein radikales Umdenken ist notwendig, vor allem angesichts der Tatsache, daß das gegenwärtige Vorsorgesystem dort am unzulänglichsten ist, wo der größte Bedarf besteht: bei den Frauen, die aus Verhältnissen stammen, aufgrund derer ein erhöhtes Risiko besteht, daß das Kind tot oder behindert auf die Welt kommt.

1. Wir fordern die allmähliche Abschaffung großer, zentraler Vorsorgeeinrichtungen. Mit kleinen, gleichmäßig verteilten Kliniken und mobilen Einrichtungen könnte die Aufgabe der Vorsorge effektiver erfüllt werden. Die Beraterinnen der mobilen Dienste würden in den jeweiligen Gemeinden jene »Problemfälle« aufsuchen, die ihnen von Hebammen und Ärzten zugewiesen wurden. Uns ist klar, daß in der gegenwärtigen Finanzsituation eine Verwirklichung dieser Ideen vielleicht nicht möglich ist. Doch sollten wir diese Veränderungen trotzdem so schnell wie möglich und bei allen sich bietenden Gelegenheiten vorantreiben. Benötigen bestehende Kliniken Mittel für Neuanschaffungen oder könnte das Geld stattdessen zum Aufbau eines mobilen Vorsorgedienstes eingesetzt werden? Sind in neu erbauten Kiniken so große ambulante Einrichtungen notwendig? Sind in den Gemeinde- und Stadtratsausschüssen Alternativen zu großen Vorsorgeeinrichtungen in Kliniken diskutiert worden? Diese Fragen können und sollten wir uns auf lokaler und staatlicher Ebene jetzt stellen.

2. Wir fordern mehr Anerkennung des Hebammenberufes. Eine Hebamme ist *voll qualifiziert, um die Vorsorge durchzuführen*. Auf lange Sicht sollte der Beruf der Hebammen die gesamte Gesundheitsversorgung von Frauen miteinschließen, wie das in einigen amerikanischen Frauenkliniken der Fall ist. So nur könnte eine beständige Beziehung vor, während und nach der Schwangerschaft entstehen.

3. Im Normalfall sollte eine Frau die Möglichkeit haben, während der ganzen Schwangerschaft von einer einzigen Hebamme betreut zu werden, die ihr als *ihre* Hebamme vertraut ist. Nach Möglichkeit sollten weitere Termine in die Dienstzeiten dieser Hebamme gelegt werden.

4. Wir glauben, daß der Hausarzt seine Funktion als Arzt der *ganzen Familie* eher erfüllen kann, wenn er die Frau auch als Geburtshelfer betreuen kann. Wenn Allgemeinärzte die Frau gemeinsam mit Klinikärzten betreuen, ist die Beziehung zwischen ihnen ein entscheidender Faktor für das Wohlergehen von Mutter und Kind. Gynäkologen aus Kliniken sollten eher in die Praxen der Hausärzte gehen als umgekehrt. Denn die Sicherheit seiner eigenen Umgebung erlaubt dem Hausarzt eher, die Geburt als bedeutsames Ereignis im Leben einer Familie zu begreifen und um Familienberatung bemüht zu sein, anstatt die Verantwortung einfach der Klinik zu übergeben. Wenn die Rolle des Hausarztes in der Geburtshilfe wiederbelebt werden soll, und er sowohl die Schwangerschaftsvorsorge wie auch die pränatale und postnatale Betreuung übernehmen soll, muß diese Arbeit auch entsprechend honoriert werden.

5. Es ist wichtig, daß Frauen wählen können, daß verschiedene Formen der Schwangerenbetreuung angeboten werden, immer jedoch in kleinen, intimen Gruppen in einer behaglichen Atmosphäre. Die Person, die hauptsächlich für die Betreuung verantwortlich ist, kann manchmal der Hausarzt, manchmal die Hebamme und manchmal der Gynäkologe sein. Auf jeden Fall sollten jedoch annehmbare Alternativen vorhanden sein. Die Frauen sollten zu Beginn der Schwangerschaft nach ihren Wünschen gefragt werden und die Gelegenheit zu einem Gespräch über die von ihnen bevorzugte Art Vorsorge haben. Unserer Meinung nach ist diese Entscheidungsmöglichkeit grundlegend wichtig.

6. Seit Anfang dieses Jahrhunderts ist die Schwangerenvorsorge bis heute Stückwerk geblieben. Und obwohl viel über die Bedürfnisse von Schwangeren mit hohem Risiko diskutiert worden ist, bleibt die praktische Umsetzung auf jene beschränkt, bei denen genau definierte medizinische oder geburtshilfliche Probleme vorliegen, wie zum Beispiel Diabetes oder zu hoher Blutdruck. Frauen, die wegen ihres sozialen Hintergrunds oder mangelnder Schulbildung der höchsten Risikogruppe zugeordnet werden müßten, ist tatsächlich weniger Betreuung zuteil geworden als gebildeten Frauen der Mittelschicht, die ihre Wünsche äußern können und mit denen den Ärzten Gespräche leichter fallen. Wir fordern eine Umgewichtung zugunsten jener Mütter, deren Babys dem größten Risiko ausgesetzt sind, von denen viele den untersten sozialen Schichten angehören oder alleinstehend sind, wir fordern den Einsatz von Mitteln dort, wo der Bedarf am größten ist. Wir bezweifeln, daß ein Gynäkologe immer die geeignete Person ist, sich der Frauen aus benachteiligten Schichten anzunehmen, denn häufig ist es die Hebamme, die mit der Frau am besten ins Gespräch kommt. Auch hier ist Flexibilität erforderlich, und es sollten solche Regelungen getroffen werden, die den Bedürfnissen der jeweiligen werdenden Mutter entsprechen.

7. Die erste Vorsorgeuntersuchung ist besonders wichtig, und wir halten es für dringend notwendig, daß nicht nur für die medizinischen Untersuchungen ausreichend Zeit zur Verfügung steht, sondern auch dafür, daß eine Beziehung zwischen der Schwangeren und dem Frauenarzt oder der Hebamme entstehen kann und alle Probleme und Ängste eingehend besprochen werden können. Es gehört zu den wichtigen Aufgaben einer Hebamme, die Frau zu diesem Zeitpunkt der Schwangerschaft emotional zu stützen.

8. Doch Zeit allein ist nicht genug, um eine gute Kommunikation zwischen allen schwangeren Frauen und ihren Betreuungspersonen zu ermöglichen. Besonders Frauen, die unsere Sprache kaum oder gar nicht beherrschen, gehören zu denen der höchsten Risikogruppe und werden zur Zeit vielleicht deshalb unzureichend betreut, weil sie sich nicht ausdrücken können oder nicht verstehen, was ihnen geraten wird.
In Gebieten mit großem Ausländeranteil sollte vorzugsweise mehrsprachiges Personal eingestellt werden, sollten Angestellte, die mehrere Sprachen sprechen, in einer Liste geführt werden, um zu den Vorsorgeuntersuchungen als Dolmetscher zugezogen werden zu können.
Verstehen beruht nicht ausschließlich auf einer gemeinsamen Sprache; es ist wichtig, daß die Ärzte und Hebammen sich den kulturellen Hintergrund ihrer Patientinnen vergegenwärtigen, der Vorstellungen von Geburt und Familie und die Einstellung zum Körper entscheidend prägt. Die Klinikverwaltung sollte darin bestärkt werden, größeren Wert auf gute Verständigung zu legen und dafür zu sorgen, daß das Personal jegliche Unterstützung und Hilfe erhält, um mit den Frauen ins Gespräch zu kommen.
9. Wenn Frauen mit Kindern als Hebammen arbeiten, müssen sie in die Lage versetzt werden, ihren Beruf mit ihren familiären Aufgaben zu vereinbaren. Wir empfehlen dringend Modellversuche, die ebenso wie bei Ärztinnen eine flexiblere Arbeitszeit ermöglichen. Autokratische und autoritäre Systeme verhindern, daß Hebammen flexiblere Methoden finden, um für mehr Beständigkeit bei der Betreuung der Frauen zu sorgen.
Wir sind der Ansicht, daß Krankenschwestern und Hebammen die Möglichkeit haben müssen, sich stärker mit ihrer Arbeit zu identifizieren, sich über ihre Gefühle auszutauschen und daß zu ihrer emotionalen Unterstützung Berater zur Verfügung stehen sollten. Sie wohnen Vorgängen von so großer Bedeutung im Leben von einzelnen und Familien bei, daß sie die Möglichkeit haben müssen, ihre Gefühle über Leben und Tod zum Ausdruck zu bringen. Möglicherweise läßt sich das am besten in kleinen Gruppen von Hebammen und Hebammenschülerinnen verwirklichen. Unserer Ansicht nach sollte das Bestandteil von Ausbildung und Fortbildung sein.
Sehr viel spricht dafür, auch Gynäkologen diese Möglichkeit zu bieten; Studiengruppen und Konferenzen können nicht ausreichend Gelegenheit zum Austausch und zur gemeinsamen Erarbeitung qualitativer Aspekte ihrer Arbeit bieten. Kleingruppen bieten wahrscheinlich hierfür das geeignetste Forum.

Die ältere Erstgebärende

Wenn sie über ihre Klinikerfahrungen berichten, geben die Frauen, die älter sind – Ende dreißig – und ihr erstes Kind erwarten, häufig an, daß sie sehr die Beständigkeit geschätzt haben, mit der sie als »Risikoschwangere« betreut wurden. Doch oft waren sie äußerst beunruhigt über all die Untersuchungen, die veranlaßt wurden und über die Besorgnis um sie, die sie als einen Hinweis werteten, daß es sehr unwahrscheinlich sei, das Kind auf natürliche Weise gebären zu können. In den Kliniken, in denen die Frauen sich gut mit dem Personal verständigen konnten, schien diese zusätzliche Aufmerksamkeit keine derartige Wirkung zu haben, doch in den Kliniken, in denen die Frauen den Eindruck bekamen, wie am Fließband behandelt zu werden und keine Fragen stellen oder ausführliche Informationen bekommen zu können, schien diese zusätzliche Aufmerksamkeit sich psychologisch nachteilig auszuwirken.

Manchmal war offenbar ganz selbstverständlich davon ausgegangen worden, daß eine ältere Erstgebärende sich den gesamten modernen Untersuchungsmethoden und einer eingeleiteten Geburt anheim geben würde, obwohl sie in Wirklichkeit nach Möglichkeit alles »selbst machen« wollte. Wenn moderne technische Geburtshilfe praktiziert wurde, fühlten sie sich oft wie in der Falle oder waren zumindest sehr enttäuscht.

Eine Frau, die Ende dreißig oder Anfang vierzig ein Kind erwartet, hat zudem vielleicht schon lange versucht, schwanger zu werden. Oft wird sie dadurch sehr verletzlich; sie hat das Gefühl von Unzulänglichkeit hinsichtlich ihrer Fruchtbarkeit. Ihr Partner empfindet möglicherweise ebenso, und die beiden werden vielleicht sehr abhängig von medizinischen Ratschlägen, geraten in einen Prozeß, bei dem medizinische Aspekte immer größeres Gewicht erhalten, suchen eine Spezialklinik auf, lassen eine Fruchtwasseruntersuchung und andere Tests machen, so daß der physiologische Vorgang der Schwangerschaft zu einer medizinischen Fallstudie wird.

Da die Eltern selbst das Kind großziehen werden und dabei nicht mehr auf Experten bauen können, kann es besonders für eine Frau, die lange unter ihrer Unfruchtbarkeit gelitten hat, wichtig sein, Selbstvertrauen und das Gefühl zu entwickeln, selbst aktiv gebären zu können. Selbst wenn sie die Hilfe des Arztes benötigt, sollte sie alles über ihren Körper und den physiologischen Vorgang der Geburt in Erfahrung gebracht haben, um mit ihrem Arzt reden zu können und möglichst wach und bewußt die Geburt zu erleben. Die Geburt ist nur eine der Hürden, denen sich Eltern gegenübersehen. Es ist wichtig, Schwangerschaft und Geburt als Teil eines fortlaufenden Vorgangs zu sehen, bei dem sie die Möglichkeit haben, eine befriedigende, sich weiterentwickelnde Beziehung zu ihrem Kind zu beginnen. Offenbar haben viele Frauen das Bedürfnis, sich hierüber mit ihrem Arzt oder der Hebamme, die über die Belastungen, die sie erwarten, Bescheid weiß, auszusprechen, doch selten besteht die Möglichkeit einer solchen Beratung.

Ultraschall

Die meisten Ärzte machen heute irgendwann nach der ersten Vorsorgeuntersuchung routinemäßig eine Ultraschalluntersuchung, wahrscheinlich um die 16. Woche herum. In vielen Fällen bekommt jede Frau mindestens eine Ultraschalluntersuchung, manchmal auch zwei oder mehr. Ultraschall kann zur Feststellung einer Schwangerschaft eingesetzt werden, und das ist tatsächlich schon vor Ausbleiben der ersten Regel möglich, denn selbst in einem so frühen Schwangerschaftsstadium ist eine mit Flüssigkeit gefüllte Blase zu erkennen, die von der festen Muskelwand der Gebärmutter umgeben ist. Sechs Wochen nach Ausbleiben der Periode sind auf dem Bildschirm die Herzbewegungen des Babys zu erkennen, und nach weiteren drei Wochen auch die Plazenta. Wenn es in der Frühschwangerschaft zu Blutungen kommt, und die Ultraschalluntersuchung zeigt, daß das kindliche Herz schlägt, ist das ein sehr gutes Anzeichen dafür, daß die Schwangerschaft wahrscheinlich bestehen bleibt. Eine so früh durchgeführte Ultraschalluntersuchung ergibt häufig, daß die Plazenta sich unten über dem Gebärmutterhals befindet und folglich wird »Plazenta praevia?« in die Unterlagen eingetragen. Doch eine Plazenta, die in der zehnten oder elften Woche sehr tief lag, befindet sich dann später in der Schwangerschaft oft in einer sehr guten Lage am oberen Teil der Gebärmutter.
Durch Ultraschall läßt sich auch eine eventuelle Mehrlingsschwangerschaft feststellen, und zwar schon um die sechste Woche herum. Starke Schmerzen nach Ausbleiben der Periode können durch diese Untersuchung manchmal mit einer Eileiterschwangerschaft erklärt werden. Schon in der Frühschwangerschaft ist der für sein Alter sehr kleine Fötus erkennbar, doch nicht immer sind die Ergebnisse genau. Ultraschall wird unmittelbar vor der Fruchtwasserentnahme bei einer Amniozentese angewendet, um auszuschließen, daß der Arzt die Plazenta mit der Nadel trifft. Außerdem können bestimmte Fehlentwicklungen des Fötus erkannt werden. Wenn mit der Untersuchung der Geburtstermin bestimmt werden soll, so sind die Ergebnisse vor etwa der 24. Woche recht genau, jedoch nach der 34. Woche äußerst unverläßlich. Die gebräuchlichste Methode zur Feststellung der fötalen Reife ist, die Kopfbreite des Babys zu messen und das Wachstum im Zeitraum zwischen zwei Ultraschalluntersuchungen festzustellen.
Ultraschall kann ein sehr nützliches diagnostisches Instrument sein, doch hängt die Zuverlässigkeit der Ergebnisse von den Fähigkeiten der Person ab, die die Daten auswertet. Eine glückliche Begleiterscheinung der Einführung des Ultraschalls ist die Freude der Frauen, wenn sie zum erstenmal die Umrisse auf dem Bildschirm erkennen und ihnen manch-

mal erstmals deutlich wird, daß dort drinnen wirklich ein Baby wächst. Leider sind sich nicht alle Untersuchenden der Bedeutung bewußt, die diese Begegnung mit dem Baby für viele werdende Mütter und Väter hat.

Ungeachtet der zweifellosen Vorteile, die dieses Fenster zur Gebärmutter hat, wissen wir bisher noch nicht, ob das möglicherweise Langzeitfolgen für das Baby hat, und nur die Zeit wird lehren, ob die Behauptung, Ultraschall sei absolut sicher, sich beweist. Ein englischer Professor stellt ohne Einschränkungen fest: »Das ist eine sichere Untersuchung, die während der Schwangerschaft oft wiederholt werden kann.«[2] Auch Röntgenuntersuchungen des Fötus galten als sicher, und erst nachdem sie viele Jahre eifrig eingesetzt worden waren, entdeckte man, daß sie schädliche Langzeitfolgen haben und krebserregend sind.

In einer Erklärung des amerikanischen Frauennetzwerkes »American National Women's Health Network«[3] weist die Autorin Doris Haire darauf hin, daß auf schwangere Frauen immer stärkerer Druck ausgeübt wird, Ultraschall als normalen Bestandteil der Vorsorge zu akzeptieren, daß in vielen Kliniken Ultraschalluntersuchungen während der Schwangerschaft und beim Abhören der Herztöne während der Geburt Routine sind. Sie gibt zu bedenken, daß Babys dem Ultraschall oft lange ausgesetzt sind, weil die Person, die die Untersuchung durchführt, nicht versiert in der Auswertung der Daten ist. Ultraschall gilt heute als so selbstverständlich, daß eine Frau selten nach ihrer gut überlegten Zustimmung für diese Maßnahme gebeten wird.

Manche Frauen haben den Eindruck, daß Ärzte heute mit dem Ultraschall eher wie mit einem Heiligenbild des Christophorus oder einem magischen Amulett umgehen. Eine Frau, die eine Hausgeburt machen möchte, kann zum Beispiel zu hören bekommen, daß keine Aussicht darauf besteht, sollte sie nicht einer Ultraschalluntersuchung in der Frühschwangerschaft zustimmen. Was diese Untersuchung, außer zur Feststellung von Zwillingen (was sich in einigen Monaten ohnehin herausstellen würde), im Hinblick auf die Sicherheit einer Hausgeburt ergeben soll, ist schwer zu sagen.

Sollte Ultraschall schädlich für den Fötus sein, dann ist anzunehmen, daß die Gefährdung in den ersten zwölf Schwangerschaftswochen am größten ist, in dem Zeitraum also, von dem bekannt ist, daß sich Umweltfaktoren und krebserregende Stoffe im allgemeinen am schädlichsten auf die fötale Entwicklung auswirken.

Fruchtwasseruntersuchung (Amniozentese)

Um den fötalen Zustand zu ermitteln, wird bei der Amniozentese ein wenig von der Flüssigkeit entnommen, von der das Baby in der Gebärmutter umgeben ist, und zwar durch eine lange Nadel, die durch die Bauchwand der Mutter in ihre Gebärmutter eingeführt wird. Diese Methode kann Frauen empfohlen werden, die die Möglichkeit genetisch bedingter Fehlentwicklungen ausschließen wollen. Die Wahrscheinlichkeit solcher Fehlentwicklungen ist bei Frauen über 40 größer. Sie kann auch empfohlen werden, wenn bei der Schwangeren schon früher eine solche Fehlentwicklung aufgetreten ist oder auch schon bei nahen Verwandten. Die Untersuchung erbringt keinen Beweis, daß das Baby normal ist, doch lassen sich bestimmte Fehlentwicklungen zuverlässig feststellen. Da sie nicht vor der 16. Schwangerschaftswoche gemacht werden kann, hat die Frau gewöhnlich schon mehrere Monate lang Ängste durchgestanden in der Ungewißheit, ob sie ihr Kind austragen werde. Und oft fühlt sie sich deshalb nicht in der Lage, Freunden und Verwandten ihre Schwangerschaft anzuvertrauen. Das kann eine sehr belastende Zeit sein.

Es ist nicht sinnvoll, eine Fruchtwasseruntersuchung machen zu lassen, bevor die Eltern nicht beschlossen haben, den Fötus abzutreiben, falls das Kind geschädigt ist. Es besteht ein großes Risiko, daß durch die Fruchtwasserentnahme selbst eine Fehlgeburt ausgelöst wird, doch für jene Frauen, die der Personengruppe angehören, bei der die Wahrscheinlichkeit einer Schädigung groß ist, ist dieses Risiko geringer als das, ein geschädigtes Kind zur Welt zu bringen.

Vor der Fruchtwasserentnahme bestimmt der Arzt die Lage des Kindes und hört die Herztöne ab. Die Plazenta darf auf keinen Fall durchstochen werden, deshalb wird ein Ultraschall gemacht. Vor Einführung der Nadel bekommt die Frau eine örtliche Betäubung. Die Hohlnadel wird vorsichtig eingeführt und etwas Fruchtwasser langsam entnommen. Daß der Fötus von der Nadel getroffen wird, ist sehr unwahrscheinlich, denn sobald er von der Nadel berührt würde, würde er zurückzucken. Aufgrund der in dem Fruchtwasser enthaltenen Zellen kann das Geschlecht des Babys bestimmt werden. Das Ergebnis liegt nach zwei bis drei Wochen vor, manchmal später. Falls der Fötus geschädigt ist und Sie sich für einen Schwangerschaftsabbruch entscheiden, bedeutet das eine Abtreibung zu einem späten Zeitpunkt, und das ist wie eine kleine Geburt ohne die damit verbundene Freude.

Eine Fruchtwasseruntersuchung kann auch zur Feststellung der fötalen Reife dienen, wenn bei einem noch sehr kleinen Baby, das in der Gebärmutter in Gefahr ist, eine Geburtseinleitung geplant ist. Dazu wird die entnommene Flüssigkeit geschüttelt, die Blasen werden gezählt, um zu kontrollieren, ob genügend Enzyme vorhanden sind, damit die Lungen des Babys nach der Geburt nicht kollabieren.

Shirodkar (cerklage)

Bei der Shirodkar-Operation oder der Cerklage wird eine Naht um den Muttermund gelegt, um eine Fortdauer der Schwangerschaft zu erreichen – häufig dann, wenn es bei einer Frau schon einmal in der Schwangerschaftsmitte zu einer Fehlgeburt gekommen ist. Doch manche Gynäkologen wenden diesen Eingriff bei Frauen Ende dreißig oder Anfang 40, die schon eine Fehlgeburt hatten, auch ohne besondere Anzeichen für dessen Notwendigkeit an. Es wird unter Narkose genäht, und in der 38. Schwangerschaftswoche werden die Fäden unter Narkose wieder gezogen. Bei vielen Frauen setzt dann die Geburt ein, und einige Gynäkologen tendieren dazu, nach der Entfernung der Naht die Geburt einzuleiten. Unter den Gynäkologen ist die Meinung über die Wichtigkeit dieses Eingriffs sehr unterschiedlich. Manche legen bei weniger als 5 von 1000 Geburten eine Cerklage, andere bei mehr als 30 von 1000 Geburten. International ist diese Spanne noch größer, und in Frankreich ist das gebietsweise ein sehr häufiger Eingriff.
Ein Problem besteht darin, daß sich durch das Anlegen der Naht die Situation der Frau tatsächlich verschlimmern kann, denn es kann die Produktion von Prostaglandinen ausgelöst werden, die die Gebärmutterkontraktionen in Gang bringen. Eine weitere Schwierigkeit stellt – zu dem für Schwangere immer mit einer Vollnarkose verbundenem Risiko – die Infektionsgefahr dar. Es gibt zwar viele Befürworter dieses Eingriffs, jedoch keine klaren Beweise für seine Wirksamkeit.

2 Geburt – eine klinische Krise?

Die westliche Medizin umgibt die Geburt mit klinischen Routinemaßnahmen und Zeremonien, die zum großen Teil nur die Funktion haben, die Frau zur Patientin zu machen, sie durch den Apparat zu schleusen, aus dem sie am anderen Ende als Mutter mit Neugeborenem wieder entlassen wird. Diese Rituale dienen dazu, die Macht der Klinik als Institution, die des Fachpersonals, das die Verantwortung für den Ausgang der Geburt trägt, gegenüber den Müttern zu demonstrieren, die lediglich Objekte der medizinischen Betreuung sind.
Viele dieser Zeremonien haben Ähnlichkeit mit den Initiationsriten primitiver Gesellschaften. Dazu gehört die innere Reinigung der Initianten. Bei uns im Westen dienen dazu bei der Geburt Einläufe und Zäpfchen.

Einläufe und Zäpfchen

In vielen Fällen sind Einläufe und Zäpfchen sinnlos. Zwar ist die Darmentleerung als Teil der vorbereitenden Maßnahmen eine altehrwürdige Prozedur, doch Sie können sie ablehnen. Ihren Ursprung als fester Bestandteil der Klinikroutine hat sie im 19. Jahrhundert, als angenommen wurde, Verunreinigung durch Kot sei die Ursache für Kindsbettfieber. In Amerika zum Beispiel wurde von William Goodell ein besonderes System zur Ausrottung des Fiebers erdacht, zu dem gehörte, daß die Frauen schon einige Zeit vor der Geburt in die Klinik eingeliefert wurden und Chinin und Einläufe verabrecht bekamen. Dann wurde die Fruchtblase gesprengt, eine Zangengeburt gemacht, durch Druck auf den Bauch die Geburt der Plazenta gewaltsam herbeigeführt, und anschließend bekamen die Frauen noch einmal soviel Chinin, bis es ihnen, nach Goodells Worten, in den Ohren klingelte. Anfang des 19. Jahrhunderts bekamen Frauen in der New Yorker Entbindungsklinik »Sloane Maternity Hospital« nach einem Einlauf eine Scheidenspülung mit Quecksilberbichlorid. Dann wurden der Frau die Haare mit Kerosin, Äther und Ammonium und ihre Brüste und ihr Bauch mit Äther gewaschen. In dieser Klinik bekamen die Frauen während der Wehenzeit alle zwölf Stunden einen Einlauf, und während

und nach der Geburt wurde die Scheide mit einer Salzlösung unter Zusatz von Whisky oder Quecksilberbichlorid gespült.[4]
So wurde der Einlauf auf beiden Seiten des Atlantiks zu einem beinahe sakrosankten Bestandteil einer »sauberen« Geburt, um erst in heutiger Zeit je wieder in Frage gestellt zu werden. Besonders Hebammen waren von dessen Wirksamkeit überzeugt. Aber auch Gynäkologen waren schockiert, als Frauen den Einlauf ablehnten. Kürzlich berichtete mir eine Frau, daß ihr Frauenarzt, als sie ihm sagte, daß sie lieber keinen Einlauf haben möchte, ausrief: »Keinen Einlauf? Dann haben wir Scheiße an den Wänden, Scheiße in meinen Schuhen, alles voll Scheiße!« (Sie bestand darauf, bekam keinen Einlauf, und das erwartete Unglück trat nicht ein.)
1981 wurde in einer englischen Ärztezeitschrift eine wichtige Untersuchung veröffentlicht.[5] Das Untersuchungsprojekt stieß anfänglich auf den Widerstand des Krankenhauspersonals, dem die Vorstellung nicht gefiel, daß eine Gruppe von Frauen keinen Einlauf bekommen sollte: »Viele sprachen sich entschieden dagegen aus, Patientinnen bei der Geburt zu unterstützen, solange sie keinen Einlauf bekommen und ihren Darm entleert hatten.« Sie waren der Ansicht, daß ohne Einlauf die Geburt langwieriger sei und es häufiger zu Zangengeburten kommen würde. Sie befürchteten, daß das Baby mit dem Kot in Berührung käme und der unangenehme Geruch sowohl für das Personal wie auch für die Patientin peinlich wären.
Beim Vergleich von Geburten mit und ohne Einlauf ergab sich kein nennenswerter Unterschied im Grad der Verschmutzung durch Kot in der Eröffnungs- und der Austreibungsphase. Es war sogar so, daß Frauen, die einen Einlauf bekommen hatten und dann den Enddarm entleeren mußten, diesen Vorgang sehr viel schwerer kontrollieren konnten. Die Geburten dauerten in beiden Gruppen etwa gleich lang. Die Frauen in der Gruppe mit dem Einlauf hatten jedoch eine Abneigung gegen diese Maßnahme und stimmten ihr nur zu, weil sie dann angeblich eine saubere Geburt hätten, doch gibt es keine Beweise für diese Annahme. Die Autoren kommen zu dem Schluß, daß ein Einlauf nur bei Frauen angewendet werden sollte, die in den letzten 24 Stunden keine Darmentleerung hatten.
Besonders interessant war die Einstellung der anfangs sehr abweisenden Hebammen, die im weiteren Verlauf ihre Meinung völlig änderten, so daß die Untersuchung vorzeitig abgebrochen werden mußte: die Hebammen weigerten sich, den Frauen ohne triftigen Grund einen Einlauf zu geben.
Die Autoren betonen, daß es zwar nicht einfach sei, eine Prozedur in Frage zu stellen, die über 300 Jahre lang eine selbstverständliche

geburtshilfliche Maßnahme war, empfehlen jedoch, »Frauen in den Wehen nicht solchen rektalen Angriffen auszusetzen«.

Rasieren der Schamhaare

Das Rasieren der Schamhaare stammt aus den Geburtskliniken für die Armen. Ursprünglich wurde damit bezweckt, die Filzläuse loszuwerden, von denen Frauen aus schlechten sozialen Verhältnissen befallen waren, die gerade durch diese ersten Geburtskliniken etwas verbessert werden sollten. Als 1752 zum Beispiel die Queen-Charlotte-Klinik gegründet wurde, hätten Frauen aus der Mittelschicht noch nicht im Traum daran gedacht, zur Geburt in ein Krankenhaus zu gehen.

Das Rasieren zusammen mit dem Einlauf gehörte in der Queen-Charlotte-Klinik zur »sauberen Geburtshilfe« und diente der allgemeinen Entlausung der Armen, die überall in England in den Arbeitshäusern vorgenommen wurde. Wenige Frauen haben heutzutage Filzläuse, doch das Rasieren gehört zu den üblichen vorbereitenden Maßnahmen bei der Geburt. Manchmal wird den Frauen gesagt, es würde gemacht, damit beim Dammschnitt und beim Nähen keine Haare im Weg seien. Im Lauf der Jahre hat man sich mit einer kleineren abrasierten Fläche zufrieden gegeben, und heute ist eine »Minirasur« im Dammbereich am häufigsten. Zwar akzeptieren sie viele Frauen als notwendige Begleiterscheinung der Geburt, doch entsteht immer mehr der Eindruck, daß es sich dabei um einen unnötigen, oft beschämenden und entwürdigenden Bestandteil des modernen Geburtsrituals handelt. Das Nachwachsen der Haare nach der Geburt ist äußerst unangenehm, besonders weil dieser Bereich stark belastet war und oft äußerst empfindlich ist.

Untersuchungen an einer großen Londoner Klinik ergaben, daß Frauen den Sinn des Rasierens zu Recht in Frage stellen. Bei einer Gruppe von Patientinnen wurden die Schamhaare völlig abrasiert, bei einer weiteren Gruppe teilweise, bei einer Kontrollgruppe wurden keine Schamhaare abrasiert. Es ergab sich zwischen diesen drei Gruppen kein bedeutender Unterschied in der Infektionshäufigkeit. Bei den Frauen, die rasiert worden waren, war die Haut jedoch sehr viel stärker in Mitleidenschaft gezogen, und selbst dann, wenn mit bloßem Auge keine Hautverletzungen erkennbar zu sein schienen, zeigten sich nach Fotografie mit starker Vergrößerung viele kleine Hautabschürfungen besonders um den Haarbalg herum.

50 Prozent der Frauen, bei denen alle Schamhaare abrasiert worden waren, klagten über anschließendes Hautbrennen, und alle rasierten

Frauen gaben an, daß das Nachwachsen der Haare mit äußerst irritierendem Jucken verbunden gewesen war. Es ist klar, daß selbst bei größtem Geschick eine Rasur ohne jede Hautverletzung nicht möglich ist. 90 Prozent der rasierten Frauen empfanden die Prozedur als unangenehm. Das Ergebnis lautet, daß »nichts für die gegenwärtig weit verbreitete Praxis des Rasierens der Dammhaare spricht; für die Patientin bedeutet es eine vermehrte Unannehmlichkeit, ohne das Infektionsrisiko zu verringern oder die Heilung zu beschleunigen. Wir halten das Rasieren der Schamhaare für einen ungerechtfertigten Eingriff, der nicht mehr weiter vorgenommen werden sollte.«

Vorbereitende Maßnahme	**Infiziert**	**Nicht infiziert**	**Insgesamt**
A. Keine Rasur	4	221	225
B. Totalrasur	4	224	228
C. Rasur im Dammbereich	7	233	240
Insgesamt	15	678	693

Die Autorin dieser Untersuchung, Mona Romney, vermutet, daß die Popularität des Rasierens vielleicht sehr viel mehr mit der Entwicklung des Rasierapparats als mit irgendeiner anerkannten medizinischen Indikation zu tun habe und meint, daß »ein solcher Übergriff auf den Dammbereich der Frauen mit einem altmodischen Rasiermesser wahrscheinlich eine sehr viel promptere und heftigere Reaktion ausgelöst hätte«.

Das Verbot der Nahrungsaufnahme

Während starker Wehen haben Frauen keinen Appetit und wären nicht in der Lage, Essen zu verdauen. Anscheinend ist der gesamte Körper von der Geburt in Anspruch genommen. Doch sehr willkommen ist ein Schluck zu trinken, und bei der warmen Luft in vielen Entbindungszimmern sind kalte Getränke für den Flüssigkeitshaushalt besonders wichtig. Beim Atmen durch den Mund werden Lippen und Mund außerdem sehr schnell trocken. Am besten helfen dagegen wahrscheinlich Eiswasser oder Eisbröckchen zum Lutschen in den Wehenpausen, außerdem etwas Lanolin oder Lippenpomade auf den Lippen.
In einigen Kliniken ist es die Regel, daß keine Patientin während der Wehen etwas zu sich nehmen darf, falls ein Kaiserschnitt eine Voll-

narkose notwendig machen würde. Wenn bei einer Vollnarkose der Magen nicht leer ist, kann als erstes der ganze Mageninhalt erbrochen werden.
Viele Frauen sind heute der Meinung, daß es unnötig sei und sogar schädlich sein könne, jede Frau nach Beginn der Wehen so zu behandeln, als habe sie einen operativen Eingriff nötig und ihr zuzumuten, über einen manchmal langen Zeitraum schwerer körperlicher Arbeit und großer Konzentration zu hungern. Wenn wir über einen langen Zeitraum nichts essen, werden Fettreserven abgebaut, um Energie zu liefern, und im Urin ist Azeton nachweisbar. Das ist ein Zeichen dafür, daß wir nicht genügend Kohlehydrate zu uns genommen haben.
In einigen Kliniken ist es üblich, daß ein Tropf angelegt wird, um in Form einer Glukoselösung Kohlehydrate direkt in den Blutkreislauf zuzuführen, doch man hinterfragt jetzt diese Routinemaßnahme, da sie manchmal zu einer Überwässerung führen und damit das Elektrolytgleichgewicht stören kann.
Es fällt nicht schwer, sich klarzumachen, daß eine Frau wahrscheinlich sehr müde wird und ihre Stimmung sinkt, wenn sie während einer langen Geburt überhaupt keine Nahrung bekommt. Das kann außerdem zu einer sekundären Wehenschwäche führen, wobei die Wehen abnehmen und immer unregelmäßiger werden. Unter diesem Aspekt ist es wahrscheinlich ratsam, zu Beginn der Wehen etwas Leichtes, gut Verdauliches zu essen. Es sollte reich an Kohlehydraten und arm an Ballaststoffen sein. Saure Nahrung sollte besser vermieden werden, ebenso stark fetthaltige. Vielleicht haben Sie Appetit auf Omelett mit oder ohne Kräuter, ein gekochtes oder pochiertes Ei oder etwas klare Brühe und anschließend eine dünne Scheibe knusprigen Toast mit etwas Butter und Honig, Gelee oder Marmelade oder auf etwas eingemachtes Obst oder einfach auf süße Kekse. Manche Frauen essen auch Gerstenzucker oder andere traubenzuckerhaltige Süßigkeiten zum Lutschen zwischen den Wehen, andere mögen lieber ein kleines Glas Honig zum Schlecken. Traubenzucker oder Zucker in frisch gepreßtem Orangen- oder Zitronensaft ist ebenfalls sehr erfrischend und spendet Energie. Der Vorteil von Traubenzucker besteht darin, daß er nicht verdaut werden muß, sondern direkt mit schnell spürbarer Wirkung von den Mund- und Magenschleimhäuten aufgenommen wird. Wenn bei Ihnen jedoch die große Wahrscheinlichkeit eines Kaiserschnittes besteht und nur probeweise die Geburtswehen beobachtet werden, sollten Sie keinen Traubenzucker oder traubenzuckerhaltige Getränke zu sich nehmen, denn falls Sie es erbrechen und in die Luftröhre bekommen, wirkt dies als gefährlicher Reiz für die Lungen.

Sprengen der Fruchtblase

Sehr häufig wird heute vom Arzt oder der Hebamme irgendwann während der Eröffnungsphase die Fruchtblase gesprengt, und zwar oft schon bei Ankunft in der Klinik, wenn der Muttermund vielleicht erst zwei bis drei Zentimeter eröffnet ist. Dies wird als Amniotomie bezeichnet. Für ein routinemäßiges Sprengen der Fruchtblase gibt es drei Gründe: Erstens kann festgestellt werden, ob das Fruchtwasser durch Mekonium, den Darminhalt des Babys vor der Geburt, getrübt ist. Frisches Mekonium im Fruchtwasser kann ein Zeichen dafür sein, daß es dem Baby nicht gut geht. Der zweite Grund, der heute an Bedeutung gewonnen hat, ist der, daß so eine Elektrode an der Schädeldecke des Babys befestigt werden kann und eine fortwährende elektronische Herztonüberwachung möglich ist. Drittens wird angenommen, daß durch Sprengen der Fruchtblase die Wehentätigkeit angeregt und so die Geburt beschleunigt wird.

Lange Zeit wurde angenommen, daß das Fruchtwasser, in dem das Baby schwimmt, lediglich eine stillstehende Flüssigkeit sei, doch aus Untersuchungen ergibt sich jetzt, daß die Fruchtblase nicht nur in der Schwangerschaft, sondern auch bei der Geburt eine wichtige Funktion hat. In der Schwangerschaft sorgt das Fruchtwasser für eine ständig gleichbleibende Temperatur für das Baby, schützt es vor Druck und Stößen und ermöglicht ihm Bewegungsfreiheit. Da es automatisch alle drei Stunden erneuert wird, trägt es zur Entfernung der Abfallprodukte des Babys bei, und da es auch einen gewissen Nährwert hat, kann es, wenn das Baby es schluckt, eine zusätzliche Nahrungsquelle sein. Das Baby probiert in der Fruchtblase Atem- und Schluckbewegungen aus, wichtige Tätigkeiten, die es sogleich nach der Geburt übernehmen kann.

Da die Fruchtblase während der Geburt spontan platzt, oft gegen Ende der Eröffnungsphase, ist der Eindruck entstanden, daß sie den Geburtsablauf verzögere. Wie es dazu kam, läßt sich leicht nachvollziehen. Wenn die Fruchtblase gewöhnlich in der offenbar aktivsten Phase der Geburt platzt, dann könnte diese Phase durch das künstliche Sprengen der Fruchtblase vielleicht schneller erreicht werden. Und es trifft bestimmt zu, daß zu einem bestimmten Zeitpunkt kurz vor der vollständigen Eröffnung des Muttermundes, sollte die Fruchtblase bis dahin noch nicht von selbst geplatzt sein, das künstliche Sprengen oft zu einem sehr schnellen Fortgang bis zur vollständigen Eröffnung und dem Beginn der Austreibungsphase führt. Es stimmt auch, daß bei einer Frau, die liegt, das Sprengen der Fruchtblase zu einem bestimmten Zeitpunkt während der aktiven Geburtsphase den Geburtsvorgang beschleunigt. Eine Untersuchung ergab, daß bei Frauen, deren Fruchtblase früh gesprengt worden war, die Geburt 50 Minuten früher beendet war als bei einer Kontrollgruppe von Frauen, bei denen die Fruchtblase nicht künstlich gesprengt wurde.

Der kindliche Kopf übt eine stärkere Kraft auf den Muttermund aus als das Fruchtwasserpolster, und durch diesen Druck wird die Ausschüttung von Oxytozin in den mütterlichen Blutkreislauf unterstützt (Fergusson-Reflex). Doch könnte die Geburt ebenso wirksam verkürzt werden, wenn die Frau umhergehen dürfte und die Fruchtblase intakt bleibt. Offensichtlich ist es die horizontale Lage, die die Geburt verzögert.

Wenn die Fruchtblase früh gesprengt wird, wird der kindliche Kopf stärker verformt – ein Anzeichen dafür, daß sehr viel mehr Druck auf den kindlichen Kopf ausgeübt wird, wenn kein Fruchtwasserpolster mehr da ist. In seiner klassischen Untersuchung des normalen Geburtsverlaufs[6] zeigt Friedman, daß ein frühes Sprengen der Fruchtblase nichts hilft – im Gegenteil, das Baby und die Gebärmutter werden dadurch dem Eindringen krankheitserregender Stoffe ausgesetzt; Infektionen stehen in direktem Zusammenhang mit der Zeitspanne zwischen Sprengen der Fruchtblase und Geburt. Durch die elektronische Herztonüberwachung können heute einige der Auswirkungen des Sprengens der Fruchtblase beobachtet werden. Wenn wegen der gesprengten Fruchtblase der kindliche Kopf nicht mehr abgepolstert ist, besteht eine größere Wahrscheinlichkeit von Verlangsamungen der kindlichen Herztöne zu Beginn einer Wehe. Das ist der Fall, wenn die Fruchtblase vor einer Eröffnung des Muttermundes von fünf Zentimetern offen ist, ganz gleich ob das künstlich oder natürlich erfolgte, und diese Wirkung wird durch gleichzeitige Verwendung von Oxytozin zur Einleitung und Wehenanregung verstärkt. Man führt dies auf den Druck des kindlichen Kopfes gegen einen rigiden Muttermund zurück.

Es wird damit nicht behauptet, daß diese Art von Herztonverlangsamungen für das Baby gefährlich seien. Doch sind sie ein Anzeichen dafür, daß mehr Druck auf das Baby ausgeübt wird als bei stehender Fruchtblase. Die meisten Babys halten diesen Druck gut aus. Einige Ergebnisse weisen darauf hin, daß nach Sprengen der Fruchtblase eher die Möglichkeit besteht, daß der Blutfluß in der Nabelschnur des Babys unterbrochen wird und sich die Schädelknochen auf Grund des Drucks verschieben. Ein Zeichen hierfür ist eine Geburtsgeschwulst, eine dicke Beule auf einer Kopfseite des Babys, je nachdem, in welcher Position der Kopf des Babys gegen den Muttermund gedrückt hat. Der kindliche Kopf besteht nicht aus einer geschlossenen Schädeldecke; genau in der Mitte verläuft eine Naht, und zwei weiche Stellen, die Fontanellen,

befinden sich jeweils zwischen den beiden Scheitelbeinen und dem Hinterhauptsbein, und den Scheitelbeinen und dem Stirnbein. Wenn auf den Hinterhauptsknochen und das Scheitelbein sehr viel Druck ausgeübt wird, schiebt sich die Schädeldecke über den Fontanellen zusammen.
Andere Untersuchungen über die Auswirkungen der Amniotomie hatten das chemische Gleichgewicht des kindlichen Blutes unmittelbar nach der Geburt zum Gegenstand. Es wurde festgestellt, daß Babys, bei denen die Fruchtblase bis zur vollen Eröffnung oder darüber hinaus intakt blieb, ein besseres Säure-Basen-Gleichgewicht hatten als Babys, deren Fruchtblase gesprengt worden war.[7] Eine Erklärung hierfür lautet, daß der Fruchtwasserverlust bei starken Wehen zu einem Zusammendrücken der Oberfläche der Plazenta auf der Seite des Kindes führen kann, was in diesem Teil der Plazenta eventuell zu einem verringerten Blutfluß führt. Das gleiche kann passieren, wenn zwischen dem Baby und der Gebärmutterwand Druck auf die Nabelschnur ausgeübt wird.
Es scheint also so zu sein, daß einer der häufigsten Gründe für das Sprengen der Fruchtblase – nämlich der, eine Kopfschwartenelektrode zur ständigen Überwachung der Herztöne anzubringen – manchmal gerade den Zustand herbeiführt, zu dessen Aufzeichnung die elektronische Herztonüberwachung dienen soll, und daß es sicherer wäre, die Fruchtblase intakt zu lassen, bis sie von selbst platzt. Wenn ihr Arzt die elektronische Herztonüberwachung routinemäßig anwendet, sollten Sie ihn vielleicht darauf hinweisen, daß Sie keine Kopfschwartenelektrode wünschen, solange die Fruchtblase nicht von selbst geplatzt ist.

Herztonüberwachung

Herztonüberwachung gibt es schon lange; überall auf der Welt haben Hebammen im Lauf der Zeiten die Herztöne des Babys durch die Bauchdecke der Mutter abgehört, entweder durch einfaches Lauschen mit dem Ohr oder durch Geräte zur Verstärkung des Geräuschs. Ebenso wie heute haben Hebammen auch früher ein Hörrohr verwendet, das gegen den Bauch der Mutter gedrückt wurde. Doch die menschliche Überwachung wird jetzt durch elektronische Geräte ersetzt. In immer mehr Kliniken wird ständig überwacht, indem an den Bauch der Mutter eine Elektrode angelegt wird. Etwa 20 Prozent der Ergebnisse werden mit dieser Methode nicht richtig aufgezeichnet. Sobald der Muttermund weit genug eröffnet ist, wird die Elektrode durch die Scheide und den

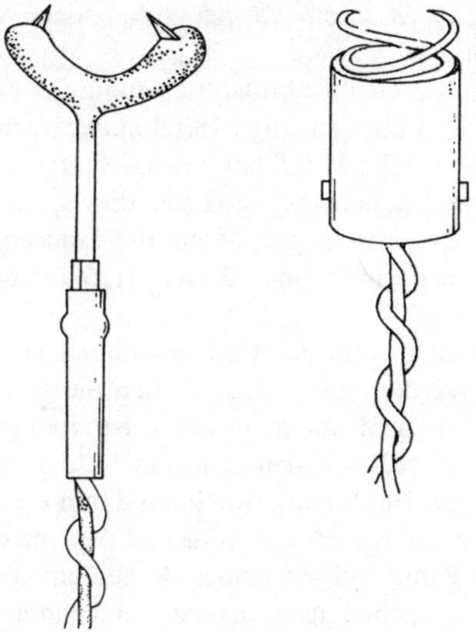

Abb. 1: Kopfschwartenelektroden[8]

Muttermund eingeführt und dort am Kopf des Babys festgeklammert oder geschraubt.
Manche Frauenärzte sind der Meinung, daß bei jeder Frau während der Wehen eine Überwachung der kindlichen Herztöne durchgeführt werden sollte.
Das Baby erhält seinen Sauerstoff aus dem mütterlichen Blut über die Plazenta. Der normale Herzschlag variiert sehr, doch gewöhnlich beträgt er 120 bis 140 Schläge pro Minute. (Beim Abhören mit dem Hörrohr lauscht die Hebamme meist eine Viertelminute lang und multipliziert dann mit vier. Wenn Ihre Schwangerschaft schon weiter fortgeschritten ist, kann Ihr Mann oder eine Freundin das höchstwahrscheinlich auch mit einem umgedrehten Glas oder einer leeren Toilettenpapierrolle tun, jedenfalls wenn sie das Herz des Babys finden.)
Wenn das Herz sehr schnell schlägt, spricht man von *Tachykardie*. Wenn die Herztöne langsam werden, dann wird das als *Bradykardie* bezeichnet. Sinken die Herztöne unter 100 ab, dann wird davon ausgegangen, daß es dem Kind schlecht geht. Es kann sein, daß eine Unterfunktion der Plazenta vorliegt, so daß das Baby nur unzureichend mit Sauerstoff versorgt wird, oder daß Druck auf die Nabelschnur den freien Blutfluß behindert. Dem kann oft abgeholfen werden, indem die Mutter eine andere Haltung einnimmt oder sich auf die Seite legt, aufsteht und umhergeht oder in den Vierfüßlerstand geht, bei dem die

großen Blutgefäße in ihrem Körper automatisch vom Gewicht der Gebärmutter entlastet werden.
Wird zur Einleitung oder Geburtsbeschleunigung Oxytozin gegeben, sollte in jedem Fall eine ständige Herztonüberwachung durchgeführt werden, da dieses starke Mittel bei unvorsichtiger Anwendung heftige Gebärmutterkontraktionen auslösen kann, die für das Baby zu stark sind und die Mutter sehr anstrengen. Wenn die Frau einen Oxytozintropf bekommt, wird fast immer eine ständige Herztonüberwachung durchgeführt.
Ist die Frau nicht an ein Gerät zur ständigen Herztonüberwachung angeschlossen, werden bei starken Wehen die Herztöne gewöhnlich mindestens alle zehn Minuten, in der Austreibungsphase nach jeder Preßwehe, überprüft. Das bedeutet also nicht, daß etwas nicht stimmt.
Bei einer ständigen Herztonüberwachung durch CTG (Cardiotokografie, grafische Darstellung der Herztöne und Wehentätigkeit) werden die Herzschläge auf Papier aufgezeichnet. Außerdem können die Herztöne meist noch durch Lichtsignale sichtbar, und durch Knopfdruck akustisch wahrnehmbar gemacht werden.
Durch diese Geräte werden gleichzeitig auch Stärke und Dauer der Gebärmutterkontraktionen aufgezeichnet, so daß in jeder Phase das Befinden des Babys geprüft werden kann. Vielen Frauen gefällt es, die Stärke und Länge ihrer Wehen ablesen zu können, und es beruhigt sie, den Herzschlag des Babys hören zu können. Oft beschleunigen sich die Herztöne des Babys während einer Wehe, wenn die Gebärmutter Druck auf das Baby ausübt und es kräftig »massiert«, doch manchmal werden sie auch sehr viel langsamer. Besonders achten die Geburtshelfer auf »Dips« in der Herztätigkeit, ein Schwächerwerden der Herztöne. Wenn sich das mit dem Ende einer Wehe nicht wieder normalisiert, geht es dem Kind eventuell schlecht. Dann wird die Geburt meist durch Zange oder Kaiserschnitt möglichst schnell herbeigeführt. Aus der Sicht der Frauen kann die ständige Herztonüberwachung mit Nachteilen verbunden sein:

1. Solange der Muttermund noch nicht ausreichend eröffnet ist, um die Elektrode am Kopf des Baby zu befestigen, läßt sich eine ständige Herztonüberwachung nur durchführen, indem ein Gürtel fest um den Bauch der Mutter gelegt wird. Damit die Herztöne von den Elektroden deutlich übertragen werden können, müssen sie fest auf der Bauchdecke aufsitzen. Leider kann der Druck während der Wehen zu unnötigen Schmerzen führen.
2. Bei dieser häufigsten Art der Wehenüberwachung ist es schwierig, im Bett liegend auch nur die Lage zu verändern. Langes Liegen in

derselben Lage ist unbequem und kann Rückenschmerzen verursachen, auch ohne Wehen. Für eine Frau in den Wehen kann es akute Schmerzen bedeuten. Die Überwachung durch Radiowellen, wie sie bei Astronauten eingesetzt wird, steckt erst in den Anfängen. Diese als *Telemetrie* bezeichnete Überwachungsmethode ermöglicht es der Frau, während der Wehen umherzugehen.
3. Wenn das CTG an der Bauchdecke befestigt wird, dann ist eine leichte Bauchmassage, die bei Wehen oft sehr hilfreich ist, schwierig oder unmöglich, weil die Elektrode sich dadurch lösen kann oder die Aufzeichnungen durch das Massieren gestört werden.
4. Das andere Problem ist, daß Maschinen nicht immer funktionieren. Es kann sehr alarmierend sein, wenn der Herzschlag des Babys offenbar aussetzt oder wenn plötzlich viele Leute ins Zimmer kommen, die das Gerät überprüfen. Manche Frauen empfinden es auch sehr störend, wenn Wartungspersonal kommt, um das Gerät zu reparieren.

Die ständige Herztonüberwachung hat außerdem möglicherweise schädliche Auswirkungen auf das Baby, die zwar gegen die offensichtlichen Vorteile, während der Geburt ein »Fenster zur Gebärmutter« zu haben, aufgewogen, jedoch nicht völlig außer acht gelassen werden sollten.
Das größte Problem betrifft Mutter wie Baby: normale Abweichungen in der Herzfrequenz sind noch nicht vollständig erforscht, so daß die Geburt eventuell zu einem Zeitpunkt durch Zange oder Kaiserschnitt beendet wird, zu dem mit dem Baby eigentlich noch alles in Ordnung gewesen wäre.
Meist war die Konsequenz der apparativen Herztonüberwachung, daß in den Kliniken, in denen man sich zur Einschätzung des kindlichen Zustands auf diese Methode verläßt, die Anzahl sowohl der Zangengeburten wie der Kaiserschnitte zunahm. Einige Geburtshelfer sind der Ansicht, daß es so leicht zu Fehlern kommt und unnötig eingegriffen wird, und daß deshalb bei einem Überwachungsergebnis, das auf einen schlechten Zustand des Kindes hinweist, immer ein Blutstropfen aus dem kindlichen Kopf entnommen und auf chemische Veränderungen analysiert werden sollte, die den schlechten Zustand des Kindes bestätigen. Selbst bei der – bedenklichsten – Herztonverlangsamung gegen Ende jeder Wehe und in den Wehenpausen (»Dip II«) liegt nur in einem Drittel aller Fälle eine anormale chemische Blutzusammensetzung vor.
Die mangelnde Bewegungsfreiheit der Mutter kann sich auf das Baby auswirken, besonders, wenn sie flach oder fast flach auf dem Rücken liegt. Zahlreiche geburtshilfliche Eingriffe hängen mit dieser *dorsalen*

Geburtshaltung zusammen, welche die Geburtshelfer als für sie günstige Position gewöhnt sind. Doch wird durch diese Haltung Druck auf die großen Blutgefäße ausgeübt und so der Blutfluß zum Baby vermindert. Ständige Herztonüberwachung kann also gelegentlich tatsächlich die Ursache für die Abweichungen sein, zu deren Aufzeichnung sie dient. Wenn Sie an einen Herzton-Wehenschreiber angeschlossen werden, ist es ratsam, sich auf die Seite zu legen oder aufrecht zu sitzen und bei Gelegenheit die Haltung zu verändern. Wenn dabei die Elektrode verrutscht, muß sie anschließend wieder richtig angebracht werden.

Weil die Kopfschwartenelektorde fest sitzen muß, wird die Haut durchstochen, dabei bleibt eine kleine Wunde zurück. Manchmal kommt es anschließend zu einer Infektion, und es kann passieren, daß an dieser Stelle nie Haare wachsen. Das ist nicht schwerwiegend, wenn die Notwendigkeit einer ständigen Herztonüberwachung besteht. Unnötig dagegen ist eine solche Verletzung, wenn die Überwachung der Herztöne routinemäßig erfolgt.

Geräte zur Herzton-Wehenüberwachung werden von einigen sehr großen Firmen hergestellt, die in hartem Wettbewerb zueinander stehen. Einige Geburtshelfer empfinden die Vertreterbesuche allmählich als lästig. Der Hinweis sollte nicht fehlen, daß Wehenschreiber damit nicht mehr nur Geräte zu Forschungszwecken sind, sondern Gegenstand eines Riesengeschäfts.

Die Herztonüberwachung mit CTG hat einen weiteren sehr subtilen, doch ärgerlichen Nebeneffekt: das Hauptinteresse richtet sich nicht auf die Frau, die das Baby bekommt, sondern auf die Apparate. Wenn Schwestern oder Ärzte ins Zimmer kommen, schauen sie möglicherweise erst die Aufzeichnungen und dann die Frau an. Selbst der Vater verläßt sich vielleicht stärker auf das, was das Gerät anzeigt als auf das, was die Frau zu fühlen angibt. Das ist fast so, als würde sich das Baby selbst in diesem Gerät befinden, als fände sein ganzes Wesen Ausdruck im Ausschlag der Nadel und in den gezackten Formen, die Beweis für das Leben in der Gebärmutter sind. Wenn die Mutter die Aufzeichnungen anschaut, ist es, als würde sie ihr Baby nicht mehr in ihrem eigenen Körper, sondern draußen, in der unaufhörlichen Tätigkeit des Geräts beobachten. Wir wissen nicht, in welcher Weise diese Begleitumstände darauf wirken, wie die Mutter und auch der Vater ihr Baby sehen. Doch wir wissen, daß durch das Gewicht, das den elektronischen Geräten beigemessen wird, alles andere zurückgedrängt zu werden scheint, und daß der Vater manchmal Schwierigkeiten hat, der Frau in den Wehen körperlich nahezukommen, weil einfach kein Platz für ihn in der Nähe des Bettes ist. Das Gerät ist von zentraler Bedeutung, und er muß mit dem verbleibenden Platz vorliebnehmen. Welche emotionale Wirkung

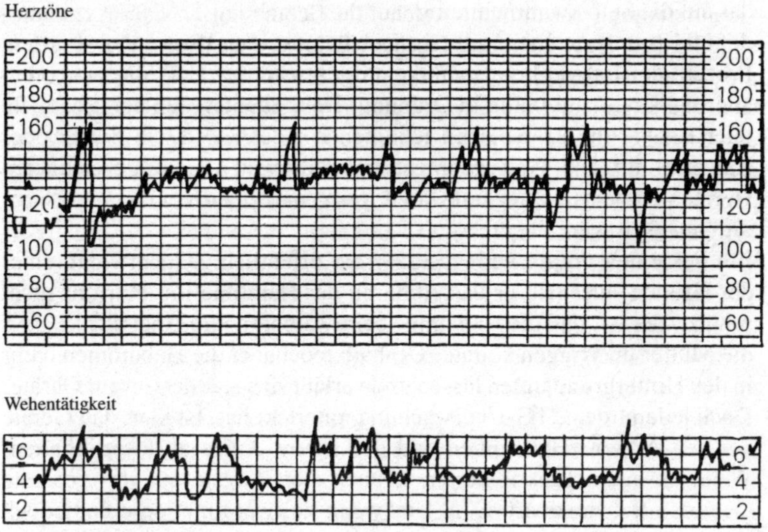

Abb. 2: Aufzeichnung der normalen kindlichen Herztöne

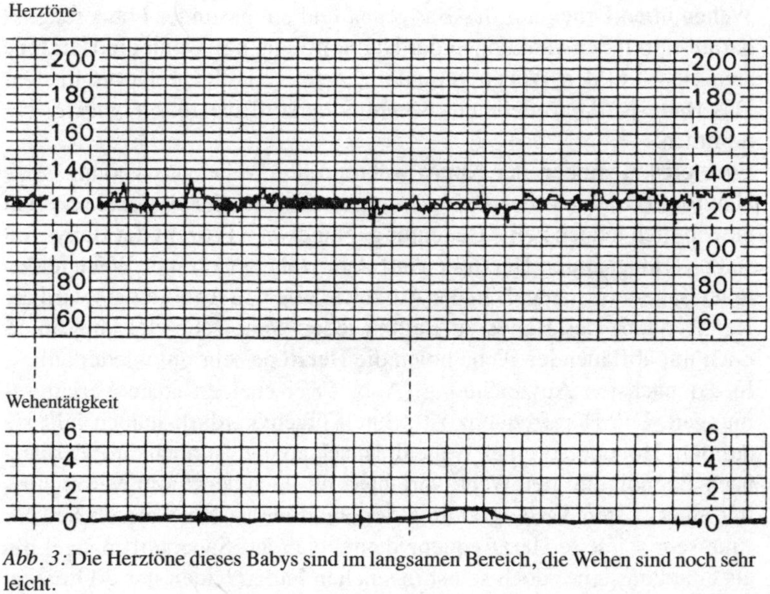

Abb. 3: Die Herztöne dieses Babys sind im langsamen Bereich, die Wehen sind noch sehr leicht.

das auf die Selbstwahrnehmung, auf die Beziehung des Paares zueinander und zum Baby hat, muß erst noch herausgefunden werden. Fünfzig Prozent der Babys, bei denen die aufgezeichneten Herztöne scheinbar anormal sind, sind völlig in Ordnung. Das bedeutet, daß bei der Hälfte aller Babys, die in manchen Kliniken nur deshalb durch Zange oder Kaiserschnitt zur Welt gebracht wurden, weil die aufgezeichneten Herztöne besorgniserregend waren, gar keine operative Geburt notwendig gewesen wäre.

Ein bekannter englischer Professor hat öffentlich geäußert, daß einer der Gründe, weshalb er das Abhören der Herztöne mit Hörrohr nicht schätzt, der ist, daß die Hebamme beim Abhören ihre Ängstlichkeit auf die Mutter übertragen könnte. Deshalb möchte er die Hebammen mehr in den Hintergrund treten lassen und verläßt sich stattdessen auf Geräte. Doch jedem, der CTG-Überwachung miterlebt hat, ist klar, daß Geräte bei den Ärzten, Hebammen und den Eltern Angst auslösen können. Wenn sie nicht funktionieren, können sich Ängste auf das gesamte Geburtshilfeteam übertragen. Und wenn sie zwar funktionieren, jedoch unerklärliche Schwankungen der Herztöne anzeigen, lösen sie ebenfalls Angst aus.

In Abbildung 2 sind die »normalen« Herztöne in einer Frequenz von 120 bis 160 Schlägen pro Minute aufgezeichnet, darunter die Wehen der Mutter. Kein Baby hat einen völlig regelmäßigen Herzschlag. Schwankungen von mindestens 10 Schlägen pro Minute sind normal.

Wehen üben Druck auf das Baby aus, und ein gesunder Fötus reagiert darauf durch Schwankungen der Herztonfrequenz. Wenn die Herztöne sich nicht mit den Wehen verändern, dann verläuft die Kurve flacher. Das Baby ist dann vielleicht wegen Sauerstoffmangels, *Hypoxie,* benommen.

Ein tiefes Absinken der Kurve während der Wehe, das verlangsamte Herztöne (Bradykardie) anzeigt, kann ein Zeichen für Hypoxie sein, hat gewöhnlich jedoch keine Bedeutung. Nur etwa 7 Prozent der Babys mit stark verlangsamten Herztönen auf dem Höhepunkt einer Wehe leiden unter Sauerstoffmangel. In der Aufzeichnung von Abbildung 4 wird die Herzfrequenz des Babys zu Beginn jeder Wehe sehr viel langsamer, doch mit abflauender Wehe holen die Herztöne sehr gut wieder auf.

In der nächsten Aufzeichnung (Abb. 5) erscheinen späte Verlangsamungen. Die Herzfrequenz ist schnell (Tachykardie), jedoch fällt sie auf dem Höhepunkt einer Wehe drastisch ab und ist noch eine Zeitlang nach Beendigung der Wehe verlangsamt. Tachykardie in Verbindung mit einer späten Verlangsamung der Herztöne ist ein Warnzeichen.

Eine sehr schnelle Herzfrequenz deutet eher auf Sauerstoffmangel hin als eine langsame, doch selbst in solchen Fällen leiden nur 20 Prozent

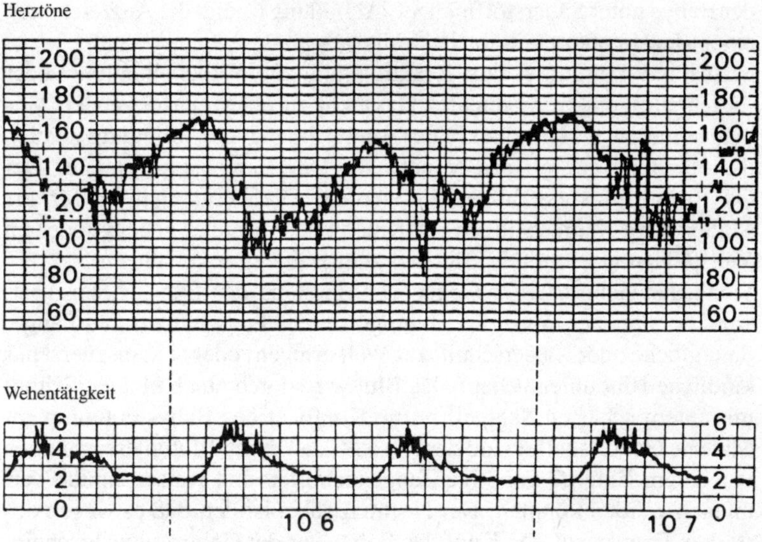
Herztöne
200
180
160
140
120
100
80
60
Wehentätigkeit
6
4
2
0
10 6
10 7

Abb. 4

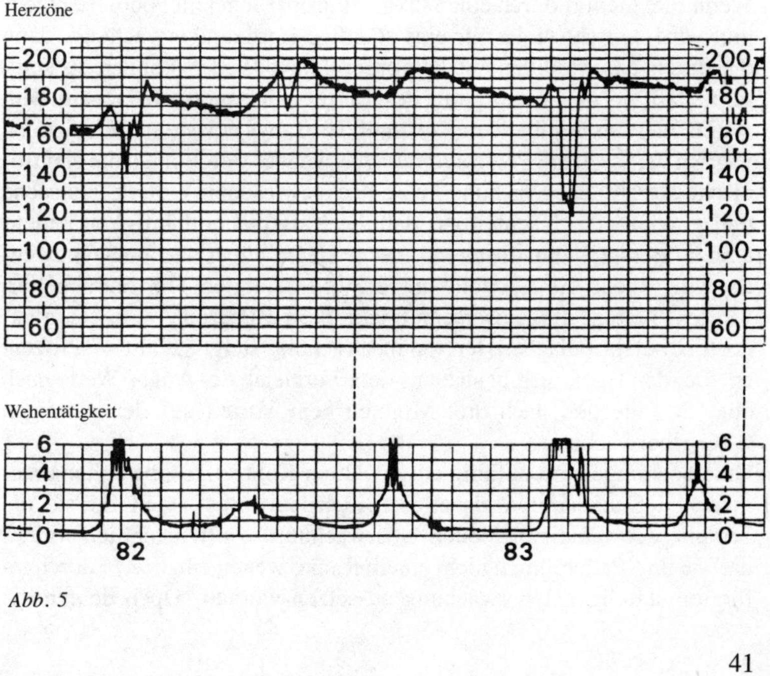
Herztöne
200
180
160
140
120
100
80
60
Wehentätigkeit
6
4
2
0
82
83

Abb. 5

der Babys unter Sauerstoffmangel. Abbildung 6 zeigt die Aufzeichnung einer Herzfrequenz mit Tachykardie.
Manchmal kommt es als Reaktion auf zur Weheneinleitung oder -beschleunigung verabreichtes Oxytozin zu einer alarmierenden Verlangsamung der Herztöne. In der Aufzeichnung der Abbildung 7 fallen die Herztöne auf 60 pro Minute ab. Das Baby ist in Gefahr. Der Oxytozintropf sollte abgestellt werden. Die beste Haltung für die Mutter wäre wahrscheinlich auf Knien oder vornüber gebeugt oder im Vierfüßlerstand, um den Blutfluß zum Baby zu unterstützen.
Wenn der Geburtshelfer wegen der Herztöne des Babys besorgt ist, kann er entweder unverzüglich eingreifen und das Baby durch Zange, Saugglocke oder Kaiserschnitt zur Welt bringen, oder er kann zuerst das kindliche Blut untersuchen. Das Blut wird durch einen kleinen Schnitt mit einem scharfen Skalpell in die Kopfhaut des Babys entnommen. Manche Geburtshelfer sind der Ansicht, daß durch Blutuntersuchungen vor einem Eingriff unnötige Zangengeburten und Kaiserschnitte vermieden werden könnten. Der Nachteil dabei ist der, daß es wegen des starken Drucks auf den Kopf des Babys vor der Geburt unwahrscheinlich ist, daß der pH-Wert des Kopfhautblutes wirklich genau den allgemeinen biochemischen Zustand des Babys wiedergibt. Das Blut, das untersucht wird, stammt ja aus einer Schwellung. Selbst dann kann es also zu unnötigen operativen Entbindungen kommen.
Wenn Ihre Geburt durch einen Oxytozintropf eingeleitet oder beschleunigt wird, spricht vieles für eine ständige Herztonüberwachung, denn die durch das Medikament hervorgerufenen Wehen können so stark sein, daß sie die Versorgung des Babys mit sauerstoffreichem Blut stören oder unmittelbar den Kreislauf des Babys belasten. Wenn jedoch vaginal verabreichte *Prostaglandine* verwendet werden, hat die elektronische Herztonüberwachung keine nachgewiesenen Vorteile. Tatsache und gravierender Nachteil ist, daß die Kaiserschnitthäufigkeit bedeutend größer ist, wenn die elektronische Herztonüberwachung angewendet wird. Wenn die Herztöne immer wieder mit dem Hörrohr abgehört werden, beträgt die Kaiserschnitthäufigkeit 3 Prozent, was wenig ist, doch bei elektronischer Herztonüberwachung steigt sie auf 47 Prozent an. Bei den Babys ergibt sich aus dem Vergleich der Apgar-Werte nach einer Minute und nach drei Minuten kein Vorteil aus der ständigen CTG-Überwachung.
Untersuchungen mit zufällig ausgewählter Kontrollgruppe galten unter manchen Frauenärzten als ethisch nicht vertretbar, weil für sie die Vorteile der ständigen fötalen Überwachung so offensichtlich waren, daß sie ihre Patientinnen nicht einem Risiko wegen einer *nicht* durchgeführten ständigen Überwachung aussetzen wollten. Doch deuten die

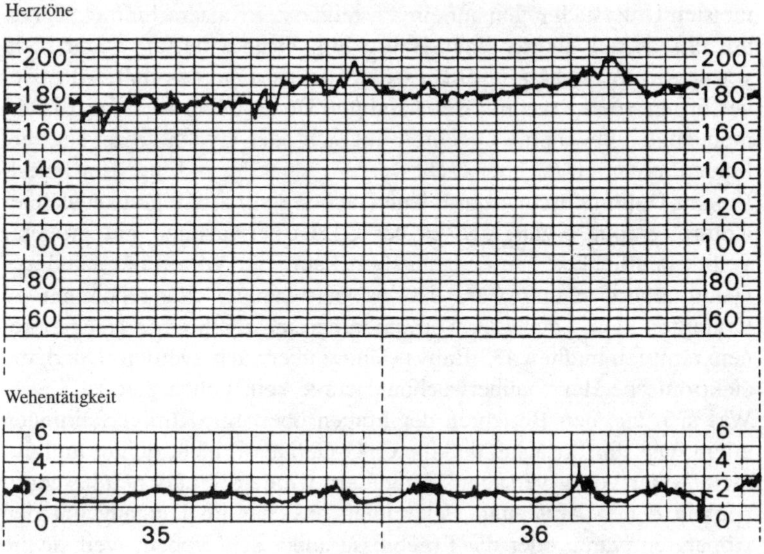
Herztöne
200
180
160
140
120
100
80
60
Wehentätigkeit
6
4
2
0
35
36

Abb. 6

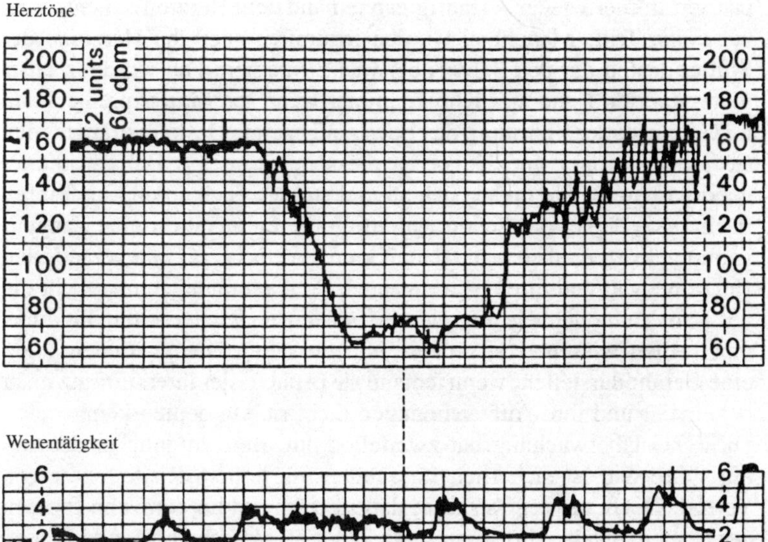
Herztöne
200
180
160
140
120
100
80
60
2 units
60 dpm
Wehentätigkeit
6
4
2
0
83
84

Abb. 7

meisten Untersuchungen auf ein Ansteigen der Kaiserschnitthäufigkeit um ein Drittel bis zu einer Hälfte hin. Grund hierfür waren nicht vermehrte Anzeichen für einen schlechten Zustand des Babys. Entweder bringt etwas, das mit der ständigen Herztonüberwachung zusammenhängt, unbekannte Gefahren mit sich oder Gynäkologen sind bei Frauen, die mit CTG überwacht werden, schneller zu Eingriffen bereit. Eine in Dublin durchgeführte Untersuchung mit zufällig ausgewählter Kontrollgruppe ergab, daß es bei CTG-Überwachung mit größerer Wahrscheinlichkeit zur Zangengeburt kam. Ein Vorteil der ständigen Herztonüberwachung war, daß es bei weniger Neugeborenen zu Krämpfen kam – doch zur Verhinderung eines Falles von Neugeborenenkrämpfen mußten 433 Babys ständig überwacht werden. Durch die elektronische Herztonüberwachung wurde kein Leben gerettet.
Was sich aus den Berichten der Frauen über ihre Klinikerfahrungen ergab, war die Tatsache, daß die CTG-Geräte oft nicht richtig funktionieren oder völlig versagen. Außerdem wurden Situationen beschrieben, in denen Ärzte und Hebammen unsicher im Umgang mit den Apparaten waren oder die Ergebnisse außer acht ließen, weil sie sie nicht interpretieren konnten. Oft wurden das Alarmzeichen oder eine Aufzeichnung, die ein Absinken der kindlichen Herztöne ergab, ignoriert und der Mutter gesagt: »Ach, beunruhigen Sie sich nicht, das passiert immer wieder.« Häufig gab jemand dem Herztonwehenschreiber einen Tritt. Manchmal wurden irrtümlich auch die Herztöne der Mutter anstatt der des Babys überwacht: In einem Fall wurde in einer renommierten Londoner Klinik, immer wenn die Mutter preßte, vom CTG eine starke Belastung des Babys angezeigt. Deshalb drängte man sie, noch heftiger und länger zu pressen, damit das Baby schneller geboren würde. Sie mühte sich ab und strengte sich an und hielt ihren Atem noch länger an. Schon wurden Vorbereitungen für eine Zangengeburt getroffen, als jemand darauf kam, daß das CTG ihre veränderten Herztöne während ihrer anstrengenden Preßbemühungen und nicht die des Babys aufzeichnete. Geräte, die in den Händen derer, die mit ihnen umzugehen wissen, von großem Nutzen sein können, können sogar eine Gefahr darstellen, wenn jemand sie benützt, der ihren Einsatz nicht beherrscht und ihre Aufzeichnungen nicht richtig deuten kann.
Die CTG-Überwachung hat zweifellos ihre Berechtigung in der Geburtshilfe und ist sicherlich für Frauen mit hohem Risikofaktor von Vorteil. Doch aus der Tatsache, daß sie für zehn bis fünfzehn Prozent der Frauen angebracht ist, zu schließen, daß es deshalb für alle Frauen bei allen Geburten das Richtige sein müßte, ist eine gefährliche Verallgemeinerung, die leicht zum Mißbrauch des CTG und zur Herabwertung klinischer Maßnahmen führen kann.

Wenn in Ihrem Fall nachdrücklich eine ständige CTG-Überwachung empfohlen wird, Sie sich jedoch unwohl dabei fühlen, »verdrahtet« zu werden, dann bietet sich der Kompromiß an, daß sie zu Beginn der Geburt der äußeren CTG-Überwachung für nicht mehr als eine Stunde zustimmen. Ist in dieser Zeit alles in Ordnung, wird das CTG entfernt und nur dann wieder eingesetzt, wenn die Eröffnung sehr langsam vor sich geht oder andere Anzeichen das Wohlbefinden Ihres Babys in Frage stellen.

Geburtseinleitung

Eine Geburt kann künstlich ausgelöst werden. Das wird schon seit Hunderten von Jahren auf die eine oder andere Art gemacht. Doch erst in den letzten 20 Jahren ist eine wirklich wirkungsvolle und einfache Methode entwickelt worden, die nun einige Ärzte dazu verwenden, die Geburt zu einem Zeitpunkt einzuleiten, der ihnen für das Baby, die Mutter und auch für die Klinikorganisation am günstigsten erscheint.
In den Kliniken und unter einzelnen Ärzten herrschen unterschiedliche Auffassungen, ob eine Einleitung bei der Patientin jeweils wünschenswert ist. Manche Ärzte plädieren bei den meisten Frauen für eine Einleitung, damit die Geburt tagsüber, wenn Ärzte, Hebammen, Anästhesisten und Kinderärzte verfügbar sind, stattfinde. Einige Ärzte meinen, während der normalen Arbeitszeit zwischen 9 und 5 Uhr könnten alle am effizientesten arbeiten, deshalb sei es das beste, wenn alle Babys in diesem Zeitraum geboren würden. Auch der Hinweis auf den Rückgang der perinatalen Säuglingssterblichkeit wird angeführt. Dieses Argument ist jedoch nicht stichhaltig, denn zu einem Rückgang der Säuglingssterblichkeit kam es auch in Ländern wie Norwegen, wo nicht gleichzeitig vermehrt Geburten eingeleitet wurden (wie z. B. in England).
In vielen Kliniken werden Einleitungen nur deshalb durchgeführt, weil es für die Mutter bequemer sei. Vielleicht möchte sie den Geburtstermin genau vorausplanen, weil sie ein kleines Kind hat, auf das dann die Großmutter aufpaßt oder weil ihr Mann geschäftlich viel unterwegs ist. Sehr viele Frauen haben um die 38. Woche genug von der Schwangerschaft und nutzen dann gern die Möglichkeit der Einleitung.
Doch das Abwägen sozialer oder »bequemer« Gründe auf der einen und medizinischer Gründe auf der anderen Seite gibt die wirklichen Vorgänge nicht zutreffend wieder. Denn es gibt *schwerwiegende* medizinische Anlässe, wie den einer schweren Präeklampsie (siehe S. 46) oder

den eines Aussetzens der Plazentafunktion, und *geringfügige*, bei denen manche Ärzte eine Einleitung für nötig befinden, andere nicht.
Werdende Mütter können leicht verunsichert werden. Die einen überlassen alle Entscheidungen lieber ihrem Arzt. Andere dagegen möchten informiert sein, um mit dem Arzt über die Vor- und Nachteile einer Geburtseinleitung reden und eine gemeinsame Entscheidung treffen zu können. Und es gibt Frauen, die eine Entscheidung für oder gegen eine Einleitung selbstverantwortlich, unabhängig von der Meinung des Arztes, treffen möchten. Dem halten die Ärzte häufig ihre »medizinische Verantwortung« entgegen. Manche meinen, daß von ihnen nicht erwartet werden kann, daß sie weiterhin die Verantwortung für eine Patientin übernehmen, die ihren Rat zurückweist und ihre fachliche Kompetenz in Frage zu stellen scheint. Dieser Tatsache sollten sich die Frauen bewußt sein, wenn sie mit ihrem Arzt über Geburtseinleitung reden.
Die effektive Geburtseinleitung brachte für die Geburtshilfe einen großen technischen Fortschritt – mit Bedacht angewandt, kann sie das Leben vieler Babys retten. Das bedeutet nicht, daß eine Einleitung bei den meisten Babys von Vorteil sei. Aus organisatorischem oder administrativem Anlaß ist sie meistens nicht ratsam. In folgenden Situationen jedoch kann sie angebracht sein.

Eine *Gestose oder Präeklampsie* (es bedeutet das gleiche) liegt vor, wenn die Mutter ständig hohen Blutdruck hat, nicht nur, wenn sie zu den Vorsorgeuntersuchungen geht. Außerdem ist in ihrem Urin Albumin (Eiweiß) enthalten, und es sammelt sich in ihrem Körper Flüssigkeit an, so daß ihre Finger, Fußgelenke und vielleicht auch ihr Gesicht anschwellen. Oft wird dieser Zustand begleitet von einer plötzlichen, sehr starken Gewichtszunahme – eine deutliche Indikation für eine Einleitung, bevor die Plazenta ihre Funktion einstellt. Eine schwere Präeklampsie nämlich führt dazu, daß die Plazenta, die dem Baby in der Gebärmutter die Nahrung liefert, es mit Sauerstoff versorgt und die Abfallprodukte abführt, ihre Aufgaben nicht mehr erfüllen kann und für das Baby zum Risiko wird.
Sehr hoher Blutdruck an sich ist auch eine Indikation für eine Einleitung. Schwellungen oder Wasseransammlungen im Gewebe jedoch oder eine ziemlich starke Gewichtszunahme machen noch keine Einleitung notwendig.
Eine *Diabetes* der Mutter bedeutet, daß ihr Baby möglicherweise sehr groß und damit nach etwa der 36. Woche in der Gebärmutter einem zusätzlichen Risiko ausgesetzt ist. Gewöhnlich wird die Geburt zwei bis drei Wochen vor dem Termin eingeleitet, bevor wegen der Größe des Babys eine vaginale Geburt unmöglich wird.

Überschreiten des Geburtstermins gilt oft als Indikation für eine Einleitung, obwohl sich Gynäkologen nicht immer einig sind, was als Übertragung anzusehen ist. Es sollten immer verschiedene Faktoren, die Anzeichen für eine Übertragung sein können, geprüft werden, neben den reinen Daten also auch das Vorhandensein des Hormons Östriol im Blut der Mutter oder in ihrem Urin. Zusätzlich wären eine Reihe von Ultraschallaufnahmen möglich.
Viele Frauen überschreiten den Geburtstermin. Der vom Arzt ermittelte Termin beruht auf einem statistischen Durchschnitt. In manchen Kliniken ist es die Regel, eine Einleitung vorzunehmen, wenn die Schwangere den errechneten Termin um eine oder zwei Wochen überschritten hat. Doch ist es wichtig, daß Ihre Daten stimmen und Sie wirklich sicher wissen, wann der erste Tag Ihrer letzten Periode vor der Schwangerschaft war. Viele Frauen können diesen Tag nicht bestimmen und geben dem Arzt häufig ein fiktives Datum an.

Für eine Geburtseinleitung kann es noch andere triftige Gründe geben, sie sollten der Frau ausführlich in verständlichen Worten erklärt werden. Ein enges Becken z. B. kann für eine Einleitung sprechen.
Frauen, die schon früh in die Klinik eingeliefert werden, weil sie ruhen und beobachtet werden sollen, sehnen das Ende der Schwangerschaft herbei. Eine Frau schrieb, daß ihr die Einleitung sehr viel lieber war als ein spontaner Geburtsbeginn. »Das ist«, meinte sie, »die einzig zivilisierte Möglichkeit.« Ähnlich äußerte sich eine Hebamme gegenüber einer Schwangeren in einer hochtechnisierten Klinik: »Ja, aber Sie wollen doch Ihr Kind nicht etwa mitten in der Nacht zur Welt bringen, oder?«
Sie sollten wissen, daß eine Einleitung möglicherweise leicht bei Privatpatientinnen in Betracht gezogen wird. Für England z. B. wurde in einer Untersuchung über Einleitungen[9] herausgefunden, daß dort bei Privatpatientinnen, (die nur 2 Prozent der Gesamtpatientinnenzahl von Gynäkologen ausmachen) zu 44 Prozent die Wahrscheinlichkeit einer Einleitung besteht im Vergleich zu 22 Prozent bei Patientinnen, die im Rahmen des staatlichen Gesundheitswesens betreut werden. Das ist merkwürdig, denn Frauen, die sich private medizinische Betreuung leisten können, gehören mit Sicherheit nicht den unteren sozialen Schichten an, und deshalb müßte bei ihnen theoretisch eine geringere Notwendigkeit für Einleitungen bestehen, weil bei ihnen weniger Risikofaktoren vorliegen.
Es gibt verschiedene Methoden der Einleitung. Altbekannt ist die Kombination von Rizinusöl, einem heißen Bad und einem Einlauf, die nur Erfolg zeitigt, wenn die Frau wirklich geburtsbereit ist. Dann gibt es

das Sprengen der Fruchtblase, ein Vorgang, der nur schmerzlos ist, wenn der Muttermund schon leicht geöffnet ist.
Im Mittelpunkt steht heute jedoch hauptsächlich die Anwendung von Oxytozin. Meistens wird es durch einen am Arm der Frau angelegten Venentropf, an den sie während der gesamten Geburt angeschlossen bleibt, direkt in den Blutkreislauf geleitet. Oft bleibt sie auch nach der Geburt noch ein bis zwei Stunden am Tropf, um die Gebärmutter zu starken Kontraktionen anzuregen und die Blutungen zu reduzieren. Das Sprengen der Fruchtblase (am frühen Morgen) und daran anschließend oder ein paar Stunden später eine kontrollierte Oxytozininfusion in die Vene ist eine gewöhnlich erfolgreiche Methode zur Geburtseinleitung. Bei einer Rechtshänderin wird der Tropf am besten am linken Arm angelegt, damit sie die andere Hand noch frei hat, und umgekehrt. Über den Tropf können noch andere Substanzen in den Kreislauf geleitet werden, und meist wird zur Stärkung gleichzeitig Glukose verabreicht. Anfangs wird sehr langsam Oxytozin gegeben, die Geschwindigkeit allmählich gesteigert. Bezweckt wird die Anregung normaler Wehen mit anfangs drei- bis fünfminütigem Abstand und einer Dauer von einer Minute oder etwas mehr. Tatsächlich beginnen die Wehen jedoch oft gleich mit einem Zwei- oder Drei-Minuten-Rhythmus und dauern jedesmal zwei Minuten. Bei längerer Dauer sollte die Frau sofort den Arzt rufen.
Eingeleitete Geburten sind oft kurz und heftig, und die Frau muß sich sehr schnell auf vehemente Wehen in kurzen Abständen einstellen. Manche Frauen würden ohnehin solche Wehen haben und kommen gut damit zurecht.
Immer häufiger werden Prostaglandine verwendet, Wirkstoffe, die von verschiedenen Geweben produziert werden und zuerst im menschlichen Samen entdeckt wurden. So soll der Muttermund erweicht werden, bevor andere Einleitungsmaßnahmen ergriffen werden. Bei einer Erstgebärenden wird dieses Erweichen des Muttermundes durch Scheidenzäpfchen erreicht, die über Nacht wirken. Bei einer Mehrgebärenden sind meist ein paar Stunden schon ausreichend. Manchmal wird die Einleitung allein durch Prostaglandine bewirkt, so daß die Frau zusätzlich keinen Venentropf benötigt und viel beweglicher ist. War der Muttermund vor der Einleitung schon weich, besteht zu 95 Prozent die Chance einer Vaginalgeburt. Wenn der Muttermund jedoch noch nicht geburtsreif ist, wird das Baby mit einer Wahrscheinlichkeit von nur 65 Prozent innerhalb von 48 Stunden vaginal geboren. Deshalb ist die Verwendung von Prostaglandinen zur Erweichung des Muttermundes so wichtig.
Es wäre ein Wunder, wenn es bei einem Vorgang, der einen massiven

Eingriff in den subtil ausgewogenen physiologischen Prozeß der Geburt darstellt, nicht zu gefährlichen Begleiterscheinungen käme.
Da die Wehen von Anfang an sehr stark sind, tendiert eine Frau, deren Geburt eingeleitet wurde, möglicherweise von Anfang an zu Schmerzmitteln und braucht dann eventuell davon mehr als bei einer spontan einsetzenden Geburt. Meine Untersuchung zur Geburtseinleitung[10] ergab, daß nur 8 Prozent der Frauen, die vorher den Einsatz von Schmerzmitteln ablehnten, bei einer eingeleiteten Geburt ohne Medikamente auskamen, während bei Spontangeburten 50 Prozent bei ihrem Vorsatz blieben (abgesehen vielleicht von Lachgas während einiger Wehen).
Gynäkologen können sich nicht einigen, ob eingeleitete Geburten wirklich schmerzhafter seien. In einer hier in der Bundesrepublik durchgeführten Untersuchung, in der sich 25 Prozent der Frauen über heftige Schmerzen im Vergleich zu vorigen, nicht eingeleiteten Geburten beklagten, kamen die Ärzte zu dem Schluß, die Schmerzen würden zum größten Teil auf »einer organischen Entsprechung für unbewußte Schuldgefühle« beruhen![11] Ob das nun dem Sachverhalt entspricht oder nicht, so würden doch die meisten Gynäkologen zumindest dem zustimmen, daß Frauen mit eingeleiteter Geburt mehr Schmerzmittel brauchen. Da bekannt ist, daß *alle* schmerzstillenden Medikamente sich auf das Baby auswirken können, sollten unnötige Geburtseinleitungen vermieden werden. Ein amerikanischer Professor für Pharmakologie in Geburtshilfe und Frauenheilkunde hat das treffend formuliert:

> Jedes Medikament, durch das künstlich die chemische Blutbeschaffenheit der Mutter verändert oder der intrauterine Zustand beeinflußt wird, kann das Baby gefährden. Jedes Medikament, das durch eine Verkürzung der Erholungspausen zwischen den Wehen oder eine Steigerung der Dauer und Intensität der Wehen über den physiologisch normalen Bereich hinaus die normale Sauerstoffversorgung des Babys unterbricht, kann das kindliche Hirn schädigen.

Das wirkungsvollste Mittel zur Schmerzlinderung ist die Periduralanästhesie. Deren Häufigkeit ist mit der Zunahme der Geburtseinleitungen entsprechend gestiegen. Da die Gebärende Schwierigkeiten haben kann, das Kind hinauszuschieben, wenn sie von der Taille abwärts wenig oder gar nichts mehr fühlt, hat auch die Zahl weiterer Eingriffe – wie Kaiserschnitte und Zangengeburten – zugenommen. Häufig kommen Babys nach einer Zangengeburt automatisch auf die Intensivstation, also weg von der Mutter. Psychiater und einige Kinderärzte sehen in der steigenden Zahl der Babys auf Intensivstationen eine besorgniserregende Entwicklung, denn die Trennung von der Mutter bei der Geburt

kann die Mutter-Kind-Bindung beeinträchtigen und zu Stillschwierigkeiten führen.
Babys bekommen außerdem nach einer Einleitung leichter Gelbsucht, sind schläfrig und saugen schlecht. Das kann auf das Oxytozin zurückzuführen zu sein, und auf den Umstand, daß das Baby noch nicht für die Geburt reif war. Diese Unreife ergibt sich nach manchen Einleitungen ganz unerwartet. In den USA ist ein neuer Begriff, »iatrogene Frühgeburt« (d. h. vom Arzt ausgelöste Frühgeburt) geprägt worden, man sagt, sie stelle ein schwerwiegendes perinatales Gesundheitsproblem dar. Das größte Risiko besteht für jedes Baby darin, daß es seine Lebensfunktionen aufnehmen soll, bevor es dem Leben außerhalb des Mutterleibs gewachsen ist. Vor einer Geburtseinleitung sollte immer die Reife des Babys überprüft werden. Man verfügt heute über hoch entwickelte Möglichkeiten zur Datierung der Schwangerschaft. Dennoch ergab eine Untersuchung von fast 1 000 Geburten, daß trotz der Anwendung dieser Techniken die Zahl der Frauen, die unter »Gestationdauer unsicher« eingestuft wurden, nicht zurückging. Zu früh geborene Babys können unter dem *Atemnotsyndrom* leiden, wenn auf Grund nicht ausreichend vorhandenen Oberflächenfaktors (der mit den Blasen im Spülmittel verglichen werden kann) sich ihre Lungen nicht richtig entfalten und zwischen zwei Atemzügen immer wieder kollabieren. Das Atemnotysndrom ist die Hauptursache der Säuglingssterblichkeit.
Die aufgrund einer durch den Arzt falsch beurteilten Schwangerschaftsdauer veranlaßte Einleitung ist einer der Gründe, warum Babys zu früh geboren werden. Wie schon erwähnt, ist nach einer Einleitung die Trennung von Mutter und Kind wahrscheinlicher. Diese scheinbare Nebensächlichkeit ist möglicherweise die allerwichtigste Erkenntnis. Die Stunden und Tage nach der Geburt können sehr bedeutsam für die Entstehung einer Bindung zwischen Mutter und Kind und auch Vater und Kind sein, eine Trennung kann also für die spätere Eltern-Kind-Beziehung Probleme bringen. In meiner oben zitierten Untersuchung[12] über eingeleitete Geburten fand ich heraus, daß 42 Prozent dieser Mütter vom Kind getrennt wurden, entweder, weil das Baby in Intensivbehandlung kam oder weil die Mutter so mit Medikamenten vollgepumpt war, daß sie kein Interesse am Kind hatte, ja manchmal nicht einmal wußte, daß es schon geboren war. Ich bezeichnete das als »pharmakologische Trennung«. Das erscheint mir wichtig, denn es hat wenig Sinn, der Mutter das Baby ins Bett zu legen, wenn sie gar keinen Kontakt zu ihm aufnehmen kann. Es geht also nicht nur um eine körperliche Trennung der beiden – manchmal stehen Mutter und Baby so sehr unter Medikamenteneinfluß, daß sie keine Beziehung zueinander herstellen können.

Diskutiert man also die Einleitung, muß eine ganze Ereigniskette mitberücksichtigt werden, die durch diese künstliche Geburtsauslösung in Gang gesetzt werden kann und nicht nur die Mutter, sondern auch ihr Baby tangiert. Es gilt, diese Faktoren gegenüber den offensichtlichen Vorteilen – daß man mit einer Einleitung das Leben von Babys retten kann – abzuwägen.

Wenn es Ihnen darum geht, eine Einleitung, die nicht unbedingt notwendig ist, zu vermeiden, dann sollten Sie mit Ihrem Arzt einen Termin zu einem Gespräch vereinbaren, am besten zusammen mit Ihrem Mann, nach dem Sie in Ruhe diesen Schritt überlegen können. Denken Sie zusammen über die Fragen nach, die Sie stellen möchten und schreiben Sie sie auf.

Es kann gute Gründe dafür geben, den Vorschlag einer Einleitung anzunehmen. Sie sollten sich die Erklärungen des Arztes gut überlegen, doch wenn Sie sie in Ihrem Fall für nicht zutreffend halten, bedenken Sie sie nochmals zu Hause und teilen Sie der Klinik erst dann Ihre Entscheidung mit.

Dazu benötigen Sie Informationen und Zeit, sich mit den Fakten auseinanderzusetzen. In Ann Cartwrights Untersuchung über Einleitungen[13] wünschten sich 80 Prozent der Frauen mehr Informationen als sie bekommen hatten. Mit Sicherheit waren das nicht nur Angehörige der »beredten Mehrheit«, die mehr darüber erfahren wollten, was mit ihnen gemacht wird und warum. Es betraf Frauen aller sozialen Schichten. In meiner eigenen Untersuchung hatten zwei Drittel der Frauen, die angaben, daß der Einleitung kein Gespräch vorausgegangen war, eine unangenehme Geburt. Aber nur weniger als ein Viertel der Frauen, die sich gut vorbereitet fühlten, klagten über schlimme Wehen.

Falls sich unvorhergesehene medizinische Gründe für eine Enleitung ergeben, Sie z. B. plötzlich hohen Blutdruck bekommen sollten, müssen Sie natürlich erneut Rat einholen. Letztendlich kann es ihre eigene, wohlüberlegte Entscheidung sein, ob Ihre Geburt eingeleitet wird oder nicht.

Es stimmt, daß manche Babys (vielleicht 10–15 Prozent), nur sicher auf die Welt kommen können, wenn die Geburt eingeleitet wird. Es wäre wirklich bedauerlich, wenn Frauen nicht von diesem Fortschritt in der Technik der Geburtshilfe profitieren könnten. Ebenso bedauerlich ist es, wenn unnötig eine Einleitung gemacht wird und damit erst Gefahren für das Baby entstehen.

Wehenverstärkung

Oft läßt sich die Wehentätigkeit durch Sprengen der Fruchtblase anregen. Von manchen Geburtshelfern, die das Fehlen dieses Wasserpolsters für den kindlichen Kopf in seiner Auswirkung auf den Zustand des Babys bei der Geburt untersucht haben, wird diese Art der Wehenverstärkung immer mehr in Frage gestellt. Eine Dip I-Verlangsamung der Herztöne, bei der die Herztöne zu Beginn jeder Wehe nachlassen, tritt auf, wenn die Fruchtblase geöffnet wurde, bevor der Muttermund fünf Zentimeter eröffnet war und wird noch verstärkt, wenn zur Geburtseinleitung oder Wehenverstärkung Oxytozin gegeben wird. Das ist auf den Druck des kindlichen Kopfes gegen einen rigiden Muttermund zurückzuführen.

Sollte die Geburt nach einem Sprengen der Fruchtblase länger dauern, besteht zudem ein erhöhtes Infektionsrisiko, aus diesem Grund kann dann ein Oxytozintropf zur Wehenverstärkung angebracht sein. Heute versteht man unter Verstärkung der Wehentätigkeit gewöhnlich, daß auch nach einem spontanen Geburtsbeginn ein Oxytozintropf gegeben wird.

Nach Ansicht mancher Geburtshelfer sollte eine Geburt nie länger als 10 bis 12 Stunden dauern, und sie beschleunigen und verstärken die Wehen, um den Geburtsvorgang abzukürzen, ein Vorgang, der manchmal als »Geburtsbeschleunigung« bezeichnet wird. Sie meinen, daß eine lange Geburt für die Mutter erschöpfend sei und setzen dabei voraus, daß allen Frauen eine kurze Geburt lieber sei. Diese Annahme läßt die Tatsache außer acht, daß lange Geburten häufig sehr allmählich beginnen. Wenn eine Frau gelassen und entspannt ist und sich vor allem in der vertrauten Umgebung ihrer eigenen Wohnung befindet, kann sie mit ihren üblichen Beschäftigungen fortfahren. Indem sie umhergeht, kann ihr die Schwerkraft dabei helfen, das Baby nach unten gegen den Muttermund zu drücken. Das Liegen im Klinikbett kann nicht nur ein Zusammendrücken der unteren Hohlvene bewirken und so die Sauerstoffzufuhr zum Baby drosseln, es ist auch eine sehr ungünstige Lage, die Wehen in Gang kommen zu lassen und eine wirksame Gebärmuttertätigkeit zu gewährleisten.

Eine sehr langwierige Geburt kann durch einen Oxytozintropf unterstützt werden. Doch gibt es auch die sich allmählich intensivierende Geburt, die lange dauert, mit der eine gut vorbereitete Frau, die entsprechende emotionale Unterstützung und Ermunterung hat, aber gut umgehen kann.

Probleme ergeben sich dann, wenn eine Frau, die »immer lange Geburten hat« oder die vielleicht sagt, daß »in ihrer Familie alle Frauen

lange Geburten haben«, früh in die Klinik fährt oder schon zur Beobachtung dort ist und so nicht die Möglichkeit hat, die normale Dauer zu überschreiten. Frauen, die das wissen, stellen sich darauf ein, zuhause zu bleiben, solange sie sich wohl fühlen und hoffen, daß sie dann mit einem schon fünf Zentimeter eröffneten Muttermund in der Klinik eintreffen. Ihr eigenes Wohlbefinden ist dabei ein guter Wegweiser. Wenn Sie das Gefühl haben, daß Sie jetzt lieber in der Klinik wären, ist dies eines der besten Zeichen, daß Sie sich auf den Weg machen sollten. Wenn Sie sich daheim wohl fühlen und vielleicht weiterhin verschiedenes im Haus erledigen und nur innehalten, um bei jeder Wehe mitzuatmen, sind Sie hier wahrscheinlich am besten aufgehoben.
Sie sollten vorher gefragt werden, wenn der Arzt einen Wehentropf anordnet, er sollte nicht verabreicht werden, wenn Sie nicht einverstanden sind. Wenn Ihnen eine bestimmte Maßnahme mitgeteilt wird und Sie keinen Einwand erheben, wird davon ausgegangen, daß Sie zustimmen.
Die Geburt kann durch eine aufrechte Haltung und Umhergehen in Gang kommen, es kann also eine gute Idee sein, es zunächst damit zu versuchen – eine Methode, die Hebammen schon seit der Antike in vielen verschiedenen Ländern praktizieren. Michel Odent (s. S. 124 ff.) rät Frauen bei einer sehr langsam vorangehenden Geburt, sich in warmem Wasser zu entspannen. Sehr häufig geht es in der Auseinandersetzung über die Methoden der Geburtsleitung heute darum, bei wem die Kontrolle über die Geburt liegen sollte, beim Arzt oder bei der Frau, die das Kind bekommt. Wenn Sie Ihre Haltung ändern, im Wasser knien oder umhergehen, so sind das Möglichkeiten, über die Sie die Geburt beeinflussen können.
Wenn Sie einverstanden sind, daß Ihre Geburt eingeleitet oder mit Oxytozin beschleunigt wird, dann sollten Sie vor Setzen des Katheters in Ihren Handrücken dafür sorgen, daß Sie sich in einer bequemen Lage so aufrecht wie möglich befinden. Auf diese Weise wird das Hindurchschieben des kindlichen Kopfes unterstützt und Druck auf die großen Blutgefäße in Ihrem Unterkörper vermieden. Vielleicht möchten Sie nicht im Bett, sondern in einem Sessel sitzen oder im Bett sehr gut mit Kissen abgestützt sein. In manchen Kliniken gibt es auch Polster und andere Rückenstützen. Achten Sie darauf, daß die Leitung zum Tropf lang genug ist, damit Sie nach Bedarf Ihre Lage ändern können, und daß das Heftpflaster wirklich hält, damit Sie nicht zu befürchten brauchen, der Tropf löse sich, wenn Sie Ihren Arm bewegen. Wenn Sie Rechtshänderin sind, dann ist Ihnen der Tropf an der linken Hand wahrscheinlich lieber und umgekehrt. Sie sollten in Ihrer normalen Bewegungsfreiheit möglichst wenig gestört sein.

Fällt es Ihnen schwer, Ihre Beine zu entspannen, so versuchen Sie, ob ein Kissen unter jedem Oberschenkel Ihnen hilft, die Muskeln an den Innenseiten Ihrer Beine zu lockern. Damit die Kissen nicht feucht oder blutig werden, können Sie sie mit großen Plastiktüten überziehen – packen Sie zwei davon in Ihren Klinikkoffer.
Anfangs wird nur wenig Oxytozin eingeführt und die Menge dann allmählich gesteigert. Wenn Sie lange, schmerzhafte Wehen bekommen, kann der Tropf wieder gedrosselt werden. Wenn eine Wehenverstärkung durch Oxytozin zur Diskussion steht, haben Sie das Recht, ausführlich informiert und an der Entscheidung beteiligt zu werden.
In manchen Kliniken werden 40 Prozent aller Geburten eingeleitet. In einigen Kiniken wird bei weiteren 30 bis 40 Prozent eine Geburtsbeschleunigung für nötig befunden. Das bedeutet, daß 70 bis 80 Prozent der Frauen, die in diese Kliniken gehen, einen Oxytozintropf bekommen. Es übersteigt das Vorstellungsvermögen, daß bei dieser großen Zahl von Frauen solche Probleme vorliegen sollten, daß man es ihnen um ihrer selbst und um ihrer Babys willen nicht erlauben kann, eine ganze normale Geburt zu erleben. Geburtshelfer, die diese große Häufigkeit von Geburtseinleitungen befürworten, geben damit zu verstehen, daß Frauen nicht in der Lage seien, ohne Eingriffe zu gebären und daß sie sich selbst ganz und gar auf die Ärzte verlassen müßten, damit ihre Geburt sicher verlaufe.

Herztonüberwachung, Geburtseinleitung und Wehenverstärkung sollen gewährleisten, daß der Geburtsverlauf einer von den Geburtshelfern aufgestellten Norm entspricht. Sie gehören zur »aktiven Geburtsleitung« und dienen der Prävention und nicht der Heilung. Dem liegt die Vorstellung zugrunde, daß eine Geburt eine potentielle Gefahrensituation sei und einer Intensivbehandlung bedürfe. In der Praxis wird das unterschiedlich gehandhabt, doch kann dazu die Geburtseinleitung gehören, die zu einer geregelten, ordnungsgemäßen Arbeitsverteilung im vorausgeplanten Schichtdienst beitragen soll und eine Rationalisierung des Arbeitsablaufs in Entbindungsabteilungen darstellt. Weiter umfaßt sie die ständige Herzton-Wehen-Überwachung für jede Frau, wobei die Anlage zentral im Schwesternzimmer untergebracht ist, so daß die Schwestern den Zustand des Fötus ablesen können, ohne dabei am Bett der Patientin stehen zu müssen. Das heißt auch das aktive Eingreifen in die Geburt, um sie zu verkürzen (z. B. bei Mehrgebärenden auf nicht länger als sechs Stunden ab zwei Zentimetern Eröffnung, und auf elf Stunden für Erstgebärende). Die vehementen Anhänger der aktiven Geburtsleitung fordern, daß

den Geburtshelfern nicht nur ein Teilbereich der Geburt untersteht, sondern sie die Verantwortung für den gesamten Vorgang übernehmen.
Einige Untersuchungen zur aktiven Geburtsleitung können nicht die Erwartungen hinsichtlich der Verringerung der Säuglingssterblichkeit und -erkrankungen bestätigen, die in diese Praxis gesetzt werden. Z. B. wurden 9907 Geburten analysiert, die zwischen 1968 und 1972 stattgefunden haben, bei denen zwei Geburtshilfeteams unterschiedlich vorgingen. Ein Team wandte die aktive Geburtsleitung an, das andere hielt sich an konservativere Methoden. Der Zustand der Babys war ähnlich, doch bei den Müttern, deren Geburt aktiv geleitet worden war, traten mehr Infektionen im Blasen- und Genitalbereich auf. Das »perinatale Ergebnis« wurde also durch die aktive Geburtsleitung nicht verbessert.
Im Wettstreit um die Anwendung neuer Techniken wurde der Rückgang der perinatalen Sterblichkeit durchaus fälschlicherweise allein auf geburtshilfliche Eingriffe zurückgeführt. Ein Großteil der Frauenärzte hält die aktive Geburtsleitung jedoch für einen bedeutenden Fortschritt, da sie allen Müttern und Babys Vorteile bringen könne.
Manche halten es für wichtig, die Geburtsdauer zugunsten der Gesundheit sowohl der Mutter wie auch des Babys zeitlich zu begrenzen, betonen jedoch auch, daß eine Einleitung gewöhnlich unnötig sei und die Belastung, der ein Baby während der Geburt ausgesetzt ist, sogar verlängern kann.
Auch sie befürworten wahrscheinlich eine sorgfältige Kontrolle des Babys, stützen sich dabei jedoch auf die Beobachtung des Fruchtwassers, von dem das Baby in der Gebärmutter umgeben ist, anstatt es einer ständigen Herztonüberwachung mit Kopfschwartenelektroden auszusetzen. Klares, nicht durch Mekonium getrübtes Fruchtwasser zu Geburtsbeginn ist eigentlich ein sicheres Anzeichen für die Geburt eines gesunden Babys, vorausgesetzt, daß sie nicht zu lange dauert und komplikationslos verläuft. Die eine Möglichkeit der Untersuchung ist, die Fruchtblase zu sprengen, sobald der Geburtsbeginn feststeht, falls sie noch nicht von selbst zum Blasensprung gekommen sein sollte. Eine zweite Möglichkeit ist die *Amnioskopie,* bei der ein Lämpchen durch die Scheide und den Muttermund eingeführt und direkt auf die Fruchtblase gelenkt wird, solange die Blase noch intakt ist. Da wieder andere Geburtshelfer der Meinung sind, die Fruchtblase solle so lange wie möglich intakt bleiben, weil sie den Kopf des Babys und die Nabelschnur schütze, ist die Amnioskopie zur Überwachung des Fruchtwassers wahrscheinlich die bevorzugte Methode.
Eine weitere Möglichkeit, den Zustand des Kindes zu prüfen, ist eine

Blutuntersuchung, bei der einige Blutstropfen am Kopf des Babys entnommen werden, und die häufig ergibt, daß keine Notwendigkeit für weitere Eingriffe besteht.
Da die aktive Geburtsleitung von den einzelnen Ärzten derselben Klinik unterschiedlich gehandhabt wird, sollten Sie dieses Thema mit Ihrem Frauenarzt besprechen, bevor Sie sich für ihn oder eine bestimmte Klinik entscheiden.

Schmerzmittel bei der Geburt

Es lohnt sich wahrscheinlich, daß Sie Ihren Arzt bei einer Vorsorgeuntersuchung nach der Zahl der Frauen fragen, die in seiner Klinik die verschiedensten Arten von Schmerzmitteln bekommen, besonders Dolantin und die Periduralanästhesie. Das gibt Ihnen einen Einblick in die üblichen Praktiken der betreffenden Klinik. Vielleicht kann Ihr Arzt Ihnen sogar Informationen darüber geben, ob die Geburtshelfer in den verschiedenen Kliniken unterschiedlich verfahren. Folgende sind die gebräuchlichen Arten von Schmerzmitteln:

Lokalanästhesie (das heißt, daß einzelne Körperteile betäubt werden), wie zum Beispiel die Epidurale, die Kaudalanästhesie, der Parazervikalblock sowie der Pudendusblock. Die Kaudalanästhesie und die Epidurale werden im Wirbelsäulenbereich injiziert, der Katheter wird an der Stelle belassen, um die Anästhesie »auffrischen« zu können. Ein Pudendusblock wird in den Geburtskanal und manchmal nur um die Vulva herum gespritzt.
Narkotika, die durch Injektion verabreicht werden wie Pethidin-HCe (Dolantin), Morphium, Heroin und Pentazocin (Fortral). Sie machen schläfrig, oft fühlt die Frau sich wie betrunken.
Sedativa, durch die die Frau benommen wird oder einschläft, wie zum Beispiel Chloralhydrat, Nembutal, Nitrazepam (Mogadon), Doriden und Mandrax.
Tranquilizer, die die Angst verringern, wie zum Beispiel Diazepam (Valium).
Analgetika zum Einatmen, Gase, die die Frau sich selbst zuführt: Stickoxydul, manchmal in Kombination mit Äther, Halothan oder Barbituraten.

Folgende Fragen über diese Medikamente könnten für Sie interessant sein:

- Wie wirkt ein Medikament sich erwartungsgemäß auf die Frau aus?
- Welche möglichen Nebenwirkungen hat sie zu erwarten?
- Wie schnell geht das Medikament über die Plazenta auf das Baby über?
- In welcher Konzentration tritt es beim Baby im Vergleich zur Konzentration im Blut der Mutter auf?
- Welches sind die möglichen Auswirkungen auf das Baby bei der Geburt?

Antworten auf diese Fragen ermöglichen einer Frau die eigene Entscheidung.

Dolantin

Dolantin ist eines der in der Geburtshilfe am meisten verwendeten Medikamente. Häufig wird es mit Phenothiazinen kombiniert, einer Medikamentengruppe mit beruhigender, sedativer Wirkung. Gewöhnlich wird Dolantin in einer Dosis von 100 oder 150 mg verabreicht, obwohl die Hersteller bei der Einführung dieses Mittels 50 bis 75 mg empfahlen. Nur soviel sollten Sie sich geben lassen, wenn Sie zunächst einmal die Wirkung testen möchten. Manche Geburtshelfer verabreichen Dosen bis zu 200 mg während der Wehen. Normalerweise wird es intramuskulär injiziert, geringere Dosen können aber auch intravenös gegeben werden. Wird dieses Medikament in den letzten drei bis vier Stunden vor der Geburt des Babys gespritzt, ist das Baby wahrscheinlich von der Wirkung stark beeinträchtigt, da die Leber die Abbauprodukte von Dolantin nur schwer verarbeiten kann. Es können sowohl Atem- wie auch Saugschwierigkeiten auftreten, und wahrscheinlich hat es einen schwachen Muskeltonus. Wenn die Mutter in den letzten vier Stunden vor der Geburt Dolantin bekommen hat, spritzt man dem Baby gewöhnlich ein Gegenmittel.
Auch bei der Frau kann Dolantin Probleme verursachen, meist treten Übelkeit, Erbrechen und Ruhelosigkeit auf, manche Frauen haben Halluzinationen, ihr Verhalten erinnert oft an Volltrunkenheit. Bei bis zu vierzig Prozent der Frauen reicht die Schmerzlinderung durch Dolantin für die Wehenschmerzen nicht aus. Eine Frau, die gegen Ende der Eröffnungsphase eine hohe Dosis Dolantin bekommen hat, ist oft nicht mehr in der Lage, mit ihren Helfern zusammenzuarbeiten, oder kann in der Austreibungsphase nicht helfen, das Baby hinauszuschieben. Manchen Frauen ist nach der Geburt gar nicht bewußt, ihr Kind zur Welt gebracht zu haben, oder sie können die Erinnerung daran nicht länger als ein paar Sekunden aufrechterhalten. Dadurch ist natürlich der

wichtige Prozeß der Bindung zum Baby unmittelbar nach der Geburt gestört. Die Einschätzung, daß eine Trennung von Mutter und Neugeborenem schlecht ist, ist mittlerweile allgemein angenommen, Babys werden deshalb zumindest eine Zeitlang bei ihrer Mutter gelassen. Doch wir haben schon festgestellt, daß eine »pharmakologische Trennung« ebenso hinderlich für das Entstehen einer ersten Beziehung zum Baby ist wie eine körperliche Trennung.
In der Literatur wird die Wirkung von Dolantin bei einer Frau, die keine vorherigen Erfahrungen mit harten Drogen hatte, beschrieben als »fast wie ein Horrortrip«.[14] Ein Geburtshelfer z. B. verwendet zwar Dolantin, doch nur in geringen Dosen, nur fünf Prozent der Frauen bekommen bei ihm bis zu 100 mg. Er kritisiert die gegenwärtige Praxis, da sich ihm »der Schluß aufdrängt, daß in den meisten Kliniken keine ernsthaften Versuche unternommen werden, den Bedarf der Patientinnen an Schmerzmitteln von Fall zu Fall einzuschätzen«.
Wenn Sie meinen, Lachgas alleine genüge nicht, den Wehen die Spitze zu nehmen, und wenn Sie keine Periduralanästhesie wollen, dann können Sie sich für eine Dosis von 50 mg Dolantin entscheiden, nach der Sie dann bei Bedarf noch einmal eine weitere kleine Dosis erhalten. 50 mg Dolantin reichen gewöhnlich aus, damit Sie in den *Wehenpausen* völlig zur Ruhe kommen, möglicherweise schlafen Sie sogar ein. Sie brauchen dann jemanden bei sich, der Ihnen hilft, wach zu werden, sobald die Gebärmutter sich zusammenzieht, damit Sie Ihre Atmung und Entspannung einsetzen können.

Epiduralanästhesie

Erstmals wurde die Epiduralanästhesie vor mehr als 25 Jahren in den USA eingesetzt und Ende der sechziger Jahre auch hier eingeführt. Der Zweck ist, durch örtliche Betäubung die zwei Rückenmarksnerven, die Signale von der Gebärmutter aussenden, zu blockieren. Es kommt zu einer völligen oder teilweisen Empfindungslosigkeit in dem Körperbereich, der bedeckt wäre, wenn Sie Bundhosen anhätten. Auch Beine und Füße können sich taub anfühlen. Durch die Epiduralanästhesie wird der Blutdruck der Frau gesenkt, was bei einem hohen Blutdruck angebracht sein kann. Sie verhindert bei einer langen und schwierigen Geburt einen Erschöpfungszustand der Frau. Auch bei Herzbeschwerden oder starkem Asthma kann die Epiduralanästhesie helfen.
Wenn das Kind mit der Zange oder durch Kaiserschnitt geholt werden muß, kann eine Epidurale gemacht werden – so braucht die Frau keine anderen Medikamente und muß sich nicht so leicht erbrechen. Dammschnitt und Nähen sowie nötigenfalls eine manuelle Lösung der Pla-

zenta können ebenfalls unter Epiduralanästhesie durchgeführt werden, ohne daß weitere Schmerzmittel verabreicht werden müssen. Wenn die Geburt nicht reibungslos verläuft, bringt sie also Vorteile. Manche Frauenärzte sind gegen eine Epidurale, wenn die Frau schon einen Kaiserschnitt hatte, da das Risiko einer Gebärmutterruptur zu groß ist, wenn sie von der Taille abwärts nichts mehr spürt. Auch wäre sie gefährlich, wenn der Kopf des Babys für das mütterliche Becken zu groß zu sein scheint. Wie bei jeder Anästhesie sollten immer Geräte zur Wiederbelebung des Babys bereitstehen. Es wären noch weitere Bedingungen zu nennen, die eine Epiduralanästhesie ausschließen: ein Infekt dort, wo die Epidurale gesetzt werden soll, Blutungsneigung, eine Behandlung mit Blutgerinnungshemmstoffen, neurologische Krankheiten und verschiedene Wirbelsäulenfehlbildungen.

Vor einer Epiduralanästhesie sollte eine Frau immer nach ihrem Einverständnis gefragt werden, und nicht unter Druck gesetzt werden, sollte sie sie ablehnen.

Die Handhabung der Epiduralanästhesie ist von Klinik zu Klinik verschieden – was die Entscheidung der Frau betrifft (ob vor der Geburt oder während der Wehen) und den Zeitpunkt der Anästhesie (ob bald nach Einsetzen der Wehen oder erst gegen Ende der Eröffnungsphase).

Zunächst wird der Lumbarbereich örtlich betäubt und dann eine lange Nadel in den Epiduralraum zwischen das Rückenmark und die direkt unter der Haut liegenden Bänder gespritzt. Nach etwa zehn Minuten tritt eine Schmerzlinderung ein. Sehr wichtig ist, daß der Anästhesist die Dura, die Rückenmarkshaut, nicht durchsticht und in den Raum unmittelbar vor dem Rückenmark gelangt – er verabreicht sonst versehentlich eine völlige Spinalanästhesie, die unangenehme Nebenwirkungen hervorrufen kann, zum Beispiel bohrende Kopfschmerzen, die noch bis zu drei Tage nach der Geburt anhalten können. Das passiert in einer Kinik mit Lehrbetrieb bei ein bis zwei Prozent der Frauen, in anderen Kliniken wahrscheinlich noch häufiger.

Manche Anästhesisten sind sehr geschickt beim Setzen der Kanüle, so daß die Frau keine tauben Beine bekommt und weiterhin ihre Zehen bewegen kann. Das ist ein angenehmeres Gefühl, als »gelähmt« zu sein. Durch eine Epiduralanästhesie können die Wehen anfangs etwas abgeschwächt, doch durch einen Oxytozintropf normalerweise sehr schnell wieder verstärkt werden.

Der dünne Katheter zum »Auffrischen« wird gewöhnlich in einer bestimmten Position mit Pflaster verklebt und über Brust und Schulter der Frau gelegt. Da es zu einem Absinken des Blutdrucks kommen kann, muß 15 Minuten nach Setzen der Epidurale und nochmals nach

weiteren 15 Minuten ihr Blutdruck gemessen werden, er sollte während der ganzen Zeit sorgfältig beobachtet werden. Wenn er schnell absinkt, kann sich die Frau plötzlich benommen fühlen, ihr kann übel werden, und sie kann das Bewußtsein verlieren. Um den Druck auf die großen Blutgefäße zu verringern, sollte sie sich deshalb auf die linke Seite drehen oder aufrecht setzen.
Da sich in flacher Rückenlage die betäubende Wirkung der Epidurale leicht auch nach oben auf den Brustraum der Frau auswirken kann, wird die Epidurale oft im Sitzen verabreicht. So verteilt sich die Wirkung in Richtung des Dammbereichs und der Füße. Nach der Injektion wird die Frau meist auf die linke Seite gedreht und gebeten, in der Haltung zu bleiben. Ihre Blase muß katheterisiert werden, da sie keinen Drang zum Wasserlassen verspürt. Möglicherweise hat sie einige Stunden oder Tage nach der Epiduralanästhesie immer noch kein Gefühl für ihre Blase, der Katheter bleibt dann. Bei manchen Frauen dauert es eine Weile, bis sie wieder Gefühl in den Beinen haben, deshalb können sie mehrere Stunden nach der Geburt oder auch längere Zeit nicht gehen. Manche Geburtshelfer vertreten die Ansicht, daß eine Frau nach einer Epiduralanästhesie nie allein gelassen werden sollte.

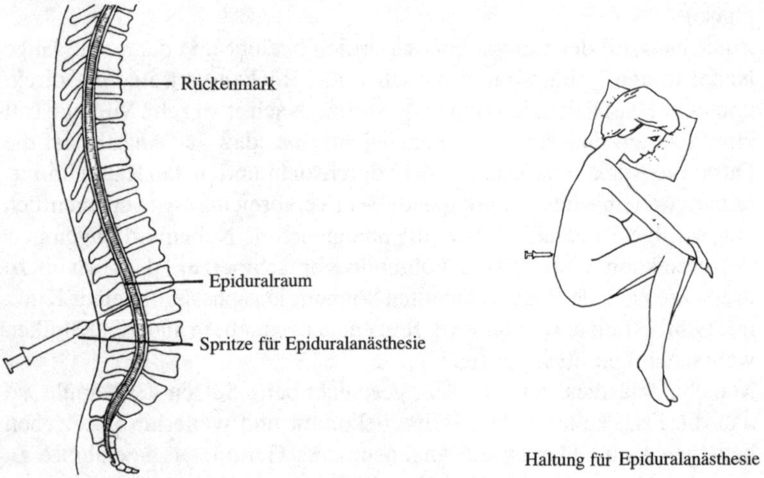

Abb. 8: Epiduralanästhesie

In vielen Kliniken, die mit der Epiduralanästhesie arbeiten, ist es möglich, vorher mit dem Anästhesisten über mögliche Nebenwirkungen zu sprechen. Eines der wichtigsten Themen, die zur Sprache kommen sollten, ist die Häufigkeit von Zangengeburten bei Epiduralanästhesie nach Wahl, also ohne medizinische Indikation. Eine in Oxford durchgeführte Untersuchung ergab, daß bei fast 60 Prozent der Frauen eine Zangengeburt gemacht wurde, im Vergleich dazu nur bei elf Prozent der Frauen ohne Epiduralanästhesie. Auch geschah es häufiger, daß das Baby in einer ungünstigen Lage steckenblieb (21 Prozent gegenüber sechs Prozent ohne Epiduralanästhesie). Die Häufigkeit der Zangengeburten und ungünstigen Lagen in der Austreibungsphase wurde nicht in Beziehung zum *Zeitpunkt* gesetzt, zu dem die Epidurale angelegt wurde.

Bei einer gut durchgeführten Epiduralanästhesie wird der ganze Schmerz ausgeschaltet. Meist versuchen die Anästhesisten, sie so zu dosieren, daß ihre Wirkung zu Anfang der Austreibungsphase nachläßt, so daß die Frau ihre Wehen spüren und beim Hinausschieben des Babys mitarbeiten kann. Dazu muß der Zeitpunkt sehr sorgfältig gewählt werden, und es gelingt nicht immer. Unter Epiduralanästhesie kann eine Frau bei vollem Bewußtsein die Geburt verfolgen, wenn sie auch wenig oder gar nichts fühlt. Die meisten Babys befinden sich nach einer Geburt mit Epiduralanästhesie in einem guten Zustand, sie scheint keine auf irgendeine Weise meßbare Auswirkungen gehabt zu haben.

Es darf jedoch nicht vergessen werden, daß alle Medikamente, die die Mutter bekommt, über ihren Kreislauf auf das Baby übergehen. Einige Untersuchungen ergaben, daß Babys, die einer hohen Dosis Bubivacaine, einem bei der Epiduralanästhesie häufig verwendeten Medikament, ausgesetzt waren, häufiger teilnahmslos auf ihre Umgebung reagierten. Nachteilige Auswirkungen des Bubivacain-Spiegels auf die motorische Koordination des Kindes, seine Fähigkeit zur Kontrolle seines Bewußtseinszustands und seine physiologische Reaktion auf Belastungen waren ebenfalls zu beobachten. Langzeitwirkungen des Medikaments sind weniger eindeutig, wenn auch manche Forscher der Ansicht sind, daß Epiduralanästhesien für das Baby das gleiche Risiko einer neurologischen Schädigung darstellen können wir z. B. eine starke Unterernährung der Mutter in den ersten sieben Schwangerschaftsmonaten.

Andererseits können sich auch der emotionale Zustand der Mutter, ihre Schmerzen, Befürchtungen oder Ängste infolge endokriner Veränderungen während der Geburt auf das Baby auswirken. Wir wissen noch nicht genügend über die Auswirkungen von Streß auf die Mutter, doch wird allgemein davon ausgegangen, daß sich starker Streß auf die Gebärmutterfunktion, den Blutdruck, den Blutfluß und die Sauerstoffversorgung des Babys auswirkt.

Die Entscheidung für oder gegen eine Epiduralanästhesie können nur Sie selbst treffen, und Sie benötigen umfassende, ehrliche Informationen über Wirkungen und Nebenwirkungen der Epidurale bei Ihnen und beim Baby, bevor Sie diese Entscheidung treffen. Selten sind solche Entscheidungen völlig klar, und ein leiser Zweifel, daß wir uns doch besser anders entschieden hätten, kann immer bestehen bleiben, wir müssen mit dieser Ungewißheit leben. Murray Enkin, Gynäkologe an der McMaster Universität, formuliert das so:

Schmerzen, Leiden, Freude, die Kontrolle behalten, etwas vollbracht haben, das alles ist für die Gebärende von unterschiedlicher Bedeutung und Wertigkeit. Die vorhandenen Informationen muß sie ihrem eigenen Wertsystem und ihrer eigenen Erfahrung entsprechend abwägen. Das Leben besteht aus einem fortwährenden bewußten und unbewußten Abwägen von Risiken und Vorteilen, und jeder muß das auf seine Weise tun.

Spinalanästhesie

Die Spinalanästhesie wird wegen der damit verbundenen Risiken in Großbritannien kaum angewendet. Kürzlich wurde jedoch geäußert, daß spinal verabreichtes Morphium wirksamer und verläßlicher als die Epiduralanästhesie sein könnte.

1980 begannen einige Geburtshelfer mit der spinalen Injektion von Morphium. Zunächst wird eine Kanüle ins Rückenmark eingeführt und etwas Rückenmarksflüssigkeit entnommen. Dann wird Morphium injiziert, das den Schmerz verringert oder auslöscht.

Etwa eine halbe Stunde nach der Injektion stellt sich bei der Frau ein Jucken der Nase, des Mundes, des Gesichts und der Augen ein, es läßt erst allmählich nach mehreren Stunden wieder nach. Bei manchen Frauen hält dieses Jucken noch Tage nach der Geburt an. Außerdem tritt meist eine halbe Stunde nach der Injektion eine starke Hitzewallung auf; vielen Frauen wird übel, sie müssen sich erbrechen. Ein Blasenkatheter kann notwendig werden. Nach der Geburt werden die Patientinnen zwölf bis 24 Stunden lang flach im Bett liegend versorgt, um das Risiko postspinaler Kopfschmerzen zu verringern, an dem bis zu 20 Prozent der Frauen leiden. Die Ärzte, die diese Methode anwenden, haben eine hohe Rate von Zangen- und Kaiserschnittgeburten zu vermelden, bringen diese aber nicht mit der Spinalanästhesie in Zusammenhang.

Selbst mit dem Schmerz umgehen

Schmerz ist kein eindeutiger Zustand. Manche Menschen empfinden in Situationen Schmerzen, in denen andere nur leichtes Unbehagen registrieren oder angeben, zwar intensiv zu empfinden, doch nicht zu leiden. Das trifft besonders auf die Geburt zu. Sehr viel scheint davon abzuhängen, wie sicher und gelassen Sie sich mit den Menschen um Sie herum fühlen, ob Sie sich der Situation gewachsen, nicht nur als »Körper im Bett« erleben. Frauen, die ihre Geburt als schön erfahren haben, berichten oft, daß der Schmerz nebensächlich war, eine Begleiterscheinung und nicht etwas, das ihren Gesamteindruck bestimmte. Manche schätzen die Schmerzen als »positiv« oder »kreativ« ein. Andere sagen, Schmerz sei nicht die richtige Bezeichnung für ihre Empfindung.

Einige bewußtseinsverändernde Medikamente – wie Dolantin in großen Mengen, das die Schmerzwahrnehmung verringern oder vergessen lassen soll – scheinen im Grunde indirekt *mehr* Schmerzen auszulösen, weil die Frau in Verwirrung gerät. Sie kann nicht mehr auf ihre Weise reagieren, weil sie alles sehr verschleiert erlebt. Die Folge ist, daß die eigentliche Empfindung vielleicht weniger akut ist, die *Erfahrung* jedoch schlimmer wird und sie sich in einem Angstzustand befindet. Meine oben erwähnte eigene Untersuchung über die Erfahrungen von Frauen bei einer Einleitung machte deutlich, daß eine Frau mehr Schmerzmittel bekam, wenn ihre Beziehung zu denen, die sie während der Geburt betreuten, von vornherein nicht sehr gut war, bei gutem Einvernehmen weniger. Wenn zwischen der Hebamme und der Frau ein gutes Verhältnis bestand, war eine kleine Dosis Dolantin (50–75 mg) zur Verringerung der Schmerzen ausreichend. Leider ersetzen in der Geburtshilfe Schmerzmittel eine gute emotionale Unterstützung. Fühlt eine Frau sich sicher und unter Freunden gut aufgehoben, kann die liebevolle Zuwendung häufig die medikamentöse Schmerzlinderung überflüssig machen.

Der Körper hat eigene Mechanismen der Schmerzlinderung. Das Gehirn kann morphiumähnliche Hormone, *Endorphine,* produzieren, die den Schmerz lindern und ein Gefühl der Zufriedenheit auslösen. Stimuliert werden können sie durch nichtpharmokologische Schmerzlinderungsmethoden wie Akupunktur, Akupressur und transkutane elektrische Stimulation. (Damit erklärt sich vielleicht auch die Wirkung inaktiver Medikamente, der Plazebos, die Schmerzen verringern oder auslöschen können, wenn der Patient an sie glaubt.) Bei Untersuchungen mit Schweinen und Kamelen konnten Endorphininjektionen die Schmerzempfindung blockieren.

Man konnte nachweisen, daß der Endorphinspiegel im Blut bei Frauen nach der Geburt hoch ist und daß diese Hormone auch die Prolaktinausschüttung anregen. Prolaktin spielt bei der gegenseitigen körperlichen Wechselwirkung von Mutter und Neugeborenem und beim Stillen eine wichtige Rolle.

Die Fähigkeit zur Endorphinproduktion ist individuell verschieden.

Wenn eine Frau große Schmerzen bei einer ansonsten normal verlaufenden Geburt hat, kann dies also sowohl an den äußeren Bedingungen der Geburt, einschließlich der Beziehung zu ihren Betreuungspersonen, als auch an ihrer natürlichen Fähigkeit zur Produktion dieser endogenen Opiate liegen.

Dammschnitt

Wir helfen jetzt ein wenig nach, meine Liebe, nur ein kleiner Schnitt . . . Sie werden es bedauern, wenn sie keinen bekommen – Gebärmuttervorfall, wenn Sie in mittleren Jahren sind . . . Ein sauberer, gerader Schnitt ist besser als ein unordentlicher, ausgefranster Riß . . . *Natürlich* tut das weh, was haben Sie denn *erwartet* nach der Geburt eines Babys?

Die Episiotomie, der Dammschnitt, ein chirurgischer Schnitt, um die Scheide für die Geburt zu vergrößern, ist der häufigste operative Eingriff in der westlichen Welt. Es ist überraschend, daß er so wenig hinterfragt wird. Ein amerikanischer Geburtshelfer hat 1978 tatsächlich geschrieben, daß bedauerlicherweise fünf bis zehn Prozent seiner Patientinnen *keinen* Dammschnitt bekommen hatten.

Der erste Geburtshelfer, der generell den Dammschnitt empfahl, war der berühmte Dr. Joseph DeLee aus Chikago, der nicht nur für den Dammschnitt bei allen Frauen, sondern in einem 1920 verfaßten Artikel auch für eine routinemäßige prophylaktische Zangengeburt eintrat. Seine Vorgehensweise war, die Frau zu betäuben, mit Äther bewußtlos zu machen, wenn das Kind im Geburtskanal war, einen mehrere Zentimeter langen Schnitt durch Haut und Muskeln des Damms zu setzen und dann das Kind mit der Zange zu holen. Er behauptete, daß durch routinemäßigen Dammschnitt »bleibende Invalidität«, Epilepsie, Idiotie, Schwachsinn und Gehirnschlag bei den Babys verhindert werden könnten, die Frau »besser als im Neuzustand« zusammengenäht und wieder in einen »jungfräulichen Zustand« versetzt werden könne.

DeLee war der Ansicht, daß es bei einer normalen Geburt zu einer Beschädigung des Damms kommen müsse, als würde die Frau auf ein scharfes Metallstück fallen, und zu einer Kopfverletzung des Babys, als wäre es in einer Tür eingeklemmt!

Wenn eine Frau auf eine Mistgabel fällt und sich den Stiel durch den Damm stößt, bezeichnen wir das als pathologisch – abnorm – doch wenn ein großes Baby durch ihren Damm gepreßt wird, sagen wir, daß das natürlich und deshalb normal sei. Wenn der Kopf des Babys ganz leicht zwischen einer Tür eingeklemmt wäre, gerade so stark, daß es zu einer Gehirnblutung kommt, dann würden wir das auf jeden Fall als pathologisch bezeichnen, doch wenn der Kopf des Babys gegen einen rigiden Beckenboden gestoßen wird und es an einer Blutung im Gehirn stirbt, dann nennen wir das normal; zumindest bezeichnen wir die Funktion als natürlich und nicht als pathogen.

Er behauptete, daß unter normalen Bedingungen wenige Frauen einer Verletzung entgingen und meinte, daß die Natur tatsächlich »Frauen absichtlich dafür vorgesehen haben könnte, beim Reproduktionsvorgang verbraucht zu werden ähnlich wie der Lachs, der nach dem Laichen stirbt.«

Früher machten Hebammen nur wenige Dammschnitte. Es war wichtiger Bestandteil ihres Könnens, einen Dammschnitt zu vermeiden. Heute ist genau das Gegenteil der Fall. Dammschnitte werden bereitwillig gemacht – eine Hebamme, die keinen Dammschnitt macht und bei deren Patientin es dann zu einem leichten Riß kommt, steht möglicherweise unter Rechtfertigungszwang. Dammschnitte gehören heute so zur Routine, daß viele Hebammen sich niemals die Fertigkeit aneignen konnten, ihn zu vermeiden. Wenn die Frau schon Kinder bekommen hat und die Geburt sanft verläuft, dann ist durchaus kein Dammschnitt nötig und es reißt auch nichts.

Bei dem Schnitt kann es sich um lediglich einen kleinen Einschnitt bis hin zu einem Eingriff in Länge des kleinen Fingers handeln, die meisten Dammschnitte liegen wahrscheinlich irgendwo dazwischen. Er sollte mit einer wirklich scharfen Schere mit einer einzigen Bewegung gemacht werden, wenn der Kopf des Babys gut gegen den Damm (den Bereich zwischen Scheide und After) drückt und sich wie eine Pampelmuse wölbt. Die Haut sollte blaß und durchscheinend wie bei einem Luftballon sein, der zu schnell aufgeblasen wurde und wahrscheinlich gleich platzt. Dies – Ausdehnung und Farbe – ist ein Zeichen dafür, daß es wahrscheinlich sowieso zu einem Dammriß kommt, sollte kein Schnitt gemacht werden. Meistens soll mit einem Dammschnitt ein Riß vermieden werden, vor allem ein großer, bis in den After gehender Dammriß. Dieser wird als »Dammriß dritten Grades« bezeichnet. Es gibt keine Beweise, daß ein Dammschnitt solche Dammrisse vermeidbar mache, jedoch weist einiges darauf hin, daß gerade ein Dammschnitt zu den größten Rissen führen kann. Warum es dazu kommen sollte, ist schwer verständlich, es sei denn, daß ein Dammschnitt bedeutet, daß der Geburtshelfer nicht in der Lage ist, andere Fertigkeiten einzusetzen und das Baby einfach herauszieht.

Häufig wird angeführt, daß das Baby auf diese Weise rasch geboren werden könne, so daß es nicht lange im Geburtskanal steckt. Manche Geburtshelfer sind der Überzeugung, daß die Austreibungsphase für

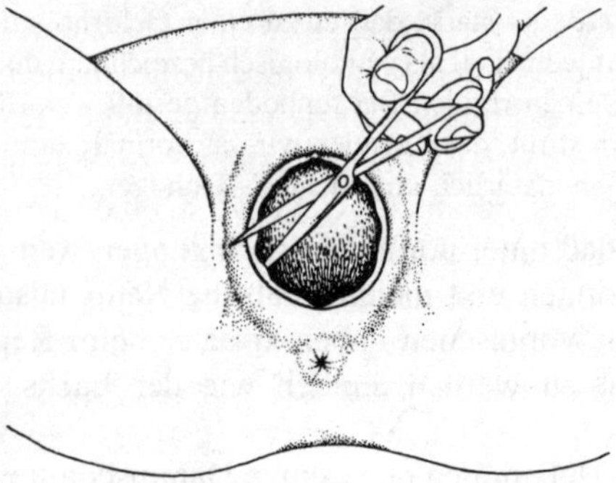

Abb. 9: Episiotomie

das Baby besonders gefährlich ist, weil durch den Druck auf die Nabelschnur und den kindlichen Kopf die Sauerstoffversorgung herabgesetzt ist. Jede Frau, die zu hören bekommt, der Dammschnitt würde zum Wohl ihres Babys gemacht, um eine Gehirnschädigung zu verhindern, wird wahrscheinlich sehr dankbar für diese Möglichkeit sein. Die offizielle britische Geburtenstatistik von 1970 ergab jedoch, daß eine lange Austreibungsphase für die Babys nicht schädlich war. Zwar schienen mehr Babys, die nach einer langen Austreibungsphase mit der Zange zur Welt gebracht worden waren, unter Sauerstoffmangel zu leiden, doch die Babys, die natürlich geboren worden waren, befanden sich in einem guten Zustand.
Untersuchungen von Caldeyro-Barcia[15] zeigen, daß eine sehr forcierte Austreibungsphase mit angeleitetem Pressen, anstrengendem Mitdrükken und langem Luftanhalten tatsächlich zu fötalem Distress führen kann. Sowohl für die Mutter wie auch für das Baby ist es günstiger, wenn die Frau ihren natürlichen Regungen folgen kann und nur die Luft anhält, wenn sie das Gefühl hat, es müsse unbedingt sein. Ein forciertes Tempo in der Austreibungsphase ist schädlich, es führt häufig zu Sauerstoffmangel beim Baby und fast unweigerlich zu einem Dammschnitt bei der Mutter.
Dammschnitte werden auch damit begründet, daß ein Überdehnen des Gewebes und große Muskelbelastung vermieden werden sollen. Bei der Geburt muß das Baby die Beckenbodenmuskulatur passieren. Sie ist achterförmig um die Scheide und die Harnröhre einerseits und den After andererseits angeordnet. Wenn diese Muskulatur ihren Tonus verliert, kann es zu einem Prolaps, einem Gebärmuttervorfall, kommen. Das kann durch sehr starkes, anhaltendes Pressen und Atemanhalten entweder in der Austreibungsphase oder beim Stuhlgang aufgrund chroni-

scher Verstopfung hervorgerufen werden. Auch eine Fehlernährung kann zumindest bei einigen Frauen eine Rolle spielen. Es gibt keine Daten, die den Beweis für eine Beziehung zwischen Dammschnitt und anschließendem Zustand des Beckenbodens liefern. In dem Moment, in dem der kindliche Kopf in der Scheide sichtbar wird (und in dem normalerweise der Dammschnitt gemacht wird), kann es schon längst zu einer starken Belastung der Muskeln gekommen sein.

Heutzutage sind Dammschnitte für Frauen, die ihr erstes Kind bekommen, in den meisten Kliniken mehr oder weniger zur Routine geworden. Erhielten, einer britischen Geburtsstatistik zufolge, 1958 nur 12,5 Prozent der Erstgebärenden einen Dammschnitt, kann eine große Londoner Klinik heute eine Rate von 98 Prozent vorweisen!

Die Häufigkeit der Dammschnitte ist in verschiedenen Ländern und zu verschiedenen Zeiten sehr unterschiedlich, doch zeichnet sich allgemein ein deutlicher Trend zu immer mehr Dammschnitten ab. In Amerika bekommen die meisten Frauen einen Dammschnitt, ganz gleich, ob sie Erst- oder Mehrgebärende sind, insgesamt beträgt die Dammschnittrate zwischen 70 und 98 Prozent. Dr. Pierre Vellay, ein Verfechter der Psychoprophylaxe in Frankreich, weist bei Erstgebärenden eine Dammschnittrate von 33 und bei Mehrgebärenden von 5 Prozent vor. Die meisten Frauen in England, die mir ihre Geburtsberichte schickten, hatten einen Dammschnitt bekommen, auch wenn sie gebeten hatten, daß nur ein unbedingt notwendiger Dammschnitt gemacht werden solle. Viele wurden vorher gar nicht informiert oder auch gefragt, ob sie einverstanden seien. Die Hebammen schienen oft einen Riß, selbst den kleinsten, als etwas Ehrenrühriges für sie zu sehen und machten, ohne viel zu zögern, »für alle Fälle« einen Dammschnitt.

Oft ist der Schnitt von einem merkwürdigen Geräusch begleitet, als würde Leinwand zertrennt, doch merken manche Frauen auch gar nichts davon. Anschließend wird der Schnitt noch unter derselben örtlichen Betäubung vernäht, oder der Bereich nochmals örtlich betäubt, wenn schon zuviel Zeit vergangen ist. Es dauert ein paar Minuten, bis das Betäubungsmittel wirkt. Sollten Sie beim ersten Stich noch etwas spüren, sagen Sie es dem Arzt.

Wenn eine Frau bei einer früheren Geburt einen Dammschnitt bekommen hat, muß nicht notwendigerweise wieder ein Schnitt gesetzt werden. Trotzdem bekommen in manchen Kliniken alle Frauen einen Dammschnitt, ganz gleich, wieviele Kinder sie geboren haben. Ärzte ordnen im allgemeinen bereitwilliger einen Dammschnitt an als Hebammen. In Kliniken mit Lehrbetrieb ist ein Schnitt sehr wahrscheinlich, da Assistenten das anschließende Nähen in ihrer Ausbildung lernen müssen. Früher haben Hebammen den »Dammschutz« mit der Hand

gelernt, der einen Schnitt seltener nötig machte; auch manche Ärzte beherrschen diesen Dammschutz.
Wie häufig in den Kliniken ein Dammschnitt gemacht wird, wird zum Teil davon bestimmt, welche Länge der Austreibungsphase der Geburtshelfer für angemessen hält. Ärzte, nach deren Ermessen die Austreibungsphase nur eine bestimmte Zeitlang dauern darf, lassen sich von der Hebamme nach Ablauf einer gewissen Zeitspanne zur Zangengeburt rufen. Früher handelte es sich dabei oft um zwei Stunden, doch mit der allgemeinen Beschleunigung der Geburten durch Einleitung, der Wehenverstärkung durch Oxytozin und andere Maßnahmen der »aktiven Geburtsleitung«, wurde diese Zeitspanne auf heute oft nur noch eine Stunde, bei manchen Ärzten sogar nur eine dreiviertel oder eine halbe Stunde verkürzt. Wenn eine Hebamme ihrer Patientin eine Zangengeburt ersparen möchte, macht sie einen Dammschnitt, damit das Baby rasch zur Welt kommt. Eine Hebamme, die in einer Klinik arbeitet, in der die Regel herrscht: »Ruf den Arzt, wenn eine Stunde nach vollständiger Eröffnung des Muttermundes die Geburt nicht unmittelbar bevorsteht«, meint:

Dadurch geraten wir unter Druck. Manchmal ist es ganz offensichtlich, daß alles gut läuft, nur halt langsam. Wir mogeln ein bißchen. Wir behalten die Zeit erst von dem Moment an im Auge, wenn die Frau einen Preßdrang verspürt. Wenn es ganz klare, stetige, wenn auch allmähliche Fortschritte gibt, ist es gut.

In Schweden registrieren die Hebammen die Zeit erst dann, wenn die Frau einen unwiderstehlichen Preßdrang verspürt und nicht mehr anders kann. Sie betrachten den Teil der Austreibungsphase, der zum Beispiel in Großbritannien und auch bei uns häufig dazu benutzt wird, die Frau zum Pressen zu überreden oder anzutreiben, als eine Art Brücke zwischen der vollen Eröffnung und der aktiven Austreibung und halten es für schlechte Hebammenart, die Frau zu früh zum Pressen zu bringen. Dennoch ist die Zahl der Dammschnitte hoch, hauptsächlich deshalb, weil Schmerzmittel verabreicht werden, die den Scheidenausgang und den Beckenbereich völlig betäuben. Die Frau spürt nichts, um ihre Preßbemühungen mit den Wehen zu koordinieren und muß sich auf die Anweisungen verlassen. Und da ihre Scheide und ihr Damm sowieso betäubt sind, scheint es nicht mehr so sehr darauf anzukommen, ihr einen Dammschnitt zu ersparen.
In England und auch in der Bundesrepublik wird meist ein mediolateraler Schnitt gemacht, der in der Mittellinie unterhalb der Scheide beginnt und dann seitlich verläuft. Wenn dann der Dammschnitt reißen sollte, ist die Gefahr, daß der Riß in den After und den Enddarm geht,

nicht so groß. In den USA werden meist mediale Dammschnitte gemacht, die vom Scheidenrand bis zum After verlaufen. Die Geburtshelfer gehen davon aus, daß der Schnitt besser dort angelegt würde, wo natürlicherweise der Riß verliefe, weil er dann besser heile. Wird ein Dammschnitt zu früh gesetzt, also noch bevor das Dammgewebe durch den Druck des kindlichen Kopfes ausgedehnt wird, blutet es häufig stark.
Viele Frauen schrieben mir, daß sie lang auf das Nähen warten mußten, manchmal die ganze Nacht, bis der Arzt zur gewohnten Zeit am Morgen seinen Dienst begann. Es ist unklar, weshalb die Hebammen den Dammschnitt nicht nähen, wozu sie in England, anders als hier, berechtigt sind. Die Aussicht, herumzuliegen und auf das Nähen zu warten, ohne zu wissen, wie weh das tun wird, ist entmutigend und der Erholung nach der Geburt nicht zuträglich. Zudem führte die Verzögerung oft dazu, daß den Frauen weitere Spritzen in schon sehr stark beanspruchtes Gewebe gegeben werden mußten.
Nicht alle Dammschnitte werden fachgerecht genäht und verursachen deshalb eventuell unnötige Schmerzen und Granulationsgewebe. Die ersten Tage nach dem Nähen eines Dammschnittes oder -risses sind fast immer unangenehm, die Frau hat das Gefühl, auf Dornen zu sitzen. Manchmal lösen sich die Fäden innerhalb einer Woche auf, in anderen Fällen werden sie am fünften oder sechsten Tag gezogen. Der Dammschnitt kann noch Wochen oder Monate danach sehr empfindlich sein. Der Geschlechtsverkehr sollte dann ganz langsam und sanft sein und der Nahtbereich vermieden werden.
In den meisten Kiniken gibt es keine Gummireifen, um darauf zu sitzen, und viele Frauen fanden rauhes, hartes Toilettenpapier vor. Bringen Sie sich selbst weiches Papier mit. Ein wunder Dammbereich wird üblicherweise mit Bädern in Kamillen- oder Kochsalzlösung behandelt. Auch das müssen sich die Frauen manchmal selbst besorgen. In einigen Kliniken werden Eiskompressen und Infrarotbestrahlung angeboten. Fragen Sie danach, wenn Sie Schmerzen haben. Am einfachsten ist die Hygiene in Kliniken mit Bidets, die jedoch meist nur in ganz modernen Kliniken vorhanden sind.
1981 begann ich mit einer Untersuchung, die auf den Erfahrungen von Frauen mit Dammschnitt und Dammnaht basiert und die Berichte von fast 2000 Frauen berücksichtigt, die in verschiedenen Teilen Großbritanniens an Geburtvorbereitungskursen des »National Childbirth Trust«, der britischen Vereinigung für natürliche Geburt, teilgenommen hatten. Zwar stellen Frauen, die zu Geburtsvorbereitungskursen gehen, keinen repräsentativen Durchschnitt dar, doch sind ihre Informationen als Grundlage für weitere Untersuchungen wertvoll. Alarmie-

rend ist, daß der Dammschnitt eine allgemein und beinahe unkritisch eingesetzte Maßnahme geworden ist, ohne je hinreichend ausgewertet worden zu sein und auch ohne, daß die Frauen befragt worden wären, was *sie* davon hielten. Wenn das bei einem solchen Eingriff wie dem Dammschnitt geschehen kann, wirft das Fragen hinsichtlich vieler anderer geburtshilflicher Routinemaßnahmen auf, und es überrascht kaum, daß Frauen jetzt Begründungen fordern und wissen wollen, welche Untersuchungen durchgeführt worden sind.

Meine Untersuchung ergab:

- Dammschnitte sind schmerzhafter als Risse. 73 Prozent der Frauen mit Dammschnitt hatten am Ende der ersten Woche nach der Geburt Schmerzen gegenüber 15 Prozent der Frauen mit einem Dammriß.
- Frauen mit Dammschnitt finden meist schwerer eine bequeme Haltung mit dem Baby im Arm als Frauen mit einem Dammriß und werden beim Stillen eher durch Schmerzen abgelenkt.
- Ein Dammschnitt schmerzt häufig noch mehrere Monate nach der Geburt.
- 23 Prozent der Frauen mit Dammschnitt hatten – oft noch nach drei Monaten – Schmerzen beim Geschlechtsverkehr gegenüber 10 Prozent der Frauen mit Dammriß und nur 2 Prozent der Frauen mit unverletztem Damm. Die meisten Frauen stellten fest, daß nur Abwarten dabei half, den Geschlechtsverkehr angenehmer zu machen.
- Zwei Drittel der Frauen hatten während der Schwangerschaft nie mit dem Arzt oder einer Hebamme über den Dammschnitt geredet. Diejenigen, die es versuchten, fühlten sich abgewimmelt.
- 44 Prozent der Dammschnitte wurden in der ersten halben Stunde nach Beginn der Austreibungsphase gemacht, manchmal noch bevor sich das Dammgewebe voll ausgedehnt hatte.
- 59 Prozent der Frauen wurden dazu gedrängt, in der Austreibungsphase fester und länger mitzupressen. Ihre ganze Konzentration und Mühe war auf das Pressen statt auf das Loslassen der Scheidenmuskulatur gerichtet.
- 22 Prozent der Frauen berichteten, daß ihnen zu keinem Zeitpunkt, während der Kopf geboren wurde, gesagt worden war, sie sollten nicht mehr pressen. Manche hatte das Gefühl, das Baby schieße wie eine Kanonenkugel heraus, weil sie mit ganzer Kraft drückten. Sie hielten dies für vermeidbar, wenn man die Gebärende dabei unterstützte, ihrem eigenen Instinkt zu folgen.
- Manche Frauen (7 Prozent) hatten eine doppelte Verletzung – einen Riß und einen Schnitt. Diese Frauen hatten die größten Schmerzen.

- Bei einer nennenswerten Zahl kam es zu Infektionen oder Schwierigkeiten bei der Heilung, in einigen Fällen ging die Naht auf und mußte nachgenäht werden. Wenn eine Frau zum nochmaligen Nähen in die Klinik zurückkehrte, durfte sie manchmal ihr Baby nicht mit auf die Entbindungsstation bringen, für eine stillende Mutter war das besonders belastend.
- Die meisten Frauen mit Dammriß wußten nicht, welchen Grades er war, doch von den 45 Prozent, die es wußten, hatten die meisten nur einen kleinen Riß (ersten Grades).
- Gegenüber 37 Prozent der Frauen war der Dammschnitt niemals begründet worden, weder vorher noch danach. Manche sagten, sie kämen sich »mißhandelt« oder »verstümmelt« vor.
- Manche Frauen erlebten das Nähen als schmerzhaft. Wenn sie sich beschwerten, nahm der Arzt manchmal überhaupt keine Notiz davon oder sie bekamen zu hören: »Das tut nicht weh. Dort sind überhaupt keine Nervenendigungen.«

Es gibt Situationen, in denen ein Baby sehr schnell geboren werden muß. Dann ist ein Dammschnitt eine Möglichkeit, die Geburt zu beschleunigen. Doch sollte ein Eingriff, der im Notfall richtig ist, niemals bei einer normalen Geburt zur Regel werden.

Ein Dammschnitt bringt oft unnötige Schmerzen mit sich. Es liegen keine langfristigen Vorteile für die Frau auf der Hand, dagegen wirkt er sich störend auf die allererste Beziehung der Mutter zu ihrem Baby und die ersten Stillversuche aus. Außerdem kann er als Ursache für unbequemen und schmerzhaften Geschlechtsverkehr die Beziehung zwischen den Eltern für lange Zeit nach der Geburt beeinträchtigen.

Wenn Sie gerade schwanger sind, ist es ratsam, sich eine Strategie zu überlegen, wie Sie entweder einen Dammschnitt vermeiden oder aber absichern können, daß er in *Ihrer* Entscheidung bleibt.

- Fassen Sie zunächst einmal den Mut, das Thema bei der nächsten Vorsorgeuntersuchung mit dem Arzt zu besprechen. Lassen Sie in Ihre Unterlagen eintragen, daß Sie keinen Dammschnitt wollen, es sei denn, es besteht ein triftiger Grund und Sie werden um Ihre Zustimmung ersucht. Äußern Sie das ruhig, klar und entschlossen. Es geht um Ihren Körper, und Sie haben ein Recht, Ihre Wünsche zu äußern.
- Machen Sie Beckenbodenübungen, besonders die »Fahrstuhlübung«, und konzentrieren Sie sich auf das Gefühl, den Damm wie einen schweren Beutel voller weicher Früchte vorzuwölben.
- Üben Sie für die Preßwehen die »Kolibriatmung«, die Sie ebenfalls in diesem Buch finden und machen Sie mit offenem Mund diese leichte,

ziemlich schnelle Atmung, während Sie unten ganz weich und locker sind.

- Massieren Sie oder Ihr Partner das Gewebe im und um den Scheidenbereich herum mit etwas warmen Öl. Stellen Sie sich dabei vor, wie sich das Gewebe weitet und sich wie eine große Blütenknopse allmählich öffnet, wenn sich der Kopf des Babys hindurchschiebt.
- Reden Sie mit der Person darüber, die Sie zur Geburt begleitet, damit sie Sie dabei unterstützt, ans »Öffnen« zu denken, wenn jemand »Pressen« sagt.

Bei der Geburt

- »Lauschen« Sie in der Austreibungsphase auf Ihre Wehen und schieben Sie nur mit, wenn Sie den Impuls dazu verspüren und auch nur so intensiv, wie Ihre Wehen Ihnen das vorgeben (siehe S. 114ff.).
- Fragen Sie die Hebamme oder den Arzt, ob sie Sie dabei unterstützen, das Kind ohne Dammschnitt zu gebären. Auf die *Verständigung* kommt es an.
- Bitten Sie darum, in der Austreibungsphase eine Haltung einnehmen zu können, in der Sie Ihren Damm und die Geburt des kindlichen Kopfes im Spiegel sehen können, wenn Sie das möchten. So können Sie selbst sehen, wann es sinnvoller ist, nicht mehr weiter mitzuschieben, sondern die Atmung anzuwenden.

Ein Dammschnitt oder auch nur ein kleiner Riß sind nicht unvermeidbar Begleiterscheinungen einer Geburt.
Die Klinikerfahrungen der Mütter zeigten, daß die Möglichkeit bestand, es ohne Dammschnitt zu probieren, vorausgesetzt, die Frau bat darum. Da viele Frauen dann schließlich trotzdem einen Dammschnitt bekamen, scheint es, daß die Geburtshelfer nicht immer wußten, wie sie eine Frau dabei unterstützen könnten, vielleicht ohne einen Dammschnitt zu gebären. In vielen Fällen wurden die Frauen zu immer heftigerem Pressen angefeuert, so daß sie keine Verbindung mehr zu ihrem Dammbereich hatten, und eine entsprechende Reaktion beim Durchtritt des kindlichen Kopfes schwierig wurde. Die Frauen erwähnten, daß sie nach der Geburt des Kopfes zum Hecheln aufgefordert wurden, jedoch nicht bei den vorhergehenden Wehen, als der Druck auf den Damm sehr stark gewesen sein mußte.
Der weibliche Körper ist gut auf die Geburt vorbereitet. Das Evolutions-Argument, wegen des großen Gehirns der menschlichen Gattung sei der Durchtritt durch das weibliche Becken bei der Geburt nicht mehr ohne Trauma möglich, ist Teil einer männlichen Sicht der Geburt und

beruht nicht auf der persönlichen Erfahrung vieler Frauen. Die Ansicht der Gynäkologen, daß Geburt unweigerlich mit Verletzung verbunden sei, interpretiert eine Entbindung als gewalttätiges Geschehen und mißachtet die Fähigkeit der Frau, all das weiche Gewebe entfalten und die akkordeonartige Scheidenwand so auffächern zu können, daß das Baby buchstäblich herausgleitet. In unserer Kultur liegt das Schwergewicht auf Entbindungstechniken und Eingriffsmöglichkeiten für Hebammen und Ärzte, wenig Beachtung findet das, was die Frau selbst tun kann, um ihr Kind zur Welt zu *bringen*. Nicht allein durch die Ablehnung unnötiger Eingriffe vermeidet man einen Dammschnitt – Sie müssen Ihren Körper kennenlernen und mit ihm zusammenarbeiten, um ohne Hast gebären zu können.

Manchmal werden Stimmen laut, die verlangen, daß die Frauen den Gynäkologen Zeit für Untersuchungen lassen, die erweisen sollen, ob routinemäßige Dammschnitte ratsam sind oder nicht. Seit Einführung des Dammschnitts als geburtshifliche Standardmaßnahme sind bereits zweihundert Jahre vergangen, und das müßte, so sollte man meinen, wohl ausreichen, um die Notwendigkeit dieses Eingriffs feststellen zu können. Die Beweislast für die Berechtigung von Eingriffen jeder Art liegt bei den Medizinern, es ist nicht Sache der Frauen zu beweisen, welcher Schaden angerichtet wird. Es sollte den Frauenärzten zu denken geben, daß sowohl beim Dammschnitt wie auch bei der Geburtseinleitung kritische Stimmen von außen, und zwar von Laien laut werden mußten, bevor sie selbst sich an die Forschungsarbeit machten.

Es ist an den Frauen, ihre Zustimmung zu Eingriffen jeder Art zu verweigern, wenn deren Notwendigkeit nicht einsichtig ist und auch nicht bewiesen werden kann. Es ist Sache derjenigen, die diese operative Wunde verursachen, zu beweisen, daß die Vorteile größer sind als die Nachteile, oder sich Fertigkeiten zur Vermeidung dieses Eingriffs anzueignen, der offensichtlich bei vielen Frauen Schaden anrichtet und großes unnötiges Leid verursacht.

Leitung der Nachgeburtsphase

Nachdem das Baby geboren ist, hat die Frau weiterhin Wehen, auch wenn sie sie vielleicht gar nicht spürt. Das Zusammenziehen der Gebärmutter bewirkt, daß die Plazenta sich von der Gebärmutter löst. Wenn sie sich vollständig gelöst hat, gleitet sie heraus, entweder wenn die Frau kniet oder aufrecht steht oder wenn sie tief nach unten atmet. Das kann 15 bis 30 Minuten, manchmal auch länger, dauern.

Weil es bei 5 bis 10 Prozent der Frauen in der Nachgeburtsphase zu starken Blutungen kommt, da sich die Plazenta nur teilweise ablöst und Blut aus den Sinussen austritt, den Vertiefungen, in denen die Plazenta »verwurzelt« war, wird die Nachgeburtsphase heute oft aktiv geleitet. Gleich nachdem das Baby geboren ist, wird der Frau ein Mittel, das Gebärmutterkontraktionen auslöst, gespritzt, gewöhnlich in den Oberschenkel. Dieser Eingriff macht weitere Eingriffe notwendig. Die Gebärmutterkontraktionen sind stark und führen eventuell dazu, daß die Plazenta durch einen Gebärmutterspasmus zurückgehalten wird, was schnelles Handeln erfordert. Durch einen »kontrollierten Zug an der Nabelschnur« wird versucht, die Plazenta an der Nabelschnur herauszuziehen. Wird dieser Eingriff nicht von einem Experten ausgeführt, ist er gefährlich. Hat sich die Plazenta noch nicht gelöst, und reißt die Nabelschnur, muß die Plazenta unter Vollnarkose manuell gelöst werden. In einer beunruhigenden Zahl von Geburtsberichten wird ein solches Reißen der Nabelschnur erwähnt. (In einem Fall zog der Geburtshelfer so stark, daß es zu einer Umkrempelung der Gebärmutter [Uterusinversion] kam.)

Zudem müssen Frauen bei einer aktiven Leitung der Nachgeburtsphase häufig mit dem ersten Anlegen ihres Babys warten. Wenn das Baby jedoch angelegt wird, dann löst der Saugreiz an der Brustwarze der Mutter weitere Gebärmutterkontraktionen aus. In den ersten Tagen nach der Geburt spüren Mütter beim Stillen, sobald sie das Baby anlegen, diese »Nachwehen«. Sie sind umso stärker, je größer die Gebärmutter war. Zum Beispiel können sie für eine Mutter, in deren Gebärmutter sich Zwillinge Platz geschaffen hatten, sehr unangenehm werden. Wenn das Baby gleich nach der Geburt angelegt wird, verringert sich das Risiko starker Nachgeburtsblutungen, weil das Saugen Wehen auslöst.

In vielen Ländern der Dritten Welt nimmt die Frau bei der Geburt eine aufrechte Haltung ein, so daß die Plazenta durch ihr eigenes Gewicht buchstäblich herausrutscht, sobald das Baby geboren ist. Es gibt keinen Grund, weshalb das nicht auch im Westen so praktiziert werden könnte.

Steißlage

Da es heutzutage üblich ist, Steißlagen durch Kaiserschnitt zu entbinden, bekommen viele Frauen gegen Ende der Schwangerschaft Angst, weil ihr Baby mit dem Po nach vorn im Becken liegt. Sie glauben sich ihrer Entscheidungsmöglichkeit, wie sie ihr Kind gebären wollen, beraubt.

Wissenswert ist in diesem Zusammenhang, daß um die 30. Woche herum etwa 30 Prozent der Babys die Steißlage einnehmen. Die meisten von ihnen drehen sich dann von selbst. In der 40. Woche befinden sich nur noch 2,5 Prozent in der Steißlage. Manche Gynäkologen versuchen, das Baby in die Normallage zu drehen. Diese »äußere Wendung« wird in der 34. Woche und danach gemacht, solange noch genügend Platz in der Gebärmutter für eine Drehung des Babys ist. Manche Gynäkologen ziehen trotzdem bei den Babys, die sich nicht spontan umdrehen, einen Kaiserschnitt vor.

In manchen Fällen ist eine Wendung nicht einfach, weil der Tonus der Bauch- und Gebärmuttermuskulatur zu stark ist oder weil das Baby die Beine nach oben gestreckt, mit seinen Füßen an den Schultern, hält. Dann läßt sich das Baby zur Wendung nur schwer aus dem Becken aufwärts schieben. Manche Geburtshelfer wissen heute gar nicht mehr, wie eine äußere Wendung gemacht wird.

Auf die Eröffnungsphase wirkt sich eine Steißlage oft kaum aus. Bei 75 Prozent handelt es sich um Steißlagen mit ausgestreckten Beinen, so kann der Po ähnlich wie der Kopf auf den Muttermund wirken, es ist also nicht mit einer langdauernden Eröffnungsphase zu rechnen.

Bei einer Steißlage ist es wichtig, daß die Frau nicht eher preßt, als genügend Platz für den Durchtritt des kindlichen Kopfes durch den Geburtskanal entstanden ist. Weil der Körper jedoch aus der Gebärmutter hinaus und durch den Geburtskanal gleiten kann, während sich der Kopf noch in der Gebärmutter befindet, haben viele Frauen einen vorzeitigen Preßdrang. Im Vierfüßlerstand ist der Preßdrang gewöhnlich nicht so heftig. Auch bei einer Epiduralanästhesie wäre er natürlich nicht mehr zu spüren, doch machte diese dann auch eine Zangengeburt wahrscheinlicher. Der Vierfüßlerstand bietet den zusätzlichen Vorteil, daß die untere Hohlvene vom Gewicht der schweren Gebärmuter entlastet wird und so das Blut ungehindert zum Baby fließt. Weil so das Baby zur Bauchdecke geneigt liegt, kann auch verhindert werden, daß die Nabelschnur zwischen den Kopf des Babys und die Beckenknochen gerät.

Viele Geburtshelfer entbinden zwar den Kopf des Babys mit der Zange, nachdem der Körper natürlich geboren ist, doch ist Michel Odent (siehe S. 124ff.) der Ansicht, daß eine Steißgeburt am sichersten ist, wenn die Frau aufrecht steht. So könne der ganze Körper des Babys hängen und der Kopf aufgrund der Schwerkraft herausgezogen werden. Viele Steißgeburten kommen zu früh auf die Welt und sind recht klein; 2500 Gramm scheinen das Idealgewicht für eine vaginale Steißgeburt zu sein. Wenn feststeht, daß das Baby groß ist, empfiehlt der Arzt wahrscheinlich einen Kaiserschnitt, weil es unsicher ist, ob der Kopf leicht geboren werden kann. Wenn sich Ihr Baby in der Steißlage befindert, dann besprechen Sie alles am bestem um die 37. bis 38. Schwangerschaftswoche mit Ihrem Arzt. Wenn Sie den Eindruck haben, in den Vorsorgeuntersuchungen immer hastig abgefertigt zu werden, ist es ratsam, im voraus, am besten schriftlich, bei dieser Vorsorgeuntersuchung um zusätzliche Zeit zu bitten.

Kaiserschnitt

Die Kaiserschnittrate ist in den einzelnen Ländern sehr unterschiedlich. In Norwegen und Holland ist sie mit etwa drei Prozent am niedrigsten, in den USA und Kanada, wo die Häufigkeit in manchen Kliniken bei bis zu 40 Prozent liegt, am höchsten. Es ist schwer vorstellbar, daß für Amerikanerinnen eine vierzehnmal größere Notwendigkeit für Kaiserschnitte gegenüber Holländerinnen und Norwegerinnen bestehen sollte. Auch bei Privatpatientinnen ist die Rate hoch, obwohl man davon ausgehen könnte, daß sozial benachteiligte Frauen häufiger einem operativen Eingriff unterzogen werden.
In den siebziger Jahren wuchs die Kaiserschnittrate international, am stärksten in den USA, wo sie sich zwischen 1970 und 1978 verdreifachte. In Kanada ist die Zunahme fast ebenso groß. Zwar ist in Westeuropa die Kaiserschnittgeburt nur zögernd aufgenommen worden, doch geht der Trend immer noch deutlich hin zu mehr Kaiserschnittgeburten.
Kaiserschnitte werden begründet entweder mit einem Mißverhältnis zwischen kindlichem Kopf und mütterlichem Becken oder einer Dystokie – das heißt, daß das Baby nicht durch das Becken paßt oder die Geburt sehr lange dauert und nicht vorangeht. Beide Diagnosen sind »Papierkorbdiagnosen«, auf die oft als einfache Erklärung für einen Kaiserschnitt zurückgegriffen wird, häufig ohne einen tatsächlichen Beweis.
Wenn Ihre Geburt lange dauert und der Muttermund sich nur langsam öffnet, sollte die Gebärmutter zunächst mit anderen Methoden zu wirksameren Wehen angeregt werden, *bevor* zu irgendeinem Eingriff geschritten wird. Manchmal braucht eine Frau einfach nur Ruhe, die Möglichkeit, sich zu entspannen und sich ihren eigenen Phantasien zu überlassen, ohne Leistungsdruck. Die Atmosphäre in vielen Kliniken vermittelt den Frauen heute, daß ihre Geburt ein Testfall sei, daß sie

zeigen müßten, daß sie sich in der Hand haben und eine Vorführung in Atemtechniken geben müßten.
Vor allem fühlen sie sich unter Zeitdruck. Manche bekommen vom Klinikpersonal zum Beispiel zu hören, die Geburtsdauer dürfe zwölf Stunden nicht überschreiten, ansonsten stünde eine Zangengeburt oder ein Kaiserschnitt bevor.
Gibt man der Frau die Möglichkeit, in einem Raum mit gedämpftem Licht ein heißes Bad zu nehmen, die Zeit zu vergessen und sich einfach ihrem Körper und ihren Phantasien hinzugeben, dann beginnt eine bisher sehr untätige Gebärmutter manchmal sehr effektiv zu funktionieren. Zumindest ist es einen Versuch wert. In modernen Kliniken werden diese ganz einfachen Möglichkeiten zur Unterstützung der Gebärmuttertätigkeit häufig ignoriert. Auch Umhergehen kann helfen. Es ist erstaunlich, wie prompt nur dadurch, daß die Frau aus dem Bett aufsteht, eine aufrechte Haltung einnimmt und vielleicht den Korridor entlanggeht, die Wehen wieder in Gang kommen, die schon stillzustehen schienen. Vor fünfzig Jahren wußten die Hebammen das, und es war üblich, Patientinnen fast während der ganzen Eröffnungsphase umhergehen zu lassen. Manche Frauen wechseln sogar den Arzt oder die Klinik, wenn ihnen nicht völlige Bewegungsfreiheit garantiert werden kann.
Auch Ängste und jede Art emotionaler Belastungen werden mit einer Fehlfunktion der Gebärmutter in Verbindung gebracht. Erlebt die Frau ihre Umgebung feindlich, können die Wehen schmerzhaft, jedoch geburtsunwirksam sein, da sich der Muttermund nicht öffnet. Während der Geburt braucht jede Frau ohne Ausnahme emotionale Unterstützung, ganz gleich, wieviele Kursstunden sie besucht hat und wieviel sie über das Gebären weiß. Wenn diese Unterstützung ausbleibt, und die Geburtshelfer nicht über das Einfühlungsvermögen oder die Fähigkeit zu einer wirksamen Kommunikation verfügen, kommt es z. B. zu unnötigen Kaiserschnitten. Eine friedliche Atmosphäre, Bewegungsfreiheit während der Wehen und das Gefühl, von Freunden umgeben zu sein, sind drei der wichtigsten Voraussetzungen für eine Situation, in der die Geburt ein physiologischer und kein medizinischer Vorgang sein kann, und unnötige geburtshilfliche Eingriffe vermieden werden.
In den USA folgt einem vorherigen Kaiserschnitt wieder einer, und manchmal heißt es: »Einmal Kaiserschnitt, jedesmal Kaiserschnitt.« Kaiserschnitte aufgrund vorhergegangener Kaiserschnittgeburten machen ungefähr 30 Prozent der Zunahme der Kaiserschnitthäufigkeit aus. Diese Entwicklung geht zurück auf den Anfang des 19. Jahrhunderts: bei einer nachfolgenden Geburt sollte verhindert werden, daß die Narbe

aufreißt. Zu der Zeit wurde der »klassische« Schnitt gemacht, senkrecht in die Gebärmutter. Heute schneidet man auf diese Weise nur noch bei Notoperationen, und auch dann wird der Schnitt häufig weit unten als »Bikinischnitt« angelegt. Eine solche Narbe reißt seltener.

Bei einem Wiederholungskaiserschnitt ist das Sterblichkeitsrisiko doppelt so hoch wie bei einer vaginalen Geburt, es ist jedoch immer noch sehr gering. Die Zahl der Frauen, die bei einem Wiederholungskaiserschnitt sterben, ist seit 1970 nicht zurückgegangen. Ein weiterer Kaiserschnitt bringt für die Mütter Risiken, während die Vorteile für das Baby äußerst zweifelhaft sind. Eine Untersuchung in New York ergab, daß Babys mit geringem Geburtsgewicht besonders gefährdet waren, wenn sie per Kaiserschnitt auf die Welt kamen.

Viele Gynäkologen diesseits und jenseits des Atlantiks sind jetzt der Ansicht, daß alle Steißlagen durch Kaiserschnitt entbunden werden müßten (etwa vier Prozent aller Geburten sind Steißlagen). Ihre Sorge ist die Möglichkeit eines Gehirnschadens bei einer vaginalen Geburt, da der kindliche Kopf durch eine Öffnung, die gerade groß genug für den sehr viel schmaleren Körper des Babys war, hindurch muß.

Wird in der Austreibungsphase zur Eile getrieben, kann durch unzureichende Weitung des Gewebes ein gefährliches Hindernis auftreten und äußerst starker Druck auf den Kopf des Babys ausgeübt werden. Da in vielen Kliniken bei der Austreibungsphase so verfahren wird, ist es kein Wunder, daß sie sich für eine Steißgeburt zum Risiko entwickelt hat. Wenn eine vaginale Geburt für Steißlagenbabys sicherer werden soll, muß sie viel sanfter verlaufen. Die Frau sollte bei der Geburt des Körpers nur mitschieben, wenn sie wirklich den Drang dazu verspürt, so daß das Dammgewebe sich langsam dehnen kann. Am besten ist wahrscheinlich eine abgestützte Hockstellung.

Es spricht vieles für einen Kaiserschnitt bei einem großen Baby in Steißlage, auch bei Unsicherheiten hinsichtlich der Größe und Beschaffenheit des mütterlichen Beckens oder bei reinen Steißlagen (die die Beine gerade ausgestreckt und parallel zur Wirbelsäule halten, bei vorgestrecktem statt gebeugtem Kinn) erscheint ein Kaiserschnitt sicherer. Doch bei der in New York durchgeführten Untersuchung bestand für Babys, die 2500 Gramm und darunter wogen, bei einer vaginalen Geburt kein größeres Risiko. Selbst für schwerere Steißlagen konnte in den vergangenen zehn Jahren nicht der Beweis erbracht werden, daß durch Kaiserschnitte Leben gerettet würden, es sterben noch immer ebenso viele dieser Babys wir vor zehn Jahren.

Ein vom amerikanischen Gesundheitsamt herausgegebener Bericht stellt fest, daß »die Kaiserschnittgeburt ein wichtiger chirurgischer Eingriff ist mit einer größeren Sterblichkeitsrate als bei vaginalen

Geburten. Den größten Anteil an der Sterblichkeit haben Infektionen, am häufigsten sind hierbei Endometritis und Infektionen der Harnwege und der Operationswunde.« Was das Baby betrifft, »scheinen Kaiserschnitte besonders in Abwesenheit von Wehen mit einer Zunahme von neonatalem respiratorischem Streß bei jeder Gestationsdauer in Zusammenhang zu stehen.« Das bedeutet, daß selbst dann, wenn das Baby geburtsreif ist, beim Kaiserschitt eine größere Wahrscheinlichkeit von Atemschwierigkeiten besteht.

Was können Sie nun mit Recht von Ihren Geburtshelfern erwarten, wenn zu einem Kaiserschnitt geraten wird? Wenn es sich nicht um eine Notoperation handelt, sollten Sie alle für Sie wichtigen Informationen erhalten, aufgrund derer sie mit den Geburtshelfern gemeinsam eine wohlüberlegte Entscheidung treffen können. Vielleicht möchten Sie lieber zunächst die Wehen abwarten mit der Sicherheit, daß alles für einen Kaiserschnitt bereitsteht, falls er doch notwendig würde.

Wenn Ihre Gebärmutter keine geburtswirksamen Wehen hervorbringt, können Sie zunächst die schon genannten alternativen Methoden zur Wehenanregung ausprobieren (Umhergehen, Baden...) oder ihren Partner darum bitten, die Brustwarzen zu stimulieren. Es besteht eine direkte Verbindung zwischen den Brustwarzen und der Gebärmutter – stillende Mütter wissen dies – und eine Stimulation führt häufig zu Kontraktionen der Gebärmutter. In den ersten Tagen nach der Geburt des Babys, wenn die Gebärmutter allmählich wieder ihre frühere Form und Größe annimmt, kann es schmerzhaft sein, sehr nützlich ist es jedoch während der Wehen, wenn die Gebärmutter nicht wirksam kontrahiert.

Hält man einen Kaiserschnitt insgesamt für sicherer, sollten Sie gemeinsam mit Ihrem Arzt über die Art der Narkose entscheiden können. Das kann eine Vollnarkose sein oder eine Epiduralanästhesie. Der große Vorteil der Epidurale ist, daß Sie wach sind und Ihr Baby willkommen heißen können, sobald es geboren ist. Auch leiden Sie dann nicht unter den Nebenwirkungen einer Vollnarkose.

In dem Report des amerikanischen Gesundheitsamtes wird »eine deutlich größere psychische und körperliche Belastung durch einen Kaiserschnitt gegenüber einer normalen vaginalen Geburt« betont, wobei sich »die Anwesenheit der Väter im Operationszimmer und enger Kontakt zwischen Mutter und Neugeborenem günstig auf das Verhalten von Familien nach einem Kaiserschnitt auszuwirken scheinen.«

In Großbritannien erlauben nur wenige Kliniken dem Partner der Frau dabeizusein. Möglicherweise meinen die Geburtshelfer, der Vater könne es nicht verkraften – ein Einwand, der auch gegen die Anwesenheit von Vätern bei Zangengeburten oder sogar bei normalen Geburten ins Feld geführt wurde. Je mehr Selbstvertrauen die Ärzte bei Kaiserschnitten unter Epiduralanästhesie gewinnen, um so gelassener werden sie vielleicht auch gegenüber der Anwesenheit der Väter.

Der Mann ist natürlich nicht so plaziert, daß er den Schnitt sehen kann. Er sitzt am Kopfende bei der Frau und hält ihr die Hand, ein Sichtschutz verhindert den Blick auf die Operation. Wenn das Baby geboren ist, kann es die Mutter wegen der Kanülen in ihrem Arm und anderen Geräten, an die sie angeschlossen ist und auch wegen des engen Entbindungsbetts eventuell nur schwierig im Arm halten. Wenn der Vater dabei ist, kann er es für sie in Empfang nehmen und sich so hinsetzen, daß sie das Baby streicheln und seinen weichen Körper an ihrer Wange spüren kann. Paare, die den Kaiserschnitt so erlebten, fanden es wunderbar.

Es war die Regel, daß alle Kaiserschnittbabys zur Überwachung auf die Intensivstation gebracht und damit natürlich von ihren Müttern getrennt wurden. In vielen Kliniken ist das jetzt nicht mehr üblich, Sie sollten sich also erkundigen. Ein gesundes Baby sollte nicht routinemäßig nach der Geburt von seinen Eltern getrennt werden.

Nach einem Kaiserschnitt ist es schwierig und schmerzhaft, aus dem hohen Klinikbett hinaus und wieder hineinzukommen. In ihren Berichten beklagten sich die Frauen allgemein häufig über diese Betten, besonders, wenn sie eine Verletzung am Damm oder einen Kaiserschnitt hatten. Nach einem Kaiserschnitt wird Ihnen gewöhnlich für die ersten Nächte ein Zimmer für sich zugewiesen. So kann Ihr Partner die meiste Zeit bei Ihnen sein. Nach einer operativen Entbindung ist dies in einer Klinik mit viel Betrieb eine beträchtliche praktische Hilfe bei der Pflege und beim Stillen des Babys, ganz abgesehen vom psychischen Effekt, den das Zusammensein hat.

Auch wenn das Baby nicht auf die Intensivstation verlegt wird, bringt man es häufig ins Kinderzimmer, damit die Mutter Ruhe hat. Wenn eine Frau jede Bewegung schmerzt und ihr Partner in der ersten Nacht nicht bei ihr bleiben darf (und nur in wenigen Kliniken gibt es im Zimmer der Mutter ein Notbett oder eine Couch für den Vater), bleibt das Baby dort oft solange, bis die Mutter es versorgen kann. Aus den Briefen der Frauen geht hervor, daß einige Babys nur deshalb im zentralen Kinderzimmer liegen, weil niemand Zeit hat, Personalmangel herrscht und dem geregelten Ablauf auf der Station Vorrang gegeben wird gegenüber den Bedürfnissen der einzelnen Mütter. In manchen Kliniken mangelt es zudem an einer guten Verständigung zwischen der Wöchnerinnen- und der Intensivstation. Eine Mutter kommt sich vielleicht eingesperrt vor in einem Trakt, der weit von der Babyintensivstation entfernt liegt, möchte aber die vielbeschäftigten Schwestern nicht mit Bitten nach ihrem Baby stören. Und wenn sie dann bei ihrem Baby ist, stellt sie fest, daß es schon die Flasche bekommen hat, obwohl sie es stillen wollte. Wenn Ihr Baby mit großer Wahrscheinlicht auf die Intensivstation kommt, setzen Sie sich zuallererst mit der verantwortlichen Schwester in Verbindung und teilen ihr Ihre Wünsche mit. Und wenn bei Ihnen wahrscheinlich ein Kaiserschnitt nötig wird, sammeln Sie im voraus alle Informationen über diese Art der Geburt, um die technischen Abläufe zu verstehen und alle Ihnen offenstehenden Möglichkeiten besprechen zu können! Auch bei einem Kaiserschnitt müssen Sie sich nicht aufgeben und alles anderen überlassen.

Haltung zur medizinischen Technologie

Während ich diese Seite schrieb, erhielt ich den Brief einer Frau über die Geburt ihres ersten Babys, in dem sie beschreibt, wie sie einen eigenen Geburtsplan mit ihren Wünschen entwarf und ihn dem Klinikpersonal nahebrachte. Die Klinik, in der sie angemeldet war, galt nicht als besonders fortschrittlich oder liberal, und sie war ziemlich nervös, weil sie dort schon unangenehme Erfahrungen gemacht und Nachteiliges von anderen Frauen gehört hatte. Während ihrer Vorsorgeuntersuchungen dort hatte sie es mit fünf verschiedenen Ärzten zu tun, doch vereinbarte sie einen Termin mit dem Oberarzt, um die Themen anzusprechen, die sie am stärksten betrafen.

Mitte des achten Monats, nachdem klar war, daß alles normal verlief, stellten mein Mann und ich eine Liste der Dinge auf, die wir wollten/nicht wollten, z. B. keine ständige Herztonüberwachung und keine Beruhigungsmittel, falls nicht absolut notwendig, eine leicht abgewandelte Geburt nach Leboyer (kein Bad) und keine Trennung vom Baby, da ich nach Bedarf stillen wollte. Ich glaube, der Oberarzt geriet durch meine Liste etwas aus der Fassung, doch zeigte er sich gesprächsbereit. Ich bat darum, daß meine Wünsche in meinen Unterlagen vermerkt würden, und er willigte ein. Während des ganzen Gesprächs betonte ich immer wieder, daß die Sicherheit des Babys für mich an allererster Stelle stehe: in meinem Beruf hatte ich mit Kindern zu tun, die durch Sauerstoffmangel bei der Geburt geschädigt waren.

Es verlief jedoch nicht alles so reibungslos:

Ein wesentlicher Kritikpunkt an meiner Vorsorge ist die große Bereitschaft des Personals zu Einleitungen. Ich hatte einen sechswöchigen Zyklus, deshalb konnte man annehmen, daß der voraussichtliche Geburtstermin um die 42. Woche nach der letzten Regel liege. Es ging mir ausgezeichnet. Als ich in der 41. Woche war, wurde in der Klinik starker Druck wegen einer Einleitung auf mich ausgeübt. Eines ihrer Argumente war, daß ich ein halbes Kilo abgenommen hätte: An diesem Morgen hatte ich keine Zeit zum Frühstücken gefunden . . . Ich bat darum, zu untersuchen, ob es meinem Kind schlecht ginge. Der Arzt stimmte meinem Vorschlag, über einen Zeitraum von 24 Stunden den Urin für eine Überprüfung der Plazentafunktion zu sammeln, bereitwillig zu. Außerdem rieten sie mir zu einem halbstündigen Ultraschall, um die Herztöne des Babys, seine Reaktion auf Bewegungen und Wehen zu beobachten. Ich begab mich für diesen Test sofort auf die Entbindungsstation, er fiel völlig zufriedenstellend aus. Ich wollte bei der nächsten Vorsorge zusammen mit meinem Mann mit dem Oberarzt sprechen, falls eine Einleitung zur Diskussion gestanden hätte. Es ergab sich dann so, daß zwei Tage später die Wehen einsetzten, ausgelöst wahrscheinlich dadurch, daß ich mich mit der riesigen Glasflasche für den Urin nach Hause durchkämpfte!

Die Geburt

Mein Gespräch mit dem Oberarzt und die daraufhin erfolgten Eintragungen in meine Klinikunterlagen erwiesen sich als äußerst nützlich. Ich traf mit Wehen im Dreiminutenabstand in der Klinik ein. Die beiden Hebammen, die mich betreuten, hatten die Unterlagen offensichtlich gelesen und zeigten Verständnis für meinen Wunsch, ohne Beruhigungsmittel usw. auszukommen. Der diensthabende Arzt war während einer Vorsorgeuntersuchung meine Forderungen mit mir durchgegangen, die Hebammen sorgten automatisch für gedämpftes Licht im Entbindungszimmer.

Die Geburt verlief dann nicht ganz komplikationslos:

Während der Geburtsarbeit ergaben sich zwei Probleme:
1. Ketone im Urin: Dieses Problem wurde ausführlich mit mir besprochen. Die Hebamme riet zu einem Glukosetropf, nach einem weiteren Gespräch stimmten wir zu. Ich muß sagen, der Tropf half wirklich: die Wehen kamen richtig in Gang.
2. Sehr hoher Blutdruck: Als ich etwa acht Zentimeter eröffnet war, stieg mein Blutdruck gefährlich an. Die Hebamme versuchte immer wieder, den Blutdruck in den Wehenpausen zu messen, doch schließlich mußte sie den Arzt rufen. Auch das wurde wieder ausführlich mit uns besprochen, mein Mann telefonierte selbst mit dem Arzt. Sie rieten zu einer Dolantinspritze, um den Blutdruck zu senken, hielten aber eine halbe Dosis für nicht ausreichend. Außerdem empfahlen sie uns das CTG. Weil uns die Gefahren des hohen Blutdrucks klar waren, erklärten wir uns mit dem Dolantin und dem CTG einverstanden. Mich störte das CTG nicht so sehr, wie ich vorher gedacht hatte. Zweimal während der Eröffnungsphase sprach mein Mann meinen Wunsch an, keinen Dammschnitt zu bekommen, falls das nicht unbedingt notwendig sei. Die Hebammen unterstützten mich, so daß der Kopf ganz langsam geboren wurde, und nichts genäht werden mußte. Das Baby wurde mir gleich auf den Bauch gelegt, die Nabelschnur konnte auspulsieren, bevor sie durchtrennt wurde. Wir mußten zwar hinsichtlich unserer ursprünglichen Haltung gegen-

über Beruhigungsmitteln einen Kompromiß eingehen, doch konnte zwischen den Hebammen und uns eine wirkliche Partnerschaft entstehen. Sie zeigten aufrichtige Bereitschaft, auf unsere Wünsche einzugehen und schienen richtig erfreut darüber, daß wir unsere Leboyergeburt verwirklichen konnten und ich nicht genäht werden mußte.

Durch das Dolantin war ich nur während der ersten Viertelstunde nach der Geburt meiner Tochter leicht benommen, doch bald war ich erstaunlich wach.

Wir wurden etwa eineinhalb Stunden mit unserer Tochter allein gelassen. Das war unglaublich schön. In dieser Zeit legte ich meine Tochter an, und sie trank wunderbar. Schließlich wurden wir beide gewaschen und zusammen mit meinem Mann auf die Wöchnerinnenstation gebracht.

Die Versorgung nach der Geburt

Meine Tochter bekam ein Fläschchen mit sterilisiertem Wasser, wogegen ich keine Einwände hatte. Ich betonte, daß ich sie nach Bedarf stillen wollte und daß sie wegen Allergien in der Familie voll gestillt werden sollte. Das wurde in die Karte an ihrem Bettchen eingetragen.

Wichtig an diesem Bericht ist, daß die Frau nicht einfach alles anderen überließ. Als nicht mehr alles glatt verlief, handelte sie weiterhin als entscheidungsfähiger Mensch.

Häufig wird gesagt, Frauen sollten keine Schuldgefühle haben, Vorstellungen über den Verlauf der Geburt führten dazu, sich Ziele zu setzen, so daß die Frau sich dann wie eine Versagerin vorkomme, wenn sie sie nicht erreicht. Doch ist es unrealistisch, so zu tun, als wären alle Geburtserfahrungen für die Mütter, Väter und Babys gleichermaßen positiv. Ganz offensichtlich sind manche nicht so erfreulich. Und das hängt nicht nur vom Einsatz von Technologien ab. Selbst eine Zangengeburt kann nebensächlich sein, wenn die Frau sich bei der Geburtsarbeit von allen Anwesenden dabei unterstützt fühlte, *mit* ihrem Körper *mitzuarbeiten*.

Wenn ein Eingriff notwendig wird, braucht die Technologie nicht zu dominieren. Fiona hatte gegen Ende der Schwangerschaft hohen Blutdruck und wurde in eine große Londoner Klinik mit Lehrbetrieb für die letzten zwei Wochen zur Beobachtung eingeliefert. Ihr Blutdruck sank, und sie wurde entlassen. Zwei Wochen später war es dann soweit . . .

Ich behielt ziemlich die Ruhe und eilte nicht sofort in die Klinik. Sonntagnacht hatte ich ständig leichte Bauchschmerzen, wie Menstruationsschmerzen, gegen die eine heiße Wärmflasche half. Sie hielten am nächsten Morgen an, doch ging ich einkaufen und fuhr dann mit dem Bus durch ganz London, weil ich bei meiner Mutter zum Essen eingeladen war. Sie war entsetzt drüber, daß ich eine

Stunde im Bus in einem Verkehrsstau in der Innenstadt verbracht hatte und bestand nach dem Essen darauf, mich heimzufahren. Am Nachmittag wurde das Bauchweh etwas stärker, hörte aber manchmal für fünf oder zehn Minuten ganz auf.

Als mein Mann am Montag um sechs abends heimkam, beschloß ich, »zur Übung« ein wenig die Atemtechnik anzuwenden. Um 8 Uhr nahm ich ein Schaumbad und bemerkte, daß ich eineinhalb Minuten lang die tiefe Atmung anwendete und dazwischen nur ein oder zwei Minuten Pause machte. Plötzlich wurde mir klar, daß ich in den Wehen sein mußte und wir beschlossen, besser jetzt in die Klinik zu fahren, da auch mein Blutdruck wieder ansteigen könnte.

Als wir in der Klinik ankamen, fragte mich die Hebamme, wie lange ich schon Wehen hätte, und als ich ihr sagte, daß ich das nicht genau wüßte, weil ich die ganze Zeit die tiefe Brustkorbatmung angewendet hätte, ließ sie mich eine halbe Stunde allein, um sich um eine dringendere Sache zu kümmern. Als sie um neun Uhr wiederkam (mein Mann leistete mir Gesellschaft), untersuchte sie mich und stellte fest, daß mein Muttermund sieben Zentimeter eröffnet war!! Sie wirkte verblüfft und fragte mich, wie ich mit den Schmerzen zurechtgekommen sei. Als mein Mann antwortete, daß wir uns entspannt und tief geatmet hätten, meinte sie zu ihm: »Man merkt, daß Sie Arzt sind.« (In Wirklichkeit ist er Verleger.)

Wir wurden sofort auf die Entbindungsstation gebracht, und die Fruchtblase wurde gesprengt. Es wurde zur Herztonüberwachung eine Kopfschwartenelektrode am Kopf des Babys befestigt, und alle 15 Minuten wurde mein Blutdruck gemessen. Ich mußte ein Formular mit der Zustimmung zu einer Epiduralanästhesie unterschreiben, falls mein Blutdruck steigen sollte. Ich hatte bereits vor einer Woche nach einem Gespräch mit dem Arzt bei der letzten Vorsorgeuntersuchung zugestimmt. Das CTG erwies sich als sehr hilfreich, zum einen, weil wir die Herztöne hören konnten und vor allem auch, weil mein Mann die Wehen deutlich am Wehenschreiber ablesen und mir sagen konnte, wie gut ich meine Sache machte und wie stark meine Wehen waren. Außerdem sah er eine Wehe sich ankündigen, ehe ich sie spürte, das war eine große Hilfe.

Sehr bald war der Muttermund neun Zentimeter eröffnet, doch spürte ich einen Preßdrang, bevor er vollständig eröffnet war. In diesem Moment kam die Hebamme und riet mir zu Lachgas. Ich probierte es bei einem Atemzug aus, merkte jedoch sofort, daß meine Atmung effektiver war. Ich machte die Schmetterlingsatmung und blies schnell aus, um nicht pressen zu müssen. Das machte ich eineinhalb Stunden lang und konnte damit die meisten Wehen überatmen. Ich hatte überhaupt keine Schmerzen, empfand es jedoch als unglaublich frustrierend, nicht pressen zu dürfen. Plötzlich meinte die Hebamme, ich könne pressen, und sofort ließen die Wehen nach! Mir wurde klar, daß das jetzt die Ruhepause vor der Austreibung war, es war sehr erholsam.

Mein Mann bestand darauf, bei mir zu bleiben, während die Hebamme mich vaginal untersuchte, um die Eröffnung festzustellen. (Es kam fast zu einer Auseinandersetzung, weil die Schwestern dagegen waren. Sie meinten: »Meist fallen die Männer in Ohnmacht.« Zum Glück kam in dem Moment gerade der

Arzt, der sagte, mein Mann könne gern bleiben, wenn er nichts dagegen hätte, sich mit dem Fußboden zu begnügen, falls er in Ohnmacht fiele.) Ich genoß den kühlen, nassen Schwamm im Gesicht und lutschte ziemlich viele Eisbröckchen. Ich bekam auch Eiswürfel auf den Bauch. Mein Mann war einfach großartig, ich hätte ihn nicht eine Sekunde lang vermissen mögen. Die Schwestern schauten amüsiert auf unsere Schwämme und Thermoskannen! Wir baten um einen abgedunkelten Raum – ich schob das Baby mit ziemlicher Leichtigkeit heraus – doch war ein kleiner Dammschnitt nötig.
Am Montag abend um 23.50 Uhr schwappte Sophie heraus (ich konnte alles in einem Spiegel mit anschauen, den wir am Fußende des Bettes angebracht hatten), ohne einen Mucks von sich zu geben und schaute sich ruhig um. Ein paar Minuten lang lag sie nackt auf meinem Bauch. Die Nabelschnur mußte durchtrennt werden, noch bevor der Körper geboren war, weil das Baby sie um den Hals hatte (auch dabei half Atmen und Blasen, um nicht weiterzupressen).
Am Ende strahlten wir beide. Die Hebamme trug »Spontangeburt, keine Schmerzmittel« in meine Unterlagen ein. Wir waren alle sehr zufrieden mit uns, und ich glaube, die Hebamme und die Schwestern waren wirklich von unserer Zusammenarbeit und unserem Selbstvertrauen tief beeindruckt.

Fiona genoß ihre Geburt trotz einer Blasensprengung, ständiger CTG-Überwachung, einer langen Übergangsphase und schließlich eines Dammschnitts. Durch ihre positive Einstellung kam sie mit all dem zurecht, konnte die meiste Zeit ihrer Geburtsarbeit außerhalb der Klinik verbringen und mit ihren üblichen Beschäftigungen fortfahren. Eine wichtige Lehre, die sich daraus ziehen läßt, ist es, nicht zu früh in die Klinik zu gehen.

Val hatte bei einer früheren Geburt einen Kaiserschnitt gehabt. Der Frauenarzt wollte sie an das CTG anschließen und nötigenfalls wieder einen Kaiserschnitt machen. Damit war sie jedoch nicht bereit, sich an die Technologie »zu verkaufen«. Sie sprach mit ihrem Arzt über die Geburt, die sie sich wünschte und über die Dinge, die ihr am Herzen lagen. Vals und Pauls Tochter war 3 ½, und sie wollten sie gerne in der Eröffnungsphase und gleich nach der Geburt dabeihaben. Das war möglich, wenn eine Betreuungsperson für Debbie dabei sein würde, die mit ihr hinausging, falls sie sich langweilte oder ein Kaiserschnitt nötig würde, und die während der Geburt die Eltern ersetzte
Bei einigen Vorsorgeuntersuchungen war Paul mit dabei, oft kam auch Debbie mit, deshalb war sie an die Besuche beim Arzt und den Hebammen gewöhnt und kannte die Klinik und die Geräte schon.
Erst als Val starke, regelmäßige Wehen hatte, legte sie sich ins Bett, und ließ Elektroden zur inneren CTG-Ableitung anbringen, so, daß sie sich auf dem Bett frei bewegen konnte, ohne daß sie sich lösten. Debbie

war sehr viel bei ihrer Mutter und interessierte sich für das CTG-Gerät. Paul stellte das Gerät so ein, daß Debbie die Herztöne des Babys hören konnte.
Val spürte, daß sie am liebsten aufrecht mit einer guten Unterstützung im Rücken sitzen und Paul ganz nahe sein wollte. Er setzte sich auf das Bett und legte seine Arme um sie.
Der Kopf des Babys schob sich immer weiter vor, übte Druck auf das Dammgewebe aus und dehnte es immer mehr, je weiter er sich vorschob. Der obere Teil des Kopfes kam wie ein grauer Tennisball zum Vorschein, drehte sich nach einer Pause seitwärts, und sofort glitten die Schultern und dann der ganze Körper heraus und wurden von den Händen des Frauenarztes in Empfang genommen. Sanft wurde der Junge auf Vals Bauch gehoben, sie streckte ihre Arme und zog ihn sofort zu sich. Sobald die Nabelschnur durchtrennt war, legte sie ihn an. Anfangs leckte er nur und schnupperte umher. Nach ein paar Minuten fand er mit suchendem Mund, den Kopf hin- und herdrehend, die Brustwarze – und begann zu saugen.
Nachdem auch die Plazenta geboren war, wurde Debbie mit großen Augen ins Zimmer geführt, um ihren neugeborenen Bruder zu begrüßen. Sie kletterte zu ihrer Mutter ins Bett und hielt ihn stolz in den Armen. Es war nicht nur ein Baby, es war eine neue Familie geboren worden.

Anne hatte eine lange, schwere Geburt, die mit der Zange beendet werden mußte. Auch wenn bei ihr die Technologie zum Einsatz kam, spürte sie doch die beruhigende Unterstützung des Frauenarztes, alles so zu machen, wie sie wollte. Niemals traf er selbstherrliche Entscheidungen, denen sie sich hätte fügen müssen. Er war erreichbar, um fundierten fachlichen Rat zu geben, und das ganze Geburtshilfeteam brachte zum Ausdruck, daß sie da waren, um Anne beim Gebären zu helfen, nicht, um ihr alles aus der Hand zu nehmen.
Während der Eröffnungsphase ging sie die meiste Zeit umher. Doch im Lauf ihrer 36 Stunden dauernden Geburt fühlte sie sich dann auf dem Bett wohler. Der Arzt hielt es für sicherer, die Herztöne des Babys zu überwachen und Anne mit einem intravenösen Glukosetropf bei Kräften zu halten.
Ihr Mann Patrick wurde fast so müde wie Anne, also legte auch er sich aufs Bett; dort lagen sie entweder Arm in Arm, oder er setzte sich hin und bot ihr im Sitzen Halt. Sie fand es wohltuend, wenn er ihr bei schwierigen Wehen langsam über den Unterbauch streichelte. Zwar mußten sie sich mühsam durch die Geburt hindurchkämpfen, doch blieb ihnen die Möglichkeit dieser innigen persönlichen Erfahrung, da sie

sich nicht moderner Technologie *unterordnen* mußten. Alle waren sehr leise und nahmen auf Annes Wunsch Rücksicht, möglichst wenig gestört zu werden.
Der Frauenarzt war der Meinung, daß das Baby bald geboren werden müsse, und da Anne immer erschöpfter wurde, stimmten die Eltern einer Zangengeburt zu. Er zog den Kopf des Babys mit der Zange heraus und gab das Baby Anne. Sie strahlte und war sofort voll neuer Energie, als sie ihre soeben geborene Tochter in die Arme schloß.

Die Technologie-Explosion

Viele der in der Geburtshilfe heute eingesetzten Maßnahmen und Eingriffe wurden nie gründlich untersucht. Ann Cartwright stellt in ihrer Untersuchung über Geburtseinleitung die Frage: »Wie war es möglich, daß eine Maßnahme, die keiner sorgfältigen Untersuchung unterzogen wurde, die mit beträchtlichen Kosten und Gefahren verbunden und den Schwangeren unangenehm ist, so breite Anwendung gefunden hat und so unkritisch akzeptiert wird?« Sehr viel Wert wird auf die Erprobung neuer Medikamente gelegt, bevor sie für den allgemeinen Gebrauch, vor allem für Schwangere, freigegeben werden – doch Eingriffe, die heute in der Geburtshilfe gang und gäbe sind, unterlagen häufig keiner sorgfältig kontrollierten, klinischen Untersuchung. Es fehlen langfristige Nachfolgeuntersuchungen der Frauen oder Kinder, die diesen Eingriffen ausgesetzt waren. Die wenigen vorhandenen Untersuchungen basieren oft auf nicht ausreichend abgestimmten Kontrollgruppen. Auch wurde noch nicht der Beweis geführt für die Behauptung, Klinikgeburten seien in jedem Fall sicherer als Hausgeburten – z. B. durch kontrollierte Untersuchungen medizinisch vergleichbarer Gruppen von Frauen mit geringem Risiko.
Das Fehlen wirklich fundierter Kenntnisse über die Wirkung neuer und alter Maßnahmen ist besonders aus historischer Sicht beunruhigend. Eine Zeitlang war das Allheilmittel die Behandlung mit Blutegeln, dann wieder ließ man bei den meisten Kindern die Mandeln entfernen, und vor noch gar nicht langer Zeit bei allen Schwangeren das Becken röntgen. Es geht natürlich nicht nur darum, ob eine Maßnahme eine korrekte Diagnose zuläßt oder eine unmittelbare Heilwirkung zeigt, sondern auch um gefährliche Nebenwirkungen, während der Maßnahme oder langfristig.
Ein Kinderarzt meint warnend:

Die Geschichte der Kinderheilkunde hat ihre Schattenseiten durch die Begeisterung für neue Behandlungsformen, die ohne eine entsprechende Berücksichtigung der möglichen schädlichen Folgen und ohne wissenschaftliche Kontrolle zur notwendigen Bewertung der möglichen Vorteile durchgeführt wurden.

Ende der vierziger Jahre nahm man an, daß sehr kleine Frühgeburten keine Nahrung vertragen könnten, und ließ sie absichtlich hungern, so daß viele unter Hypoglykämie, also niedrigem Blutzucker, wegen Nahrungsmangels litten und starben. Die Ärzte meinten, Flüssigkeitsansammlungen und Aufgedunsenheit bei Frühgeburten seien Zeichen von Flüssigkeitsüberschuß. Es dauerte 14 Jahre, bis zwei Wissenschaftler zeigen konnten, daß frühe Nahrungsaufnahme eine Überlebenshilfe für die Babys war und sehr kleine Babys unbedingt Nahrung für ihr Gehirnwachstum brauchten.

Als entdeckt wurde, daß durch Sauerstoffgaben im Brutkasten den Babys bei Atemschwierigkeiten geholfen werden konnte, gehörte es zur Tagesordnung, Babys, bei denen ein großes Risiko bestand, hohen Sauerstoffkonzentrationen auszusetzen. Erst später zeigte sich, daß die Babys, die infolge von zuviel Sauerstoff unter einer retrolentalen Fibroplasie, einer Bindegewebsbildung im Glaskörper hinter der Linse, litten, dadurch blind geworden waren. 1949 machten diese Fälle 12 bis 40 Prozent der Frühgeburten aus und damit 30 Prozent der gesamten Erblindungen. Im selben Jahr wurde die Verbindung zwischen den Erblindungen und Sauerstoff erkannt, doch erst sechs Jahre später schränkte man die Sauerstoffgabe ein. Heute wird bei Babys, die mehr als 40 Prozent Sauerstoff bekommen, die arterielle Blutkonzentration gewöhnlich durch eine Arterienelektrode ständig überwacht.

In den vierziger und fünfziger Jahren wurden Frühgeburten und kranke Babys kühl gehalten in der Vorstellung, der Sauerstoffbedarf würde dadurch herabgesetzt. Ende der fünfziger Jahre fiel bei neugeborenen Tieren auf, daß der Sauerstoffbedarf durch Kühle *anstieg*. Doch noch bis 1958 wurden Babys weiterhin kühlgehalten, bis eine kontrollierte Untersuchung abgebrochen werden mußte, weil so viele Babys in den kühlen Brutkästen starben.

Etwa um die gleiche Zeit waren auch »Wechselbäder« für Babys sehr populär, weil Neugeborene angeblich stimuliert werden mußten. Also wurde das Baby mehrmals abwechselnd kalt und heiß gebadet. Für einige Babys mußte der Schock dieser Behandlung zu groß sein, besonders für jene, die schon durch eine schwierige Geburt einen Schock davongetragen hatten.

Heute werden Babys oft zu warm gehalten, Kinderzimmer und Wöchnerinnenstationen sind überheizt, und wahrscheinlich leiden die Babys mehr darunter als die Mütter. Das äußert sich nicht nur in Hitzeausschlag. Tier- und Humanversuche haben gezeigt, daß eine leichte Abkühlung nach der Geburt zum Ingangkommen der Atmung beiträgt. Wird ein Baby zu warm oder zu kühl gehalten, verbraucht es wertvolle Energie zur Regulierung der Körpertemperatur, zuviel Wärme kann zu Austrockung führen. Wenn die Temperatur im Brutkasten nicht genau überwacht wird, bekommen Frühgeburten schnell einen Wärmestau – ein sehr kleines Babys schwitzt noch nicht. Es wurden sogar Fälle bekannt, bei denen Babys Verbrennungen von Plastikdecken davongetragen haben, wenn sie unter einer über ihnen angebrachten Wärmequelle lagen.

Zu Beginn der siebziger Jahre hatte die »wissenschaftliche« Flaschennahrung Hochkonjunktur. In dieser Zeit litten viele Babys unter Dehydratation, Austrocknen, als Folge zu konzentrierter Nahrung, zu frühen Zufütterns von fester Nahrung und Salz. Gastreoenteritis, Krämpfe, schwere Gehirnschädigungen, akutes Nierenversagen und Thrombose der Nierenblutgefäße traten auf und viele starben daran.

Heute scheint eine erstaunlich hohe Zahl von Babys unter Gelbsucht zu leiden. Chalmers[17] konnte zeigen, daß ein Zusammenhang zwischen der Gabe von Oxytozin zur Einleitung und Verstärkung der Wehen und Neugeborenengelbsucht besteht. Bei einem Baby, dessen Mutter Oxytozin bekam, besteht ein 1,6 mal größeres Gelbsucht-Risiko.

Phototherapie ist die übliche Behandlung bei Gelbsucht, da das Bilirubin in den Hautkapillaren durch Licht abgebaut wird. Bedauerlicherweise sind viele Kinderzimmer in den modernen Kliniken wie Schachteln ohne Fenster nach draußen gebaut. Unter Ermangelung natürlichen Sonnenlichts werden den Babys die Augen verbunden und sie der Bestrahlung der Phototherapie ausgesetzt. Es ist nicht bekannt, ob dieser Mangel an Eindrücken, an mütterlichen Berührungen und Nähe auf das Baby ganz subtile langfristige Auswirkungen haben kann. Auf jeden Fall werden manche Babys unter den Bestrahlungslampen so aufgeheizt, daß sie einen großen Wasserverlust erleiden und dehydrieren.

Durch die fachgerechte Betreuung in Säuglingsintensivstationen wird das Leben vieler Babys, die sonst sterben würden, gerettet. Doch auch hier gibt es Behandlungsformen, die dem Baby in Wirklichkeit schaden. Messungen des Geräuschpegels in Brutkästen zum Beispiel haben ergeben, daß kranke Babys ständig mit Geräuschen (über 70 Dezibel) bombardiert werden. Es ist noch nicht bekannt, ob dies vielleicht das Gehör dieser Babys beeinträchtigt oder sich auf andere Weise kaum merkbar auswirkt.

Wir konnten schon aufzeigen, daß die geringere Säuglingssterblichkeit fälschlicherweise mit der Entwicklung moderner Technologie und der bewußten Leitung der Geburt durch den Frauenarzt in Verbindung gebracht wird. Dieser Rückgang hängt jedoch mit noch ganz anderen Faktoren zusammen: der sozialen Schicht der Mutter, Empfängnisverhütungsmethoden, Beratung und Vorbereitung auf die Geburt und die Möglichkeit zur Abtreibung. Es bekommen weniger Frauen unter 20 und über 35 Babys und sie bekommen nicht mehr so viele Kinder. Es war vorauszusehen, daß die Säuglingssterblichkeit zurückgeht, ganz gleich, welche neue Technologie angewendet wurde.

Die Anwesenheit des Vaters

Die Mehrzahl der Frauen, die ihre Klinikerfahrungen in diesem Buch beschrieben haben, wünschte sich die Begleitung ihres Mannes oder einer anderen Begleitperson bei der Geburt. In den meisten der betreffenden Kliniken ist das im Gegensatz zur Situation noch vor zehn Jahren erlaubt. Anders als in den USA gilt es als mehr oder weniger selbstverständlich, daß der Mann, nachdem er während der gesamten Geburtsarbeit dabei war, auch den Moment miterleben möchte, wenn das Baby auf die Welt kommt. In einer der beschriebenen Kliniken können die Männer nur bei der Austreibungsphase dabei sein, da die Zimmer, in denen die Frauen die Eröffnungsphase verbringen, ineinander übergehen und sich nicht ausreichend gegeneinander abschirmen lassen. Das ist auch ein Ausdruck für mangelndes Verständnis. Der Mann möchte ja nicht nur sehen können, wie sein Kind geboren wird, sondern Mutter und Vater möchten bis zu einem gewissen Grad die schwere Arbeit und die gesamte emotionale Erfahrung teilen. Andere Kliniken begegnen dem gleichen Raumproblem gerade damit, daß sie die Männer anhalten, intensiv mit ihrer Frau zusammenzuarbeiten. Die Atmosphäre in einer dieser Entbindungsstationen wurde von den Paaren als »phantastisch« und »tief bewegend« beschrieben.
Ich erhielt *keine* Berichte über Väter, die vor dem Geburtsereignis hinausgeschickt wurden, außer bei Zangengeburten. Da bei einer Epiduralanästhesie eine Zangengeburt wahrscheinlicher ist, wäre es bedauerlich, wenn Väter, nachdem sie jetzt Zutritt zum Entbindungszimmer haben, wegen moderner Geburtshilfemethoden wieder hinausgeschickt würden.
In manchen Kliniken kann der Vater auch bei einer Zangengeburt bleiben, es scheint vom Verhältnis zum Geburtshelfer abzuhängen. Wenn die werdenden Eltern also auch bei einer komplizierten Geburt

zusammenbleiben möchten, lohnt es sich, sich mit dem Arzt zu verständigen.

Wenige Kliniken bereiten den Mann jedoch genügend auf die Geburt vor. In manchen werden besondere Abende für Väter angeboten, gewöhnlich einmal während der Schwangerenvorbereitungskurse, und schon einige Kliniken bieten mehr. Zwei Londoner Kliniken mit Lehrbetrieb entwickelten ein ausgezeichnetes System der Geburtsvorbereitung für werdende Väter, das anderen Kliniken durchaus als Vorbild dienen könnte. Einige Männer fühlten sich durch die Möglichkeit, gemeinsam mit ihrer Frau an der gesamten Vorbereitung teilnehmen zu können, besser informiert und eher fähig, ihre Frauen zu unterstützen. Nur ganz wenige Kliniken bieten solche Kurse an.

Die Art und Weise, mit der das Klinikpersonal auf die Anwesenheit des Mannes bei der Vorsorge reagiert, ist nur bedingt ein Hinweis auf die Einstellung zu Vätern in der Klinik, da Sie in der Entbindungsstation meistens wieder mit ganz anderen Menschen zu tun haben. Im allgemeinen wird dort die Anwesenheit des Vaters von Hebammen und Ärzten als normal empfunden.

Das heißt jedoch nicht, daß sie etwas mit ihm anzufangen wüßten oder, daß er nicht hinausgeschickt würde, wenn sie seine Anwesenheit als unbequem oder peinlich empfinden, manchmal unter fadenscheinigen Vorwänden. In manchen Kliniken wird der Partner immer noch weggeschickt, wenn die Eröffnungsphase gerade erst begonnen hat oder die Geburt eingeleitet wird, weil es ja »noch Stunden dauert«, und »er nichts versäumt«.

Das Personal der Entbindungsstation unterstellt oft, ein Mann sei nur deshalb dabei, um der Geburt seines Kindes beizuwohnen, und daß er bis zu dem Zeitpunkt keine positive Funktion habe außer vielleicht der, ein wenig Händchen zu halten. Diese Experten haben den Anschluß an die sozialen Veränderungen der letzten fünfzehn Jahre verloren, die die *gesamte* Geburtsarbeit und nicht nur ihren großen Höhepunkt zum gemeinsamen Erlebnis des Paares machten. Die strenge Arbeitsteilung zwischen Mann und Frau, die unterschiedlichen männlichen und weiblichen Rollen, die Ignoranz vieler dem weiblichen Körper gegenüber, die Scham und das Reden hinter vorgehaltener Hand über »Frauenbeschwerden«, Menstruation und Geburt weichen immer mehr einer neuen Offenheit und einem partnerschaftlichen Zusammenleben von Mann und Frau. In der Schwangerschaft kann eine solche Partnerschaft durch die Wahrnehmung der gegenseitigen psychischen Bedürfnisse eine feste Grundlage bekommen. Sie ist aber auch eine Zeit, die dadurch, daß die Frau als Patientin und medizinischer Fall in den Vordergrund gerückt wird, ein solches partnerschaftliches Erleben gefährden kann. Die Männer können sich fehl am Platz und überflüssig vorkommen.

Auf unbekanntem Gebiet, umgeben von Fremden, mit Apparaten und Geräten konfrontiert, in einer Institution, deren Regeln sie lediglich erraten können, während sie nach Möglichkeiten suchen ihre Frau zu unterstützen, rangieren sie als Väter zudem in der Klinikhierarchie ganz unten, als Gast. Vom technischen Ablauf her ist ihre Anwesenheit am wenigsten erforderlich.

Manchmal versuchen Hebammen, eine Beziehung unter Frauen zur werdenden Mutter herzustellen: »Wir Frauen verstehen einander – Männer können das nicht wissen«. Schon in der Ausbildung könnten Hebammen dazu angeleitet werden, sich in die soziale Dynamik großer Institutionen und in persönliche emotionale Bedürfnisse, die zu einer solchen Ausgrenzung des Mannes führen können, einzufühlen und die psychologischen Prozesse des Vaterwerdens zu verstehen.

Sowohl Ärzte wie auch Hebammen könnten die Väter emotional unterstützen. Bemerkungen, die dem Ehemann bestätigen, daß er berechtigterweise hier ist und die ihm Wertschätzung vermitteln, tragen sehr zu seiner Ausdauer und Zuversicht bei. Wenn die Frau es wünscht oder von den Medikamenten noch sehr benommen ist, wird das Baby oft gleich nach der Geburt dem Vater in die Arme gelegt, damit er es liebkost und seiner Frau bringen kann.

In einer beunruhigend großen Zahl von Kliniken wird der Mann bei einer Reihe geringfügiger pflegerischer und geburtshilflicher Maßnahmen gebeten, draußen zu warten, obwohl die Frau ihn an ihrer Seite haben möchte. Dazu gehören die vorbereitenden Maßnahmen (Rasieren der Schamhaare, Einlauf oder Zäpfchen, Dusche usw.), das Benutzen der Bettpfanne und vaginale Untersuchungen. Manchmal wird dann vergessen, ihn wieder hereinzurufen. In einigen Kliniken gilt es als selbstverständlich, daß er hinauszugehen habe, sobald der Arzt zu irgendeiner Untersuchung hereinkommt. Gespräche über Geburtsfortschritte, deren Ausbleiben oder eventuell notwendige Maßnahmen finden so in seiner Abwesenheit statt. Manchmal werden der Frau Schmerzmittel oder ein Oxytozintropf zur Wehenverstärkung ohne sein Wissen verordnet. Hat er seiner Frau bisher Beistand geleistet, findet er nun vielleicht eine Maschine neben seiner Frau vor, so daß kein Platz mehr für ihn ist. Oder sie ist mittlerweile durch Dolantin ganz benommen, und er kann ihr mit den Techniken, die sie gemeinsam in der Geburtsvorbereitung gelernt haben, gar nicht mehr helfen.

In diesem Zusammenhang ist die Bedeutung der sterilen Kleidung zu erwähnen, die, wie Roth[18] gezeigt hat, den Status innerhalb der Hierarchie ausdrückt. Je niedriger jemand in der Rangordnung steht, desto mehr sterile Kleidung muß er anlegen. Manche Kliniken bestehen bei Ehemännern auf Kitteln, Gesichtsmasken, Hauben und Überschuhen. In anderen muß der Partner *keinerlei* besondere Kleidung tragen. Zum großen Teil scheint diese sterile Kleidung eine Barriere zwischen Mann und Frau zu schaffen. Die Gesichtsmaske vor allem bedeutet, daß sie sich nicht küssen können. Zudem wurde festgestellt, daß die Gesichtsmaske nach mehr als fünfzehnminütigem Gebrauch nicht mehr steril ist und dann überhaupt keinen Schutz mehr darstellt, zumal von Hauben auch selten das ganze Haar bedeckt wird. Die Ehemänner sollten ihren Frauen einen vertrauten Anblick bieten und keine »medizinische Identität« annehmen müssen.

Nach der Geburt Zeit für sich zu haben und in Ruhe gelassen zu werden, ist für die Eltern von unschätzbarem Wert. In immer mehr Kliniken wird es jetzt üblich, der neuen Familie bis zu einer Stunde ungestörte Zeit mit sich allein zu gewähren. Es ist jemand in der Nähe, falls Hilfe gebraucht wird, zum Beispiel beim Anlegen – doch niemand drängt sich auf. In manchen Kliniken können die größeren Kinder und die Großeltern dazukommen, um das Neugeborene im Entbindungszimmer willkommen zu heißen.

In günstigen Fällen kann der Vater mit seiner Frau und dem Baby auf der Entbindungsstation bleiben, solange er will, meistens jedoch wird die Familie hier getrennt. Als ob der Vater jetzt, nachdem das Kind geboren ist, nicht mehr gebraucht würde! Er hat seine Zeit zur Kontaktaufnahme bekommen, und jetzt macht sich die Klinik an die richtige Versorgung von Mutter und Kind. Er kann zu den Besuchszeiten hereinschauen. Viele Paare fühlen sich zu diesem Zeitpunkt, besonders wenn sie die Geburt als einen emotionalen Erfahrungshöhepunkt und etwas sehr Bedeutsames in ihrem gemeinsamen Leben empfunden haben, auseinandergerissen. Das Erlebnis ist unterbrochen, jeder ist für sich allein. Diese unfreiwillige Trennung bedeutet für beide Partner einen psychischen Verzicht.

Sobald der Vater die frohe Botschaft telefonisch übermittelt hat, ist er mit seiner Einsamkeit konfrontiert und merkt, wie er sich verausgabt hat. Je intensiver er an der Vorbereitung der Geburt und an der Geburt selbst beteiligt war, umso ausgeprägter scheint sein »Verlassenheitsgefühl« zu sein. Nur wenige Männer sind darauf eingestellt, und viele sind nicht bereit, sich solche Gefühle einzugestehen. Diejenigen, die die in vielen Geburtsvorbereitungskursen geförderte Vorstellung von sich selbst haben, ihrer Frau eine unbedingte Stütze sein zu müssen, können vielleicht besonders schwer mit dieser Depression umgehen. Die Traditionen unserer westlichen Kultur erlegen den Männern eine Erwartung an ihre emotionale Stärke und Ausdauer auf, die viele gar nicht haben.

Wenn Männer verstört sind, ist es ihnen nicht erlaubt, das zu äußern, am allerwenigsten dann, wenn die Frau gerade ein Kind geboren hat und alle nach ihr und dem Baby fragen. Die Postpartumdepression ist für viele Väter ebenso eine Realität wie für die Frauen, die sich in einer Institution eingesperrt fühlen und von den ständigen Störungen und dem Schlafmangel erschöpft sind. Noch ist es erstaunlich, daß einige junge Eltern unter solchen Bedingungen von dieser Depression *verschont* bleiben. Doch sie hat gesellschaftliche Ursprünge, und durch veränderte Einstellungen der Kliniken gegenüber jungen Müttern und Vätern könnte Abhilfe geschaffen werden. Solche Veränderungen finden statt, allerdings sehr langsam.

In manchen Kliniken sind die Besuchszeiten für Väter nicht eingeschränkt, besondere Besuchszeiten nur für Väter und Geschwister finden auch großen Anklang. Von den Frauen werden Besuchszeiten am Abend »nur für Väter« begrüßt, in vielen Kliniken können dann der Mann, die Frau und das Neugeborene zusammen sein, und der Vater hat Zeit, sein Kind herumzutragen, es trockenzulegen, zärtlich zu ihm sein, und sich an ihm zu freuen. Hier wird es sehr unterstützt, daß sich der Vater an der Versorgung des Babys uneingeschränkt beteiligt, auch legt man den Zeitpunkt des Badens so, daß sie dabei sein können. Doch gibt es immer noch Kliniken mit festen Besuchszeiten, in denen die Väter wie störende Keimträger, die die Mütter am Ausruhen hindern und die Routine auf den Entbindungsstationen durcheinanderbringen, behandelt werden. Dort fühlen Frauen sich oft einsam und allein und völlig der Organisation der Klinik ausgeliefert.

Schon häufig ist nicht mehr länger ausschließlich vom »Ehemann« die Rede – die Bezeichnung »Ihr Partner« schließt ein, daß es sich dabei um den Vater des Kindes handeln kann, ganz gleich ob das Paar offiziell verheiratet ist oder nicht, oder um eine andere Person, die die Frau sich als Begleitung für die Geburt ausgewählt hat und die sie anschließend besucht. Das kann auch die Mutter, die Schwester oder eine Freundin sein.

So zeigt sich, daß die Bandbreite zwischen dem Optimalen, was die Kliniken zur Förderung der Paarbeziehung und der Entstehung einer neuen Familie tun können und dem, was diesen Prozeß am wenigsten unterstützt, sehr groß ist. Es gibt immer noch sehr viele Kliniken, in denen dem Mann das Gefühl vermittelt wird, ein ignoranter, linkischer Störenfried zu sein. Kliniken können eine Menge voneinander lernen, um dem Vater das berechtigte Gefühl zu geben, wirklich willkommen zu sein.

3 Neue Wege der Geburt

Die Frau ist keine Gebärmaschine

In der modernen Geburtshilfe wird der Körper der Frau wie eine Maschine behandelt, die ständig falsch funktioniert und deren Abläufe nur der Arzt verstehen kann. In den letzten fünfzig Jahren hat sich die Geburtshilfe als Wissenschaft präsentiert, in krassem Gegensatz zu dem Wissen, das Frauen seit Urzeiten ausgetauscht haben, den Linderungstechniken, den überlieferten Kenntnissen der Pflanzenheilkunde und den »Ammenmärchen«. Der Einfluß des Geistes auf den Körper, die emotionale Dimension der Geburtserfahrung, die Bedeutung dieser besonderen Geburt für eine Frau, jegliche Belastung der zwischenmenschlichen Beziehungen und die Qualität der Interaktion zwischen der Gebärenden und ihren Geburtshelfern, das alles gilt seither als unbedeutend im Vergleich zum gesamten Komplex der Diagnostik, der Messungen und Eingriffe.

So wird heute immer noch argumentiert. Der Körper der Frau ist die Maschine, und nur der Frauenarzt besitzt die nötigen Fähigkeiten, sie zu warten. Die Frauen selbst sind mit diesem Modell der Gesundheitsversorgung nicht mehr zufrieden. Sie fordern eine sehr viel aktivere Rolle bei der Sorge um ihren Körper und versuchen, ihn im gesunden und im kranken Zustand zu verstehen. Das ist nicht nur ein Trend innerhalb der Frauenbewegung, sondern wird schon in fast jeder Frauenzeitschrift deutlich. Die Pille, die allzu bereitwillige Verschreibung von Beruhigungsmitteln an ans Haus gebundene, unter Ängsten oder Depressionen leidende Frauen, unmenschliche Vorsorgebehandlung und Fließbandgeburt bewirken bei Frauen mit unterschiedlichstem Erfahrungshintergrund und aus unterschiedlichen Gesellschaftsschichten, daß sie wissen möchten, wie ihr Körper funktioniert. Sie möchten wissen, wie sie gesund bleiben können, wie sie sich unnötigen Maßnahmen widersetzen und aktiv gebären können, und zwar auf ihre Weise und in ihrem Rhythmus. Einer ganzen Generation wurde das Recht dazu genommen, und es hat sich viel Wut angestaut unter Frauen aller Bildungsschichten.

Einige der neuesten und spannendsten Entwicklungen im Geburtsbereich haben nichts mit technologischer Entwicklung zu tun, sondern mit den wiederzuentdeckenden Möglichkeiten, die natürlichen, physiologi-

schen Vorgänge zu unterstützen. Sie sind entstanden, weil Frauen nachdrücklich auf der Verantwortung für ihren eigenen Körper bei der Geburt bestanden haben und weil sich die Einstellungen bei der Schwangerenbetreuung geändert haben und sehr viel flexibler geworden sind. Einige mutige Hebammen und Ärzte, die neue Wege eingeschlagen haben, überlassen den Frauen selbst die Führung.
Stellt man die wichtige Frage, wer das Sagen und die Macht bei der medizinischen Betreuung hat, stößt man gegenwärtig fast ausnahmslos auf Experten, die die Entscheidungsgewalt sowohl über den Körper der Frau wie auch über den gesamten Geburtsbereich innehaben.
Wenn eine Frau ihr Kind zuhause zur Welt bringt, kann die Familie über diesen Bereich bestimmen, Arzt und Hebamme sind lediglich zu Gast. Bei einer Hausgeburt ist die Mutter die Hauptdarstellerin, alle anderen sind für sie und ihr Baby da. Es gibt kein bestimmtes System der Geburtsleitung, das sie über sich ergehen lassen oder dem sie sich stellen müßte.
Nicht alle Frauen möchten jedoch ihr Kind zuhause zur Welt bringen und würden sich dort sicher fühlen, und viele Ärzte sind ganz entschieden der Ansicht, daß *keine* Frau ihr Kind zuhause bekommen sollte. In unserer Gesellschaft werden Frauen, die ein Kind erwarten, in Kliniken eingewiesen, die für Kranke und Sterbende da sind, sie werden behandelt, als litten sie unter einer Krankheit, die »Schwangerschaft« heißt und erst durch die Entbindung behoben werden kann. Damit übernehmen die Experten die Kontrolle. Macht hat in der gesamten Interaktion zwischen den gebärenden Frauen und den berufsmäßigen Betreuern eine zentrale Bedeutung.
Deshalb sind die Veränderungen, die sich in einigen Kliniken jetzt abzeichnen, so wichtig. Hier wird einer Frau geholfen, auf ihren eigenen Körper zu »hören«, »in Einklang« mit ihrer Gebärmutter zu kommen, sie kann sich frei bewegen und nach ihrem Belieben verschiedene Positionen einnehmen, sie kann sich des klinischen Apparats nach *ihren* Wünschen bedienen.

Die Umgebung

Die meisten Frauen beschrieben den äußeren Eindruck, den die Kliniken auf sie machten, als »abweisend«, »steril« oder sogar beängstigend. Das trifft noch eher auf große, moderne Häuser als auf kleine, ältere zu. Das Problem, Entbindungskliniken einzurichten, die einen angenehmen Aufenthaltsort darstellen, ist noch nicht gelöst. Selbst wenn die Eingangshalle aufgelockert und einladend ist, wird dieser Eindruck wieder verstellt durch den Anblick des Entbindungszimmers.

Nie werde ich den Besuch einer Klinik in einer amerikanischen Großstadt vergessen, deren elegante Eingangshalle an den Stil Mies van der Rohes erinnerte. Sie war mit Teppichböden, elegantem Holz und schönen Malereien ausgestattet. Von dort ging es mit dem Fahrstuhl hinunter zu den »Eingeweiden« dieser Klinik, wo sich die Wehen- und Entbindungszimmer befanden – sie bestanden aus einer langen Reihe fensterloser Kabinen, die durch farblose Hartfaserwände voneinander getrennt waren. Zwischen den unverkleideten Rohren, die an den Kellerwänden hingen, kam ich mir vor wie in den Gedärmen eines riesigen Ungeheuers. Und das war der Ort, an dem neues Leben in dieser Welt willkommen geheißen werden sollte!

In ihren Geburtsberichten erwähnten die Frauen oft, daß sie während der Wehen ihren Blick gerne auf etwas Schönes gelenkt hätten. Manche nahmen Blumen, Bilder oder Poster mit in die Klinik. Schon eine Blumentapete an der Wand gegenüber dem Entbindungsbett machte die Klinik für manche ein wenig heimischer.

Während der Wehen betrachteten die Frauen besonders gerne lebendige, wachsende Dinge, und einige erwähnten den Garten oder Bäume, die sie durchs Fenster sehen konnten. Einer natürlichen Geburtsumgebung – Gärten, Bäume – wird nicht genug Aufmerksamkeit geschenkt, allzu oft haben die Entbindungszimmer keine Fenster und vermitteln den Eindruck eines hygienischen Kastens.

Viele Frauen störte die unangenehme Beleuchtung, von der sie direkt geblendet waren oder die zu grell war. Es macht es für die Frau sehr viel angenehmer, wenn die Hauptbeleuchtung ausgeschaltet und bei der Geburt eine Lampe direkt auf den Dammbereich gerichtet wird. Besonders, wenn die Eltern sich für ihr Baby eine »sanfte Geburt« wünschten, wären sie für einen Dimmer oder Jalousien sehr dankbar gewesen.

Es gibt jetzt nach dem Vorbild der Geburtszentren, die in Amerika entstanden sind, Geburtszimmer, die eine familienzentrierte Versorgung und eine sanfte Geburt ermöglichen. Sie sollten ausgestattet sein mit Entbindungsbetten, eventuell Gebärstühlen- oder schemeln, zusätzlichen Heizgeräten, indirekten Lichtquellen und Rückenstützen. Leider unterscheiden sich die bisher eingerichteten Geburtszimmer in einigen Fällen nur durch Tapeten, Gardinen und Bilder von normalen Entbindungszimmern.

Immer noch am wichtigsten jedoch ist das, was Menschen in diesen Zimmern *tun,* wie sie über den Geburtsvorgang denken, nicht so sehr die Innenausstattung. Hebammen und Ärzte, die der natürlichen Geburt vertrauen und wissen, wie sie der Frau dazu verhelfen können, sind dazu auch in einer völlig institutionalisierten, weißgekachelten Umgebung in der Lage, unter solchen Umständen nimmt auch die Mutter die Umgebung nicht wahr. Eine noch unvollständige Einrichtung sollte das Klinikpersonal niemals hindern, eine sanfte Geburt anzubieten. Auf die Menschen kommt es an.

Es ist schwierig, die Prinzipien, nach denen gute Geburtszentren wie das »New York Maternity Center« oder das »Mount Zion Birth Center« in San Franzisko arbeiten, in einem System anzuwenden, das nicht die Kontinuität von Vorsorge, Geburt und Postpartumperiode kennt. Das Deprimierendste am Gesundheitswesen (und das beklagen viele Frauen) ist die Trennung der Geburt in diese drei Bereiche, die von immer anderen Menschen vertreten werden.

In einem Geburtszentrum in Amerika oder Australien lernt eine Frau die Gruppe von Menschen, die sie während der ganzen Schwangerschaft, der Geburt und der ersten Zeit danach betreuen werden, schon zu Beginn der Schwangerschaft kennen. Sie machen sich auch mit dem Vater und anderen Familienmitgliedern, die sie ebenfalls auf die Geburt vorbereiten, bekannt. Das entspricht ungefähr dem Modell der Betreuung durch niedergelassene Hebammen, die eine direkte, persönliche Verantwortung für ihre »Patientinnen« übernehmen und sie während der ganzen Zeit betreuen. Besonders schwer läßt sich das in großen Kliniken verwirklichen. Eine Ausnahme könnte das Modell einer ambulanten Geburt bilden, bei der eine frei niedergelassene Hebamme die Frau in der Schwangerschaft betreut, die Frau in die Klinik begleitet, in der sie Beleghebamme ist, und dann auch die Nachsorge daheim übernimmt.[19]

Die Helfer

Die Mehrzahl der Hebammen wurden in den Geburtsberichten gelobt und bewundert. Oft betrachteten die Frauen sie als ihre Freundinnen, manche hatten auch nach der Geburt des Babys einen engen Kontakt zu ihnen aufrechterhalten. Voller Wärme schrieben sie über ihre Freundlichkeit, ihr Verständnis und ihre Unterstützung, darüber, wie sie den Vater miteinbezogen und der Mutter das Baby sofort in die Arme legten.

Weniger begeistert äußerten sich die Frauen im allgemeinen über die Ärzte. Viele scheinen keinen Versuch zu machen, eine Beziehung zu ihren Patientinnen herzustellen. Aber wahrscheinlich sind es gar nicht so sehr die Einzelpersonen, die, wie manche beschrieben wurden, »innere Kälte ausstrahlen«, »klinisch« oder »roboterhaft« sind, sondern

die bisherige Organisation läßt ihnen nicht die Zeit, die Schwangeren und Gebärenden als Personen und nicht nur als Patientinnen kennenzulernen und flexibler auf die verschiedenen Bedürfnisse der einzelnen Frauen einzugehen.
Vielleicht deshalb sprechen die Ärzte in manchen Kliniken wenig mit ihren Patientinnen, gewinnt jede ihrer Äußerungen manchmal über alle Maßen an Bedeutung. Häufig wurden Frauen als Betreuerinnen und Ärztinnen in der Schwangerschaft und bei der Geburt mehr geschätzt.
In derselben Klinik gibt es oft die unterschiedlichsten Vorstellungen von Betreuung bei Hebammen einerseits und Ärzten andererseits. In manchen Kliniken »halten Hebammen die Stellung« und bestehen gegenüber den Frauenärzten auf einer traditionellen Überwachung der Frau, auch wenn die Ärzte sich um mehr Flexibilität bemühen und bereit sind, einen Großteil der Entscheidungen der Frau zu überlassen. In anderen Kliniken sind es die Ärzte, die an hierarchischen Autoritätsvorstellungen festhalten, während sich die Hebammen um persönliche, liebevolle Zuwendung bemühen und der Frau möglichst viele Wahlmöglichkeiten öffnen möchten. In jedem Fall verweisen diejenigen, die Veränderungen anstreben, auf die überholte Ausbildung der Gegenseite, der sie die Vermittlung rigider Einstellungen und mangelnder Aufgeschlossenheit anlasten.
Dieser Mangel an gegenseitiger Verständigung und gemeinsamer Zielrichtung des Personals kann für die Schwangere noch mehr Verwirrung stiften – alles kann davon abhängen, wer gerade Dienst hat. Bei dem gegenwärtigen Schichtsystem und fehlender Kontinuität in Vorsorge, Geburtsbetreuung und Nachsorge kann die Frau gar nicht wissen, ob sie auch verwirklichen kann, was bei einer Vorsorgeuntersuchung entgegenkommend vereinbart wurde, ob die schriftlichen Angaben über ihre Wünsche bei der Entbindung und auf der Wöchnerinnenstation auch respektiert werden und ob sich überhaupt jemand die Mühe gemacht hat, sie zu lesen.
Diese Kluft zwischen Hebammen und Ärzten macht sich nur zu leicht in den Erfahrungen der Frauen bemerkbar. Gibt es zwischen ihnen Streit und Unstimmigkeiten, müssen die Frauen wahrscheinlich am meisten darunter leiden. In der Hierarchie einer bürokratischen Einrichtung ist jeder einzelne viel zu sehr damit beschäftigt, gegenüber anderen den eigenen Status zu behaupten und aufrechtzuerhalten. Manchmal werden die Mütter so Zielscheibe eines offensichtlich feindseligen Verhaltens, das ihnen überhaupt nicht gilt. Sie sind vorübergehend Objekte dieser Machtstruktur und auf ihre Kosten werden Rechte geltend gemacht.

Ganz allgemein sind die Hebammen zur Zeit in Bedrängnis. Viele ihrer Aufgabengebiete werden von den Geburtshelfern vereinnahmt, an die Stelle ihrer Hebammenfertigkeiten sind Apparate getreten. Hochkomplizierte geburtshilfliche Eingriffe bringen sehr viel mehr Ruhm ein als die jahrhundertealte, überlieferte Hebammenkunst. Elektronische Herzton-Wehen-Überwachung, fötale Blutproben, Ultraschall und biochemische Tests sind an die Stelle klinischer Urteilsfähigkeit getreten. Manche Frauen, die ein Kind erwarten, stehen Hebammen ängstlich gegenüber, sie sehen in der Hebamme eine starke Frau, die über sie und ihr Baby Macht ausübt. Doch wie energisch sich eine Hebamme auch darstellt, so fühlt sie sich selten so stark, wie sie wirkt. Wenn Frauen um die Belastungen wissen, die Hebammen aushalten müssen, und die Bedrohung des Hebammenstandes erkennen, dann wird ihnen klar werden, daß sie gemeinsame Interessen vertreten.

Immer wieder erweist sich als besonders belastend an dem gegenwärtigen System die mangelnde Kontinuität. Moderne Schwangerenbetreuung orientiert sich an Aufgaben und nicht an Personen.

In den USA wurde der »Betreuungsplan« entwickelt, um dieser ständig unterbrochenen Behandlung abzuhelfen. Zunehmend wurde in der allgemeinen Krankenpflege davon Gebrauch gemacht, aber erst vor kurzem ist dieses System auch bei der Schwangerenbetreuung eingeführt worden. Zweck ist die Behandlung der ganzen Person. Bei einer Vorsorgeuntersuchung zum Beispiel wird die Frau ausschließlich von einer Hebamme betreut. Weitere Vorsorgetermine werden so geplant, daß sie wieder »ihre« Hebamme antrifft. Dieses System wurde mit äußerst zufriedenstellenden Resultaten probeweise in einer Londoner Klinik eingeführt: die Frauen spürten mehr persönliches Interesse an ihrer Person, so daß Probleme, besonders Angst, eher zu Tage traten. Die Hebammen ihrerseits konnten »ihre« Frauen besser kennenlernen und sich viel engagierter um sie kümmern. Zusätzlich wurden den Frauen in den Vorsorgeuntersuchungen Hebammenschülerinnen zugeteilt, mit denen sie auch noch auf der Wöchnerinnenstation zu tun hatten. Während der Geburt gab den Frauen das größere persönliche Interesse seitens der Hebammen, die sie inzwischen kannten, Sicherheit, und nach der Geburt schätzten sie sie als Gesprächspartnerinnen. Die Hebammenschülerinnen bekamen ein sehr viel besseres Einfühlungsvermögen für die emotionalen und sonstigen Bedürfnisse der Frauen und machten außerdem, im Bewußtsein einer verantwortungsvollen Tätigkeit, sorgfältigere Aufzeichnungen über die von ihnen betreuten Mütter.

Diese Resultate wären den Geburtshelfern entgegenzuhalten, die aus arbeits- oder verwaltungstechnischen Gründen die »Fließbandgeburt«

verteidigen. Die Arbeit mag schneller verrichtet werden, wenn umfassende Vorgänge in lauter kleinere Aufgaben unterteilt und verschiedenen Leuten übertragen werden. Dabei wurden jedoch die langweiligen Wiederholungen nicht bedacht, die entstehen, wenn immer die gleichen Aufgaben zu erledigen sind und kaum Gelegenheit besteht, jemanden persönlich kennenzulernen und über einen längeren Zeitraum mit ihm zu tun zu haben. Um dieses System zu verändern ist ein radikales Umdenken notwendig, die Verwaltung muß sich dem anpassen, der Informationsfluß muß verbessert, die Ausbildung von Hebammen verändert werden.

Bewegungsfreiheit während der Wehen

Zwei Einrichtungsgegenstände, die bisher für Entbindungsstationen als unverzichtbar galten, werden jetzt hinterfragt: Das Bett für die Wehenzeit und der Entbindungstisch.
Beide dienen eher der Bequemlichkeit der Betreuungspersonen als der der Mutter und beide verhindern durch die Art ihrer Konstruktion, daß die Gebärende mehr als ein oder zwei Haltungen einnehmen kann. Und dennoch wurden sie trotz all der technischen Neuerungen am wenigsten modernisiert. Selten interessierte bisher, was Frauen bevorzugen würden. Eine Einschätzung der Geburtsberichte von 48 Frauen, die eine vaginale Geburt hatten, ergibt folgendes:

- Viele Geburtshelfer gingen mit der Annahme an die Geburt heran, daß die Frau die meiste Zeit der Geburtsarbeit im Bett verbringen würde.
- Im Bett hatten die Frauen den Eindruck, daß sie entweder liegen oder gut abgestützt sitzen, jedoch sich keinesfalls frei bewegen sollten.
- Nur fünf Geburtshelfer setzten nicht die Rückenlage voraus – sie gaben den Frauen die Möglichkeit, auf der linken Seite liegend zu gebären.
- Rückenschmerzen waren im Liegen oder Sitzen oft am heftigsten, doch wurden die Frauen nicht angeregt, sich hinzuknien oder in den Vierfüßlerstand zu gehen. Auf einem Sitzsack z. B. hätten sie sich vornüber gebeugt abstützen können.
- Wenn überhaupt an Schaumgummipolster gedacht worden war, dann waren sie oft nicht hoch genug, um den Rücken gut abzustützen. Kissen sind kein Ersatz.
- Die Betten waren zu hoch, oft gab es nicht einmal einen Schemel, um bequem hinein- und hinauszukommen.

- Die Matratzen waren zu hart. Darüber beschwerten sich vor allem die Frauen, die durch einen Wehentropf und/oder ein CTG in ihrer Bewegungsfreiheit eingeengt waren.
- Beim Abtasten der Gebärmutter und vaginalen Untersuchungen erwarteten Hebammen und Ärzte von den Frauen, dabei flach auf dem Rücken zu liegen. Dies schien die Schmerzen, die Frauen häufig bei der Untersuchung empfanden, noch zu erhöhen.
- Nach einer vaginalen Untersuchung fanden viele Frauen nicht mehr zu einer bequemeren Haltung zurück und blieben dann meist auf dem Rücken liegen. Für einige Frauen war das Überwechseln vom Wehenbett zum Entbindungstisch qualvoll.
- Die Geburtshelfer setzten voraus, die Frau würde das Kind auf dem Entbindungstisch, gelegentlich auch auf dem Wehenbett, zur Welt bringen.
- Manchen Frauen machte der Entbindungstisch Angst, sie hatten, weil er schmal war das Gefühl, in der Luft zu schweben. Sie befürchteten, hinunterzufallen oder wenn das untere Ende entfernt wurde, daß sie das Baby hinausschieben könnten und niemand da wäre, um es aufzufangen. Besonders beängstigend war es für sie, wenn der Geburtshelfer sich abwandte oder mit jemand redete und sich nicht auf sie konzentrierte.
- Für den Partner war es am Entbindungstisch nur mit Mühe möglich, der Gebärenden Kopf und Schulter abzustützen.
- In einigen Kliniken waren die Hebammen gewohnt, daß die Frau sich mit den Füßen an ihrer Hüfte abstützte. Wenn die zweite Betreuungsperson wegging, bedeutete das, daß die Frau mit dem einen Bein abgestützt und mit dem anderen in der Luft schwebend auf dem Rücken lag.
- Oft wurden die Frauen aufgefordert, beim Pressen mit den Händen die Oberschenkel zu umfassen und Kopf und Schultern anzuziehen, während sie die Beine zu sich an den Körper zogen. Viele fanden das sehr anstrengend und einige empfanden das als sehr einengend.
- Wenn auch den meisten Frauen nach der Geburt das Baby gleich auf den Bauch gelegt wurde, beklagten doch manche, daß sie nicht bei der Geburt zuschauen oder dabei helfen konnten, das Baby herauszuheben, weil sie zu flach lagen. Manche baten, aufrechter sitzen zu können, doch ließen die Geburtshelfer eine veränderte Haltung nicht zu. Jede Aktivität seitens der Mutter geriet offenbar in Widerspruch zu dem, wie sie ihre eigene Rolle bei der Geburt auffaßten.

In wenigen Kliniken fanden die Frauen einen Stapel Kissen oder etwas anderes als ein Wehenbett vor. Historisch betrachtet sind die Rückenlage, die Steinschnittlage (mit hochgestreckten Beinen) und die halbaufrechte Lage geburtshilfliche Neuerungen, die von Gynäkologen eingeführt wurden. Im Mittelalter hatten die Hebammen die Frauen auf niedrigen, hufeisenförmigen Geburtsschemeln, oder reichere Frauen, die ein Himmelbett hatten, aufrecht sitzend und mit großen Kissen abgestützt entbunden. Bevor Klinikgeburten zur Norm wurden, war es den Frauen ganz selbstverständlich, während der Wehen umherzugehen und oft bis zu Beginn der Austreibungsphase in Haus und Hof weiterzuarbeiten. Sie nahmen dabei eine hockende, kniende oder kauernde Haltung ein, wie sie heute noch in Ländern der Dritten Welt üblich ist. In dieser Haltung drückt die Gebärmutter nicht auf die untere Hohlvene die Schwerkraft hilft bei der Geburt sowohl des Babys wie auch der Plazenta.

Die meisten Frauen fühlen sich, zumindest bis zu Beginn der Austreibungsphase, in aufrechter Haltung wohler, wie eine Studie am Queen Elizabeth Hospital ergab. Frauen, die man dazu ermunterte, brauchten weniger Schmerzmittel, die Wehen waren beim Eröffnen des Muttermundes sehr viel wirksamer, folglich war die Eröffnungsphase kürzer und die Apgarwerte der Babys waren höher als bei den Müttern, die im Bett gelegen hatten. Untersuchungsergebnisse, nach denen Frauen das Bett gar nicht verlassen wollen, kommen manchmal dadurch zustande, daß die Gebärenden sich nach einer hohen Dosis Dolantin kaum auf den Beinen halten konnten.

Durch eine aufrechte Haltung wird mehr Druck im Beckenraum erzeugt, und die Gebärmutter kann sich während der Wehen gut runden. Wenn Sie sich vorbeugen, wie Frauen das gewöhnlich ganz spontan machen, dann neigt sich der kindliche Kopf nach vorn und entlastet Ihr Kreuzbein, so daß Sie weniger Rückenschmerzen haben. Auch die Drehung des kindlichen Kopfes wird so unterstützt. Indem er sich auf Daten der elektronischen Herzton-Wehen-Überwachung stützte, hat Caldayro-Barcia den Zusammenhang zwischen Rückenlage der Gebärenden und Sauerstoffmangel beim Kind nachgewiesen. Er hält die herkömmliche Geburtshaltung, wie sie im Westen heute üblich ist, für gefährlich.

Sie können sich zwar vorher überlegt haben, lieber nicht im Bett zu gebären, sondern umherzugehen, doch in der Klinik scheint es dann gar keine andere Möglichkeit zu geben, und Sie umrunden dann entweder das Bett oder wandern ziellos den Flur auf und ab. Deshalb sollten Sie sich schon vorher verschiedene Haltungen und Bewegungen aneignen, die die Wehen angenehmer machen und zum Teil sehr wirksam Schmerzen lindern oder beheben können.

Stehen

1. Gehen und Stehen. Beugen Sie sich vor und wiegen Sie sich während der Wehe in den Hüften.

2. Beugen Sie sich im Stehen vor, einen Fuß auf einen Schemel gesetzt. Wiegen Sie sich während der Wehen in den Hüften und beugen Sie sich vor.

Hocken

1. Hocken auf einem Schemel. Öffnen Sie die Knie und beugen Sie sich leicht vor, den Rücken gerade. Nehmen Sie diese Haltung während der Wehen *oder* in den Wehenpausen ein.

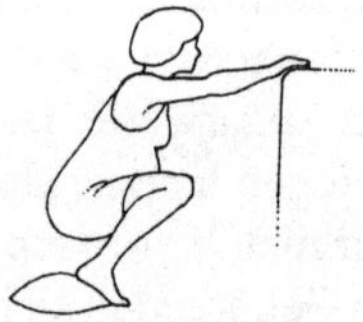

2. Hocken und Einhalten. Gehen Sie während der Wehen oder in den Pausen immer wieder in die Hocke. Legen Sie sich als zusätzliche Stütze ein festes Kissen unter die Fersen.

Sitzen

Rittlings auf einem Stuhl sitzen. Legen Sie sich Kissen unter, so daß Sie sich während einer Wehe ganz entspannen können.

2. Vornübergebeugt auf einem Stuhl sitzen. Öffnen Sie die Knie und beugen Sie den Körper mit geradem Rücken leicht vor.

3. Am Boden sitzen

Abb. 10: Geburtspositionen: Eröffnungsphase[20]

Knien

Legen Sie sich bei allen knienden Haltungen etwas weiches – Schaumgummi oder ein weiches Kissen – unter.

1. Der Fersensitz (am besten schieben Sie ein Kissen zwischen Gesäß und Füße). Öffnen Sie die Knie.

2. Knien Sie in aufrechter Haltung und wiegen Sie sich in den Hüften.

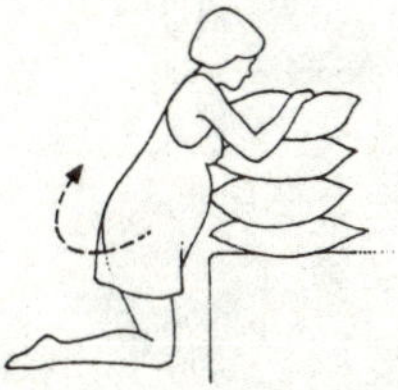

3. Knien Sie und stützen sich leicht vorgebeugt auf einen Kissenberg, den Rumpf fast senkrecht. Wiegen Sie sich in den Hüften.

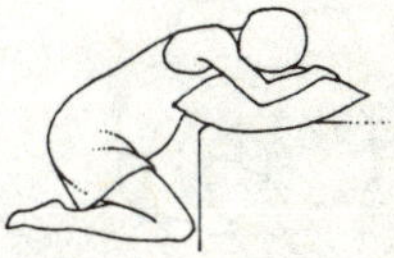

4. Knien Sie mit fast waagrechtem Rumpf vornübergebeugt und auf Kissen gestützt (nur bei einer sehr schnellen vorangehenden Geburt).

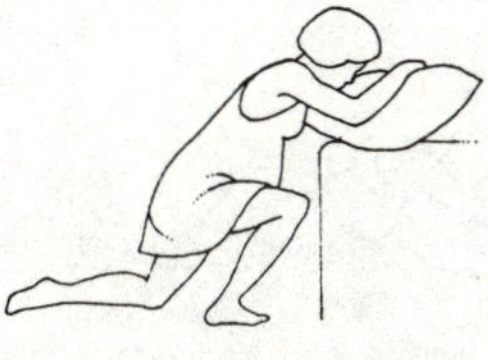

5. Wiegen Sie sich in halb kniender, halb hockender Haltung in den Hüften oder bewegen Sie sie vor und zurück. Wechseln Sie hin und wieder den Fuß. Halten Sie den Rumpf dabei fast aufrecht.

Liegen

Bauchseitenlage mit Kissen unter dem Oberkörper und dem oberen Knie. Nehmen Sie diese Haltung zum Ausruhen oder Schlafen ein.

1. Knien Sie mit geöffneten Knien und senkrechtem Rücken.

2. Knien Sie vorgebeugt und auf Kissen abgestützt und wiegen Sie sich in den Hüften. Die Knie sind geöffnet, der Rumpf beinahe senkrecht.

3. Beugen Sie sich in halb kniender, halb hockender Haltung vor.

4. Sitzen Sie vornübergebeugt.

5. Abgestützte Hockstellung.

6. Abgestütztes Knien.

7. Knien mit gesenktem Oberkörper. Nehmen Sie diese Haltung ein, wenn am Muttermund noch ein Saum steht oder Sie einen Preßdrang spüren, bevor der Muttermund vollständig eröffnet ist. Wiegen Sie sich in den Hüften, um die Eröffnung zu unterstützen.

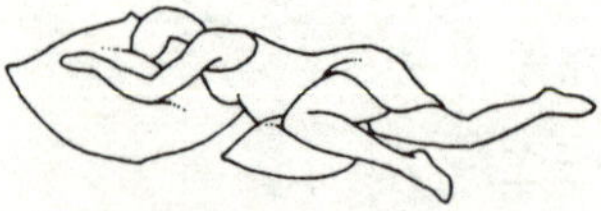

8. Bauchseitenlage mit Kissen unter Kopf, Oberkörper und oberem Knie. Nehmen Sie diese Ruhehaltung nur ein, wenn es notwendig ist und drehen Sie sich von Zeit zu Zeit um.

Wechseln Sie während einer langen Übergangsphase hin und wieder die Haltung.

Abb. 11: Geburtspositionen: Übergangsphase, die Verbindung zwischen Eröffnungs- und Austreibungsphase. Der Muttermund ist vollständig eröffnet, die Preßwehen setzen ein.

Viele dieser Haltungen sind aus dem Yoga hervorgegangen. Janet Belaskas, Autorin von »New Life«, ist besonders aktiv an der Entwicklung von Haltungen beteiligt, die Frauen schon vorher üben können (siehe die Abbildungen 10–13). Sie betont, daß Sie sich am besten von Ihren eigenen Gefühlen während der Wehen leiten lassen sollten. In vielen Kliniken können Sie zwar während der Eröffnungsphase und auch noch während der Austreibungswehen verschiedene Haltungen einnehmen, doch wenn der Augenblick der Geburt naht, dann wird eine Hebamme, die sich bei knieender oder hockender Stellung nicht so sicher fühlt, Sie meist bitten, eine Haltung einzunehmen, die ihr geläufig ist.

Ansonsten könnten Sie sich zum Beispiel aufrecht hinknien, dabei die Knie weit öffnen oder einen Fuß aufstellen. Oder die Hebamme entbindet Sie von hinten, während sie, abgestützt auf einen Kissenberg, vornübergebeugt knien. Bei dieser Haltung können Sie sich sofort drehen, wenn der Kopf geboren ist und dann das Baby selbst aus Ihrem Körper herausheben.

Auch während der Nachgeburtsphase, wenn die Plazenta ausgestoßen wird, können Sie stehen oder hocken.

Für all diese Geburtserleichterungen werden für die Kliniken keinerlei kostspielige Anschaffungen notwendig. Farbe, vielleicht ein paar Wandzeichnungen, indirektes Licht und eine Stange an der Wand, wie sie Ballettänzerinnen zum Üben verwenden, würden lange farblose Flure zu einem geeigneten Aufenthaltsort während der Eröffnungsphase machen. Statt besondere Gebärstühle und Entbindungsbetten anzuschaffen, könnten die Kliniken einführen, daß der Partner sich in der Austreibungsphase hinter die Frau auf den Entbindungstisch setzt und sie mit seinem Körper stützt. Für die Frauen, die das möchten, könnte auf dem Boden ein Laken ausgebreitet werden, um in der Hockstellung von ihrem Partner von hinten gestützt oder auf beiden Seiten gehalten werden zu können.

Frauen und ihre Geburtshelfer gemeinsam könnten Veränderungen bewirken. Wichtig ist es, in einen Dialog zu treten, und zwar nicht als Gegner, sondern als Partner.

Gebärbetten, -stühle und -schemel

Im Mittelalter brachten in ganz Europa die Frauen ihre Kinder auf einem hufeisenförmigen Geburtsschemel sitzend zur Welt. Sie gebaren in einer abgestützten Hockstellung mit fest am Boden abgestützten Füßen,

Hocken

Es ist die wirkungsvollste Haltung in der Austreibungsphase, weil ihr Becken so am weitesten ist und die Schwerkraft die Gebärmutterkontraktionen und das Hinausschieben des Babys unterstützt.

1. Hocken Sie während der Wehe nach vorn gebeugt und stützen Sie sich mit den Händen ab. Knien Sie zum Ausruhen.

2. Gehen Sie von zwei Leuten seitlich abgestützt in die Hockstellung.

3. Gehen Sie auf dem Entbindungsbett in die Hockstellung, von zwei Leuten abgestützt.

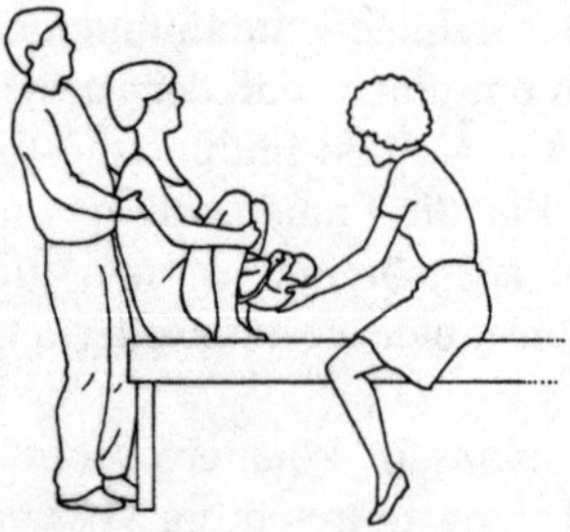

4. Gehen Sie von einer Person abgestützt in die Hocke. Die stützende Person sollte mit leicht gebeugten Knien aufrecht stehen, so daß die Gesäßmuskeln angespannt sind und das gesamte Gewicht vom Becken getragen wird.

5. Gehen Sie vor einem hinter Ihnen sitzenden Partner abgestützt in die Hockstellung.

Abb. 12: Geburtspositionen: Austreibungsphase, die Geburt Ihres Kindes. Das Baby schiebt sich durch den Geburtskanal, der Kopf tritt durch.

Knien

In dieser Position ist das Becken ebenfalls sehr weit, für die Mutter ist es eine einfache Haltung beim Gebären. Besonders empfehlenswert ist die kniende Haltung, wenn sich Ihr Baby in der hinteren Hinterhauptslage befindet oder Sie früher einen Kaiserschnitt hatten.

Beim Knien mit aufrechtem Körper geht die Geburt schneller voran, weil das Baby mehr nach *unten* drückt.

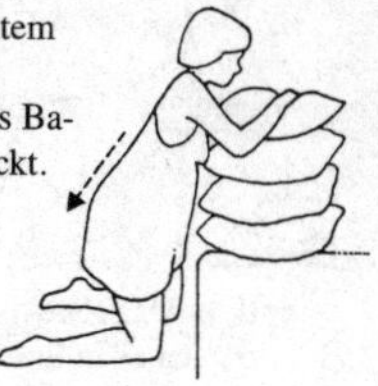

Um die Geburt zu verlangsamen, senken Sie den Oberkörper beim Knien, so schiebt sich das Baby langsamer nach unten.

1. Knien Sie mit aufrechtem Rumpf, die Hände am Boden.

2. Knien Sie auf einem Kissenberg abgestützt, den Rumpf aufrecht.

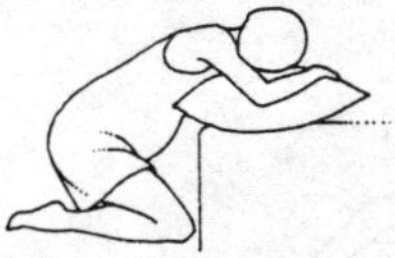

3. Knien Sie vornübergebeugt mit waagrechtem Rumpf. Nehmen Sie diese Haltung zur Verlangsamung einer *schnellen* Austreibungsphase ein.

4. Knien mit gesenktem Oberkörper. Gehen Sie in diese Haltung, um eine sehr *schnelle* Austreibungsphase zu verlangsamen.

5. Abgestützt knien.

6. Abgestützt hocken.

Nehmen Sie die Haltungen 5 und 6 ein, wenn die Austreibungsphase sehr *langsam* vorangeht oder das Baby sich in einer regelwidrigen Lage befindet. Denn diese beiden letztgenannten Haltungen weiten Ihr Becken maximal und unterstützen die Wehen und das Hinausschieben des Babys.

Knien

1. Aufrecht knien ist die einfachste Art, Ihr Baby selbst in Empfang zu nehmen oder sich dabei auch von Ihrer Hebamme helfen zu lassen.

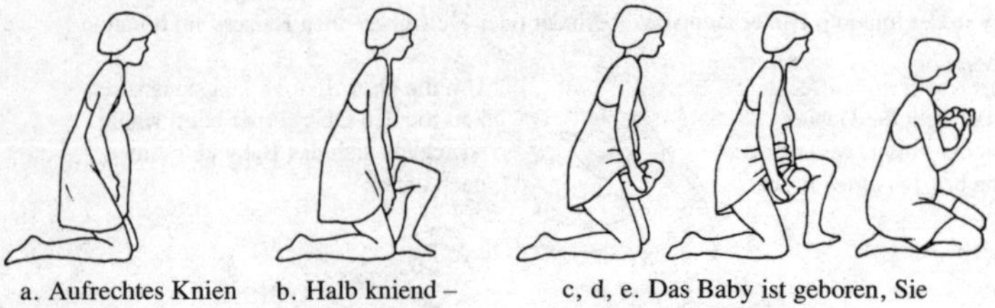

a. Aufrechtes Knien mit geöffneten Beinen.

b. Halb kniend – halb in der Hocke.

c, d, e. Das Baby ist geboren, Sie schließen es in Ihre Arme.

2. Vornübergebeugt knien.

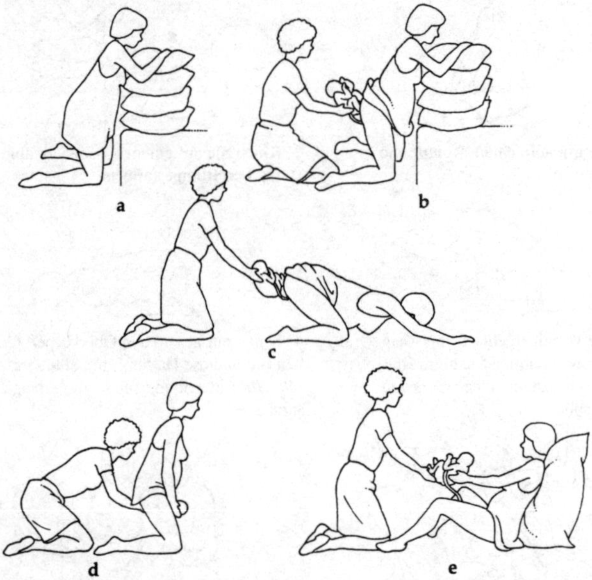

a. Lehnen sie sich mit geöffneten Knien auf einen Kissenberg.
b. Halten Sie den Rumpf bei einer langsamen Austreibungsphase aufrecht.
c. Knien Sie bei einer sehr schnell verlaufenden Austreibung mit gesenktem Oberkörper, um einen Dammriß zu vermeiden.
d. Das Baby wird Ihnen durch die Beine hindurchgereicht. Sie können es auch selbst in Empfang nehmen.
e. Drehen Sie sich herum, dann wird Ihnen das Baby unter einem Bein hindurchgereicht. Es ist auch möglich, sich umzudrehen, sobald der Kopf geboren ist, und dann den Körper des Babys herauszuheben.

Abb. 13: Geburtspositionen: Durchtritt des kindlichen Kopfes und Geburt

wobei die Hebamme vor ihnen saß oder kniete und sie zu jeder Seite Helferinnen hatte. Das war eine physiologisch stimmige Haltung, denn so ist das Becken am weitesten, die Gebärmutter kann sich während der Wehen unbehindert runden, es wird kein Druck auf die großen Blutgefäße und den Unterkörper der Frau ausgeübt und das Hinausschieben des Babys durch den Geburtskanal wird von der Schwerkraft unterstützt. Bei dieser Haltung bleibt die Geburt ein sozialer Vorgang, an dem andere sich unterstützend beteiligen und *mit* statt *an* dem gebärenden Körper der Frau arbeiten. In aufrechter Haltung und auf gleicher Ebene mit ihren Helferinnen nimmt die Frau eine ganz andere Rolle ein, als wenn sie passiv in Rückenlage auf dem Entbindungstisch liegt. Das war eine Haltung, die sich von der Arbeitshaltung der Frauen beim Spinnen oder Melken der Kühe gar nicht so sehr unterschied.
Während all der Zeit, in der »weise Frauen« *(sages femmes)* die Macht im Bereich der Geburtshilfe hatten und die Linderungstechniken und unterstützenden Maßnahmen entwickelten, die im Verlauf der Jahrhunderte in die Hebammenkunst Eingang fanden, war diese aufrechte, aktive Haltung die Norm. Das sollte sich erst ändern, als im 17. Jahrhundert »männliche Hebammen«, die ersten Frauenärzte, auftraten.
In England und Deutschland waren es die Bader, die Heilgehilfen für einfache medizinische Behandlungen, die bei schwierigen Geburten gerufen wurden. Sie hatten die Instrumente, um einen toten Fötus im Körper der Mutter zu zerstückeln und damit ihr Leben zu retten. Bald wurden sie zu technischen Experten, die bei sehr langen Geburten von denen, die es sich leisten konnten, gerufen wurden.
In Frankreich erhielt die Entwicklung des noch jungen Berufsstandes der Frauenärzte durch die Herrschaft Ludwigs des XIV. enormen Auftrieb. Es heißt, es habe ihm großen Lustgewinn gebracht, hinter einem Vorhang versteckt den Entbindungen seiner Mätressen zuzuschauen. Saß die Frau dabei auf dem Gebärstuhl, konnte er nicht viel sehen, also sorgte er dafür, daß ein Chirurg und Geburtshelfer die Frau auf einem hohen Bett oder Podest entband. Als in höfischen Kreisen bekannt wurde, daß die königlichen Mätressen nicht nur einen Mann als Geburtshelfer hatten, sondern bei der Geburt auch diese neue Haltung einnahmen, galten Hebammen und Gebärstühle bald als altmodisch und zweitklassig, die gesamte Aristokratie bestand auf männlichen Geburtshelfern und der Rückenlage. Um den Anstand zu wahren, wurde dem Geburtshelfer oft ein Laken umgebunden, so daß er zwar darunter alles ertasten, aber den Unterkörper seiner Patientin nicht sehen konnte.
Um 1600 erfand ein berühmter Bader-Chirurg, Peter Chamberlen, die Geburtszange. Jahrhundertelang war sie innerhalb der Familie Cham-

berlen ein streng gehütetes Geheimnis. Alle wurden aus dem Zimmer geschickt, wenn der Geburtshelfer eintraf, der Frau wurden oft die Augen verbunden, so daß niemand Zeuge der Anwendung dieses erstaunlichen neuen Instruments wurde, manchmal sogar vollführte ein Assistent Ablenkungsmanöver (und übertönte vielleicht auch das Schreien der Frau), indem er Glocken läutete und Trommeln schlug. Die Rückenlage setzte sich als einzige Position, in der ein Geburtshelfer Zangengeburten machen konnte, immer mehr durch, und da Hebammen der Gebrauch von Instrumenten immer verboten wurde, wurde die Kluft zwischen dem männlichen Arzt und der weiblichen Hebamme noch größer. Die Haltung, die nun als die richtige galt, ist nur ein, wenn auch sehr wichtiger, Aspekt dieses Prozesses.

Während des gesamten 18. Jahrhunderts war die Anwesenheit von Männern bei der Geburt so verpönt, daß einige Ärzte mit Haube und Kittel, als Hebammen verkleidet, auftraten.

Ein berühmter Arzt, Sir William Smellie, trug ein langes Kleid, unter dem er seine Instrumente verbarg. Er unterrichtete seine Studenten an dem Modell einer Frau mit einem Lederbauch. Eine Tierblase, die mit einem Korken verschlossen wurde, stellte die Gebärmutter dar, als Baby diente eine Wachspuppe. Die vormals aktive, lebendige Frau in ihrem Gebärstuhl, umgeben von ihren Helferinnen, wurde so, in der Vorstellung des Arztes, zu einer Statue.

Diese ersten Geburtshelfer hatten keine Erfahrungen mit normalen Geburten, denn dazu hatten sie selten Zugang; ihre einzige Möglichkeit war, sich auf allen Vieren ins Zimmer zu schleichen und hinter dem Bett zu verstecken. Bis zum heutigen Tag ist die Hebamme die Expertin für die physiologische Geburt geblieben, wogegen der Gynäkologe vor allem Eingriffe vornimmt. Noch immer haben Frauenärzte wenig Gelegenheit sich hinzusetzen und ohne einzugreifen mit den Händen in den Hosentaschen bei einer normalen Geburt zuzuschauen.

Es liegt in der Natur der ärztlichen Ausbildung und Berufserfahrung, daß der Arzt zum Fachmann für die pathologische Geburt wird. Davon ist seine gesamte Einstellung zu den Vorgängen bei der Geburt beeinflußt. Im 19. Jahrhundert wurde erstmals die Rückenlage mit hochgelagerten Beinen, wie sie bei Gallensteinoperationen angewendet wird, die Steinschnittlage, in die Geburtshilfe eingeführt. Diese Haltung betonte zusätzlich die passive Rolle der Gebärenden.

Als dann Frauen nach der Geburt auf den Entbindungsstationen zusammenlagen, wurde das Kindbettfieber zur ernsthaften Bedrohung. In der ersten, ausschließlich für Geburten errichteten Entbindungsklinik Europas, der »Rotunda« in Dublin, starben 1862 in einem Monat 10 Prozent der Patientinnen an Kindbettfieber. Vergeblich versuchte man deshalb,

um die Scheide herum einen »sterilen Bereich« zu schaffen – die unmittelbare Nähe zum After macht dies unmöglich. Wir haben schon festgestellt, inwiefern Rasieren der Schamhaare und Einläufe als Teil des Geburtsrituals dem Sicherheitsgefühl der Ärzte und Hebammen dienten, alles Erdenkliche für eine »saubere« Geburt getan zu haben.
Die Beine der Frau lagen erhöht in Beinhaltern, an den Fußknöcheln mit Gurten festgebunden. In Amerika wurden in vielen Kliniken auch noch die Handgelenke festgebunden, mit der Begründung, daß dies eine Verunreinigung des »sterilen Bereichs« des Arztes verhindern solle. Mit dieser vollständigen Einschränkung der Bewegungsfreiheit war ein Prozeß, der mit dem Zwang zur Rückenlage begann, vollendet.
Normalerweise sind Entbindungstische harte, enge, kalte Gestelle, bei denen an allen Ecken Metallteile herausstehen. Der untere Teil kann entfernt werden, so daß die Frau in der Austreibungsphase vom Gesäß abwärts quasi in der Luft hängt. Das Kopfende ist oft nicht begrenzt, so daß Kissen, falls überhaupt zur Verfügung, herunterrutschen, sobald sie mitzuschieben beginnt. Viele Frauen sind sich auf dem Entbindungstisch in ihren Schmerzen wie auf einem subtilen Folterungsinstrument vorgekommen.
In Amerika fanden die schlimmsten Exzesse einer »medizinischen Entbindung« statt. Von dort kamen auch die ersten Proteste und die ersten Versuche, Hilfsmittel für eine aktive Geburt zu entwerfen.
So z. B. eine Rückenstütze, die die Psychologin Niles Newton und der Frauenarzt Michael Newton entwickelten. Sie ermöglicht der Frau aufrecht zu sitzen, so daß sie wirklich nach *unten* schieben kann. In Frankreich führte Pierre Vellay Schaumgummikeile in Form riesiger Kuchenstücke ein, an die sich die Frau in der Eröffnungsphase anlehnen kann und die sie sich dann in der Austreibungsphase und für die Geburt mit dem breiten Ende unters Gesäß schieben kann. Von der Gesellschaft für natürliche Geburt sind sie auch in England eingeführt, doch in den Kliniken nur mit Einschränkungen verwendet worden.
Anfang der siebziger Jahre verwendete eine Klinik in Oxford erstmals eine neuartige Rückenstütze aus Kunststoffschaum in der Eröffnungsphase und auch in der Austreibungsphase, falls es den Frauen angenehm war. Diese Stütze ist wie die Rückenlehne eines Schaukelstuhls geformt, wobei der untere Teil hinter der Lendenwirbelsäule der Frau vorgewölbt ist. Gleichzeitig boten sie auch einen mit Polystyrolgranulat gefüllten Sitzsack für die Frauen an, die sich z. B. lieber vorbeugen oder vornübergebeugt abstützen mochten. Das war der Durchbruch. Die Gebärende war nicht mehr auf die Rückenlage verwiesen.
In der Zwischenzeit hatte unter den Geburtshelfern die Diskussion über die Gefahren der Rückenlage wegen der verminderten Blutversorgung

des Fötus begonnen. So wurde auf die verschiedenste Weise versucht, die Frauen in einer aufrechten Haltung zu unterstützen: mit gynäkologischen Stühlen, Bauchliegen, Gebärstühlen – alles aufrichtigen, gutgemeinten Versuchen, die die Bewegungsfreiheit der Frau doch nur unwesentlich vergrößern.
Die neuesten Konstruktionen sind dem mittelalterlichen Geburtsschemel nachempfunden. Die Frau kann in die Hockstellung gehen, was aber natürlich von den Geburtshelfern verlangt, sich auf den Boden zu begeben. Viele Ärzte und Hebammen hatten zwar nichts dagegen, daß die Frau eine andere Haltung einnimmt, waren jedoch nicht bereit, ihre eigene Haltung in irgendeiner Weise zu verändern. Manche hielten es für einen schlechten Witz, wenn sie auf dem Boden knien und das sich vorschiebende Köpfchen mit Hilfe einer Taschenlampe beobachten sollten. Der ursprüngliche Geburtsschemel hatte keine Rückenlehne, so daß die Frau sich ungehindert im Becken wiegen und ihre Haltung verändern konnte. Manche heute hergestellten Geburtsstühle haben unbewegliche Rückenlehnen. Am besten ist wahrscheinlich die allereinfachste Ausführung: ein niedriger, hufeisen- oder bumerangförmiger Schemel mit drei Beinen, nicht zu groß, damit er leicht umhergetragen werden kann. Wenn der Partner auf einem höheren Hocker oder Stuhl mit breiten Beinen hinter der Gebärenden sitzt und ihren Rücken stützt, gibt dieser Schemel genügend Halt.

Die rhythmische Austreibungsphase

In vielen Kliniken wird die Frau in der Austreibungsphase zum Pressen aufgefordert. Die Geburtshelfer drängen sie, immer fester und länger zu pressen und ihren Atem so lange wie möglich anzuhalten. Dieser Ansporn scheint eine harmlose Art zu sein, die Geburt voranzutreiben. Die ansteckende Begeisterung des Geburtshilfeteams, wenn es die Frau dazu anfeuert, bei jedem Pressen ihr Letztes zu geben und nach jedem Ausatmen gleich wieder von neuem tief Luft zu holen und sie anzuhalten, vermittelt vielen Frauen bestimmt das Gefühl, alle gemeinsam würden auf die Geburt dieses Babys hinarbeiten und an ihren Anstrengungen und ihrer Aufregung teilnehmen. Nicht bekannt ist jedoch die Gefahr, die durch diese Praktik für das Baby besteht: es kann weniger Sauerstoff bekommen, Herz und Gefäße können Schaden nehmen. Veränderungen in der Atmung der Mutter können sich ziemlich schnell auf das Baby auswirken, weil in der Schwangerschaft durch veränderte Luftzufuhr und ein verändertes Lungenvolumen für einen wirksameren

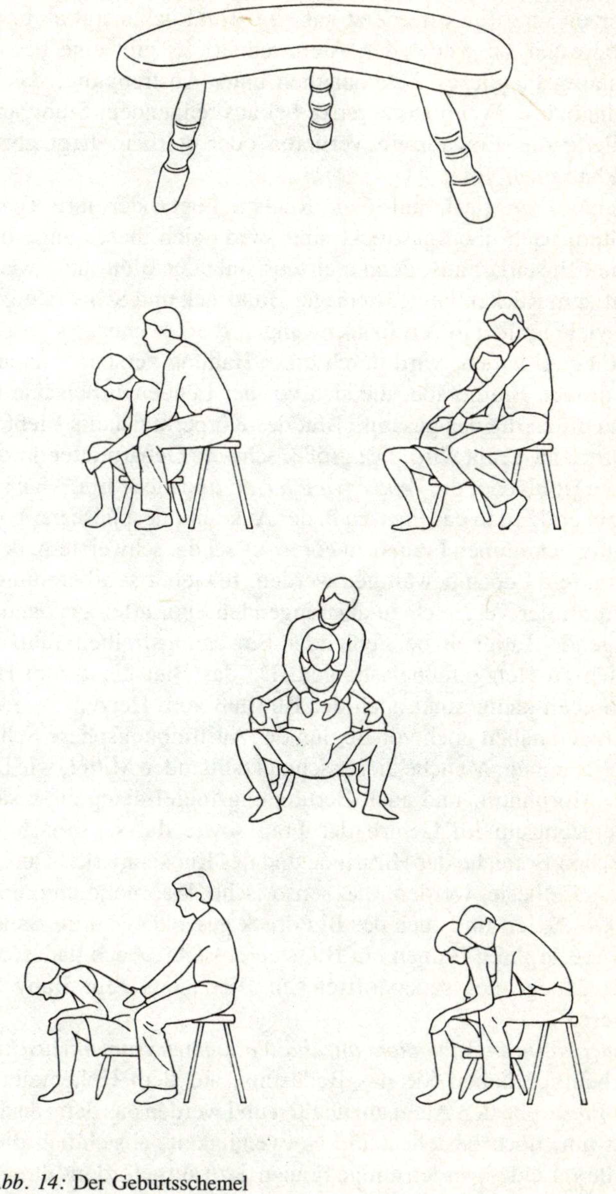

Abb. 14: Der Geburtsschemel

Transport der Blutgase gesorgt wird. Wenn eine Frau in den Wehen den Atem anhält, um kräftig zu pressen, entsteht in ihrem Brustraum ein geschlossenes Drucksystem, und der Blutrückfluß durch die Venen zum Herzen setzt für kurze Zeit aus. Ihr Blutdruck steigt an und fällt dann ab, wenn sie weiter den Atem anhält. Es gibt eine besondere Bezeichnung für dieses Atemanhalten unter Anstrengung, das »Valsalva-Manöver«. Wenn Herzkranke bei anstrengendem Stuhlgang auf der Toilette das Bewußtsein verlieren oder sterben, liegt ebenfalls dieses Phänomen vor.
Wenn eine Frau flach auf dem Rücken liegt oder ihre Beine in Beinhaltern nach oben gestreckt sind, wirkt sich dieses angestrengte Pressen noch stärker aus, denn meistens sinkt der Blutdruck, wenn die Frau auf dem Rücken liegt. Niedriger Blutdruck und Schwindelgefühl, an dem viele Frauen in der Spätschwangerschaft, wenn sie sich auf den Rücken legen, leiden, wird durch diese Haltung verstärkt, da auf die beiden großen Blutgefäße, die sich vor der Lendenwirbelsäule befinden, und durch die das gesamte Blut des Körperkreislaufs fließt, noch mehr Druck ausgeübt wird. Die große, schwere Gebärmutter drückt auf die untere Hohlvene, die *Vena cava inferior,* und die Aorta. Man ist sich allgemein einig, daß das Pressen in der Austreibungsphase harte Arbeit ist. Häufig bekommen Frauen zu hören, es sei die schwerste Arbeit, die sie je in ihrem Leben bewältigen werden. In Geburtsvorbereitungskursen wird oft der Vergleich zu anstrengenden Sportarten gezogen. Jede anstrengende Tätigkeit bei fehlender Bewegungsfreiheit führt wahrscheinlich zu Herzgefäßbelastungen. Da das Blut nicht zum Herzen zurückfließen kann, sinkt auch der Blutfluß vom Herzen.
Viele Frauen haben noch vor Beginn der Austreibungsphase Schmerzmittel bekommen. Manche dieser schmerzstillenden Mittel, wie Dolantin oder Morphium, und auch Beruhigungsmittel dämpfen zusätzlich das Atemzentrum im Gehirn der Frau sowie die sensorischen und motorischen Bereiche der Hirnrinde und des Rückenmarks. Durch eine Epiduralanästhesie werden die sensorische Wahrnehmung und die Motorik reduziert und auch der Blutdruck gesenkt, weil im Bauch der Mutter und in ihren Beinen ein Blutstau entsteht. Auch dadurch kann sich die Menge des sauerstoffreichen Bluts, das zum Baby fließt, verringern.
Sie brauchen Ihren Atem nicht anzuhalten, um wirksam mitzuschieben. Wahrscheinlich haben Sie das Bedürfnis, auf dem Höhepunkt einer starken Preßwehe den Atem anzuhalten und werden das dann auch ganz spontan tun, doch besteht keine Notwendigkeit, absichtlich die Luft anzuhalten. Leider werden einige Frauen dazu aufgefordert, ihren Atem noch länger anzuhalten und sich noch mehr anzustrengen, weil die

elektronische Herztonüberwachung eine verdächtige Verlangsamung der Herztöne registriert, die auch noch nach Beendigung der Wehe anhält. So hält die Frau noch länger den Atem an, um dazu beizutragen, daß das Baby möglichst schnell geboren wird, und dadurch reduziert sich der Sauerstoff, der dem Baby zur Verfügung steht, noch weiter. Halten Sie also nur die Luft an, wenn Sie unbedingt müssen, um die ununterbrochene Zirkulation sauerstoffreichen Blutes zum Baby zu gewährleisten. Dann werden Sie feststellen, daß das Pressen nicht annähernd so anstrengend ist, daß keine Blutgefäße in Ihrem Gesicht und Ihren Augen platzen, und daß die gesamte Austreibungsphase sanfter und rhythmischer verläuft. Sehr wahrscheinlich bleibt dann auch Ihr Blutdruck stabil. Ansonsten nämlich steigt der Blutdruck wesentlich über den Normalwert, wenn eine Frau nicht mehr länger pressen kann und nach Luft ringt. Preßt sie, sinkt der Blutdruck wieder ab. Diese Blutdruckschwankungen sind für Mutter und Baby schädlich. Wenn eine Frau nicht länger als vier Sekunden preßt und dann wieder ausatmet, steigert das tatsächlich den venösen Rückfluß, der Blutfluß vom Herzen wird aufrecht erhalten, und Blutdruckschwankungen werden vermieden. Bleiben Sie in der Austreibungsphase so entspannt wie möglich, und betonen Sie eher die *Ausatmung,* als heftig nach Luft zu schnappen. Richten Sie sich nach ihrer Gebärmutter, sie wird Ihnen zeigen, wann und ob Sie die Luft anhalten müssen.

Leboyer

In einigen Kliniken wird die Leboyer-Geburt oder eine leicht abgewandelte Methode angeboten, oder es wird damit geworben, daß bei der Geburt die »Leboyer-Technik« angewandt werde. Als erstes sollte klargestellt werden, daß Frédérick Leboyer sich ganz bestimmt nicht für die Anwendung von »Techniken« aussprechen würde. Er betont, daß Einstellung und Geist, die eine Handlung leiten, maßgeblich seien, nicht die reine Ausführung als solche. »Das Baby«, so versichert er, »sieht direkt in unser Herz und erkennt die Farbe deiner Gedanken.« Er steht einer Einstellung zur Geburt, bei der in die Trickkiste gegriffen wird, äußerst kritisch gegenüber. Man hat ihm zwar karikierend nachgesagt, er wolle, daß bei der Geburt im stockdunklen Raum Flötenmusik gespielt werde, doch ist er an solchen Ritualen nicht interessiert. Ihm geht es vielmehr darum, wie wir das Neugeborene *in Empfang nehmen.*[21]

Unsere eigenen Gedanken und Emotionen haben bei der Geburt Einfluß auf das Baby. Unser Ärger, unsere Ungeduld oder unsere Ängste, so meint er, übertragen sich unmittelbar auf das Baby, das »alles fühlt« und uns wie ein Spiegel reflektiert. Er meint, daß »es an uns liegt, dafür zu sorgen, daß es nicht schreit«. Das kann Unsicherheit stiften, wenn das Baby dann *doch* schreit. Und die meisten Babys *schreien* gleich nach der Geburt. Manche Eltern haben das Gefühl, versagt zu haben, obwohl sie alles getan haben, was ihrer Meinung nach das Baby hätte trösten und beruhigen müssen; als würde das Baby sie im Augenblick der Geburt mit seinem Schrei verurteilen.

Doch geht es, wie Leboyer sagt, nicht darum, daß das Baby überhaupt nicht schreien dürfe, sondern darum, daß es *weiterschreit*.

Leboyer lehrt uns, daß das Neugeborene eine äußerst sensible Haut und sehr empfindliche Augen und Ohren hat. Wenn Babys in dieser Welt ankommen, sind sie ganz offen, völlig schutzlos einer Welle von Empfindungen ausgesetzt. In unserer westlichen Kultur bestürmen das Baby gewöhnlich laute Geräusche, helles Licht, es wird ganz effizient und geschäftsmäßig mit ihm umgegangen, als handele es sich um ein Fleischstück, das in einem Metzgerladen eingewickelt wird und nicht um ein überaus empfindsames Menschenwesen. Leboyer dagegen möchte den Übergang von der weichen, dämmerigen, warmen Welt der Gebärmutter in die harte, laute, kalte Welt außerhalb des Körpers der Mutter so sanft und allmählich wie möglich gestalten. In der Gebärmutter ist das Baby gut aufgehoben und wird von den Muskeln fest umfangen. Außerhalb kommt es zum erstenmal mit dem Raum und so ungewohnten Stoffen wie Gummi, Plastik, Stahl und Baumwolle in Berührung.

Dazu gehört das Bad, in dem das Baby in tiefes warmes Wasser taucht und sich selbst in einem Element entdecken kann, das dem, das es gerade verlassen hat, möglichst ähnlich ist. Es ist nicht zu vergleichen mit dem »Säuglingsbaden« aus Sauberkeitsgründen. Eine normale Babywanne oder eine große Schüssel sind meistens nicht tief genug, doch ein Plexiglasbettchen oder eine große Picknickkühlbox wären zu empfehlen, die Kühlbox hält sogar die Wassertemperatur konstant. Gerade dieses Bad wird in Kliniken häufig verworfen, weil Kinderärzte und Hebammen befürchten, das Baby könne auskühlen. Es stimmt, daß die Regulierung der Körpertemperatur beim Neugeborenen noch nicht voll entwickelt ist, das betrifft besonders ein Kind mit geringem Geburtsgewicht. Der Kopf ist der größte Körperteil des Babys, und gerade hier gibt es den größten Wärmeverlust. Einige Geburtshelfer lösen dieses Problem durch einen Heizstrahler, der dem Baby von oben Wärme spendet. Amerikanische Untersuchungen halten dagegen, daß die Körperwärme des Neugeborenen im Hautkontakt mit der Mutter am

besten gehalten würde. Das Bad ist noch aus anderen Gründen kritisiert worden. In Gesprächen zwischen Hebammen und Müttern taucht oft die Frage auf, ob es nicht einem »Mißtrauensvotum« der Mutter gegenüber gleichkommt. Feministinnen stellen Leboyers Einstellung zu Frauen in Frage, sie haben den Verdacht, er würde den altbekannten Trick anwenden, als Experte, wenn auch als ein mystischer, poetischer, liebevoller Experte, aufzutreten, um die Stelle der Mutter einzunehmen. Das, was er schreibt, vermittelt den Frauen jedenfalls kein Selbstvertrauen. Er behauptet, die Mutter sei während der Geburt eine »Feindin« des Kindes und stehe zwischen ihm und dem Leben. Er bezeichnet sie als eine »Furie«, die das Kind durch den Geburtskanal preßt: »War sie einst noch zärtlich, so wird sie jetzt bösartig. Sie umarmt nicht mehr, sie zermalmt.« Eine Frau, der suggeriert wird, sie sei es, die ihr Kind Torturen aussetze, wird sich kaum zutrauen, mit ihrem Baby sicher und liebevoll umzugehen.
So wollen einige Frauen ihr Baby lieber für längere Zeit auf ihrer nackten Haut liegen haben, als es zu baden. Einige Kliniken erlauben es nicht, weil das Baby auskühlen könnte – die Lösung ist natürlich, Mutter und Baby zuzudecken, eine sehr einfache und naheliegende Lösung. Wärmestrahler sind teuer, doch ist jedes Heizgerät geeignet, das den Bereich um den Kopf des Babys herum erwärmt. In seinem Film badet zwar Leboyer das Baby, doch besteht kein Grund, warum es die Mutter nicht selbst tun sollte, wenn die Wanne ganz nahe zu ihr gerückt oder zwischen ihre Beine auf den Entbindungstisch gestellt würde. Es könnten auch beide Eltern das Kind gemeinsam baden. Manchmal badet der Vater das Baby, er sollte so nahe bei der Frau sein, daß sie ihr Baby berühren kann.
Das Baby wird ganz allmählich in das Wasser getaucht – Sie stützen es dabei mit Ihrem Arm im Nacken ab und halten seine Hände vor seiner Brust fest, um ihm ein Gefühl der Geborgenheit zu vermitteln. Selbst für ein mehrere Wochen altes Baby kann es ein schreckliches Erlebnis sein, wenn es plötzlich mit pendelnden Armen und Beinen ins Bad getaucht wird. Wenn Mutter oder Vater dann hastige, panische Bewegungen machen oder dem Baby über ihre Berührungen mangelndes Selbstvertrauen übermitteln, wird das Baby schreien und nicht mehr aufhören, bis es wieder herausgenommen wird. Deshalb ist es so wichtig, langsame, sichere Bewegungen zu machen und dabei beruhigend auf das Baby einzureden. Wenn das Baby vom Baden anfangs nicht begeistert ist, werden Sie nicht ungeduldig! Manche Babys müssen erst lernen, am Bad Gefallen zu finden, selbst an einem Leboyer-Bad.
Doch das Bad ist nur ein Gedanke dessen, was Leboyer uns mitteilt.

Dort, wo das Baby herkommt, war es weich und geschmeidig, es wurde von Fleisch umfangen. Wenn es in eine rauhe Decke oder ein Frotteetuch gewickelt wird, brennt das auf seiner Haut. Nur warme Haut kann ein Neugeborenes entsprechend willkommen heißen, aus diesem Grund legt Leboyer das Baby der Mutter gleich auf den Bauch.
Leboyer legt uns auch ans Herz, dem Baby Zeit zu geben, sich aus seiner fötalen Haltung zu entfalten, es nicht dazu zu drängen. Das bedeutet, es niemals mit dem Kopf nach unten wie ein gehäutetes Kaninchen zu halten. Wenn es bäuchlings der Mutter auf den Bauch gelegt wird, entrollt sich die Wirbelsäule allmählich, doch gewöhnlich nimmt das Baby beim Schlafen die vertraute Haltung der Gebärmutter wieder ein. Oft registrieren Mütter, deren Baby sich mit hochgestreckten Beinen in der Steißlage oder einer anderen ungewöhnlichen Lage befunden hatten, daß es in den ersten Wochen beim Schlafen diese Haltung wieder einnimmt. Eine Mutter legt ganz spontan dem Baby ihre Hand auf den Rücken. Sehr oft macht es der Vater genauso. Es ist, als wollten sie ihrem Baby durch ihre Berührung mitteilen, daß es geborgen und daheim angekommen sei. Die Wölbung der Hände ähnelt den gerundeten Gebärmutterwänden, von denen es bis vor kurzem noch umfangen war. Wenn das Baby in dieser Weise auf dem Körper der Mutter liegt, beginnt sie, es zärtlich zu streicheln. Das ist wie eine natürliche Massage. Leboyer zeigt in seinem Film eine sehr entschlossene, langsame Massage mit seinen Handflächen, manche versuchen, sie nachzuahmen. Wenn die Atmosphäre die Mutter sie selbst sein läßt und sie ihren Eingebungen folgen kann, macht sie das meist, ohne zu denken.
Das Zimmer muß nicht völlig dunkel sein. Es genügt, wenn die Jalousien oder Gardinen vorgezogen sind oder das Licht gedämpft wird. Natürlich haben die Hebamme oder der Geburtshelfer nicht in völliger Dunkelheit zu agieren. Diejenigen, die meinen, sie gehöre zu einer Leboyer-Geburt dazu, bekommen verständlicherweise Angst bei dem Gedanken, es könnte übersehen werden, wenn etwas mit der Atmung des Babys nicht stimmt oder es blau bleibt. In einer Klinik in der Nähe Münchens kommen alle Babys bei Rotlicht zur Welt. Die leitende Hebamme dieser Klinik schätzt den Vorteil zusätzlicher Wärme, außerdem hat sie sich sehr schnell daran gewöhnt, den Zustand des Babys in diesem anderen Licht zu beurteilen.
Stille und Gelassenheit sind wichtig. Im Mittelohr des Babys ist zwar Wasser, deshalb hört es wahrscheinlich Geräusche anfangs gedämpft. Trotzdem ist zu beobachten, daß Neugeborene bei lauten Geräuschen hochschrecken, z. B. wenn Instrumente in eine Schüssel geworfen oder Anweisungen laut gegeben werden.

In gewisser Hinsicht sind Leboyers Einsichten und die Überzeugungskraft seiner Lehren nicht völlig neu. Gute Hebammen haben das schon immer gewußt, wenn sie es auch nicht poetisch umgesetzt haben. Weit davon entfernt, eine ausgefallene neue Technik zu sein, bedeutet eine Geburt nach Leboyer, daß einem neuen Menschenkind, wenn es auf die Welt kommt, mit Achtung und Ehrfurcht, Mitgefühl und Zärtlichkeit begegnet werden soll, wie gegenüber einem Wesen, das einen langen Weg hinter sich hat. Und sie bedeutet eine sorgfältige Wachsamkeit, um den Bedürfnissen dieses ganz besonderen Babys gerecht werden zu können, während wir ihm den Übergang in dieses Leben erleichtern.

In den meisten Entbindungsstationen wird routinemäßig abgesaugt, um den Babys die Atemwege freizumachen: ein dünner Plastikkatheter wird durch Mund und Nasenlöcher geschoben (und manchmal auch unnötiger- und gefährlicherweise den Rachen hinunter) und dann durch Unterdruck der Schleim herausgesaugt. In einem modernen, verläßlichen Lehrbuch der Geburtshilfe steht jedoch eindeutig: »Die meisten Babys kommen in einem guten Zustand zur Welt, und brauchen nichts weiter als die Nähe ihrer Mutter.« Wenn das Baby bereits bei vollem Bewußtsein ist und atmet, sehen manche im Absaugen des Mund- und Nasenraums einen gewalttätigen Übergriff. Wenn Sie nicht möchten, daß ihr Baby abgesaugt wird, es sei denn, es kann nicht richtig atmen, dann bitten Sie darum, daß Sie es bäuchlings auf Ihren Bauch gelegt bekommen, damit der Schleim ganz von selbst aus Mund und Nase herauslaufen kann. Wenn der Kopf des Babys etwas niedriger als das Becken gelagert wird, unterstützt die Schwerkraft das Abfließen. Ein kräftiges Baby wird wahrscheinlich bei Schleimabsonderungen auch niesen, denn auf die Reizung der Atemwege folgt eine Reflexreaktion. (Wenn ein Baby niest, heißt das nicht, daß es erkältet ist.) Liegt es auf dem Rücken, gelangt womöglich vorhandener Schleim eher zu den Lungen, also sollte das Baby immer gleich auf den Bauch gelegt werden. Widersinnigerweise werden Babys heute gleich nach der Geburt auf den Rücken gelegt, *damit* sie abgesaugt werden können. Auch sollte nicht vergessen werden, daß ein Baby, wenn es gleich an die Brust gelegt wird, Kolostrum bekommt, das durch Enzymwirkung die Schleimsekretion abbaut. Vieles spricht dafür, daß bei einem kräftigen Baby die Atmung und die Regelungsmechanismen von allein in Gang kommen und nur im Notfall eingegriffen werden sollte.

Es gibt einen Streit, ob die Nabelschnur abgeklemmt und durchtrennt werden sollte. Die Frage ist vor allem, wann sie *abgeklemmt,* nicht so sehr, wann sie durchtrennt wird. Leboyer meint, daß die Nabelschnur erst dann abgeklemmt werden sollte, wenn das Blut aus der Plazenta zum Baby gelangt ist. Andere meinen, daß dadurch die Belastung durch den Abbau des Bilirubins, dem gelben Gallenfarbstoff, größer wird, also die Nabelschnur sofort abgeklemmt werden sollte, um die Möglichkeit einer Neugeborenengelbsucht zu verringern. Wenn das jedoch ein vorrangiges Interesse der Ärzte wäre, würden sie keinen Oxytozintropf zur Geburtseinleitung oder Wehenverstärkung anordnen oder mit Valium oder Epiduralanästhesie arbeiten – all dies nämlich erhöht das Risiko einer Neugeborenengelbsucht.

Der eigentliche Grund ist die Furcht, daß einige Babys ausbluten könnten, wenn die Nabelschnur nicht sofort abgeklemmt wird, weil das Blut zur Plazenta zurückfließt. Verschiedene Untersuchungen empfehlen, das Baby *tiefer* als die Plazenta zu lagern, falls sich das Abklemmen der Nabelschnur verzögere.

Solange die Nabelschnur pulsiert, spielt es keine Rolle, ob das Baby schon atmet. Ein Argument dafür, die Nabelschnur nicht gleich abzuklemmen, ist, daß das Baby dann buchstäblich »Raum zum Atmen« bekommt. Wenn andererseits beim Baby Wiederbelebungsmaßnahmen mit speziellen Geräten und Medikamenten nötig sind, muß das Baby bei durchtrennter Nabelschnur zu diesen Geräten hingetragen werden können. In der Nabelschnur gibt es keine Nervenendungen, die Oberfläche besteht aus einer gallertartigen Substanz, der »Wharton-Sulze«, weder die Mutter noch das Baby spüren also den Schnitt.

Abgewandelte Leboyer-Geburt

In vielen Kliniken, die behaupten, eine »Leboyer-Geburt« zu vertreten, passiert nichts dergleichen, vielmehr ködern sie die Mutter. In den Kliniken wird das vielleicht nicht so gesehen, aber ein Hinweis darauf ist die Einstellung, daß es genüge, wenn die Mutter zufrieden und beruhigt ist.

Das ist der Fall in den Kliniken, in denen das Kind bei gesenkter Stimme und gedämpftem Licht zur Welt kommt, der Mutter zwar noch auf den Bauch gelegt wird, aber anschließend in ein hell erleuchtetes Zimmer gebracht, dort vom Kinderarzt untersucht, gemessen, gewogen und gewaschen wird, bevor die Mutter es wieder bekommt. Eine wichtige Forderung bei der Geburt nach Leboyer ist, daß alles, was mit dem Baby geschieht, nicht nur im selben Zimmer, sondern möglichst auch bei ständigem Hautkontakt mit der Mutter vor sich gehen solle. Statt das Baby dem Kinderarzt zu bringen, sollte er zum Baby kommen.

Die Einstellung der Kliniken zum Stillen hat sich sehr verändert, es ist jetzt allgemein verbreitet, daß die Mutter ihr Baby noch auf dem Entbindungsbett anlegen darf oder sogar sollte.

In manchen Kliniken erfährt sie jedoch, daß sie ihr Baby erst anlegen kann, wenn die Plazenta geboren, und sie genäht worden ist. In solchen

Kliniken wird Routineabläufen Vorrang gegeben gegenüber der wichtigen ersten Begegnung zwischen Mutter und Kind. Wird ein Baby gleich angelegt, bekommt es Kolostrum, die Vormilch, die die Auflösung von Schleimsekretionen in den Atemwegen unterstützt, Antikörper gegen eine Reihe von Krankheiten enthält und Schutz gegenüber Allergien bietet. Auch hier sind natürliche Vorgänge ganz subtil auf die Bedürfnisse des Babys abgestimmt, und durch eine Unterbrechung der natürlichen Abläufe zwischen Mutter und Baby kann ein empfindliches Gleichgewicht gestört werden, in das wir noch nicht vollständigen Einblick haben.

Die Untersuchung des Babys an sich kann zu einem Gewaltakt werden, wenn sie unsensibel und grob durchgeführt wird. In manchen Kliniken wird ein Röhrchen durch den Rachen in die Speiseröhre geschoben, um eine Ösophagusatresie, einen angeborenen Verschluß der Speiseröhre feststellen zu können. Wenn die Hebamme oder der Arzt das Baby bei seiner ersten Nahrungsaufnahme aufmerksam beobachten, besteht für diesen Eingriff kein triftiger Grund. Dem Baby wird ein Finger in den Mund geschoben und gegen den oberen Gaumen gedrückt, um sicherzugehen, daß es keine Gaumenspalte hat. Das kann allerdings auch so sanft gemacht werden, daß es dem Baby gefällt und es sogar an dem Finger zu saugen beginnt.

Der Arzt überprüft, ob eine Hüftgelenkluxation vorliegt, indem er die Beine streckt und dann wieder zusammenbringt. Wenn das bestimmt und langsam gemacht wird, hat das Baby nichts dagegen. Der Arzt tastet auch den Kopf nach Schwellungen ab und untersucht den Bauch, beides braucht für das Baby nicht unangenehm zu sein.

Manchmal wird behauptet, mit einer Studie der McMater-Universität in Ontario sei Leboyer »widerlegt« worden. Babys, die nach Leboyer entbunden worden waren, wurden mit Babys verglichen, die auf die an der Klinik üblichen Weise auf die Welt gekommen waren. Für die Leboyer-Babys ergaben sich keine Vorteile. Diejenigen, von denen diese Ergebnisse als Beweis akzeptiert wurden, daß Leboyer unrecht habe, haben versäumt, nach der üblichen Behandlung der Babys in der Klinik zu fragen: der betreffende Geburtshelfer bietet »familienzentrierte Geburtsbetreuung« an, er glaubt, daß Babys zur Mutter und zum Vater gehören und daß Frauen wählen können sollten, welche Geburt sie sich wünschen. In seiner Klinik werden *alle* Babys liebevoll behandelt und den Müttern übergeben, der Unterschied der Babys in der Kontrollgruppe war nur, daß die Nabelschnur nicht auspulsieren konnte, die Babys den Müttern eingewickelt übergeben wurden und sie sie erst zu einem späteren Zeitpunkt anlegten. Ein interessantes Ergebnis dieser kanadischen Studie ist, daß Frauen, denen vorher gesagt worden war, daß sie in der Leboyer-Gruppe seien, eine leichtere Geburt hatten. Diese einfache Information allein scheint bei den *Müttern* schon etwas verändert zu haben. Schon die Vorbereitung auf eine Leboyer-Geburt mag sich auf die Gefühle auswirken, die eine Schwangere zum ungeborenen Baby und zu ihrem Körper hat.

Odent

Dr. Michel Odent, Chefarzt der Entbindungsstation des »Centre Hospitalier General« in Pithiviers in Frankreich, ist der Ansicht, daß Frauen eine Umgebung brauchen, die es ihnen ermöglicht, beim Geburtsvorgang die bewußte Handlungsebene zu verlassen.[22] Das bedeutet die Regression in einen Zustand präkulturellen Lernens, in dem die Frauen in Einklang mit ihrem Körper gelangen und ihre Befangenheit verlieren. Läßt sich eine Frau so fallen, wisse sie instinktiv, ohne geübt zu haben oder Anweisungen zu bekommen, was zu tun ist.
Viele Säuger suchten während der Geburt das Halbdunkel auf, auch Frauen bräuchten eine Rückzugsmöglichkeit, einen sicheren, ruhigen Platz, wo das Licht gedämpft ist und sie nicht gestört werden. Ein abgedunkelter Raum, Stille, Wärme und der fortwährende, liebevolle Beistand einer Hebamme, die wenig spricht, doch engen Körperkontakt zur Frau aufrechterhält, das alles sind wichtige Elemente, die nach Odent zu einer wirklich natürlichen Geburt beitragen. Er glaubt, daß sich die Anwesenheit eines Arztes nachteilig auf die Geburt auswirken kann, daß der emotionale und auch der körperliche Kontakt durch Berührung zwischen einer Frau und ihrer Hebamme viel wichtiger ist.
Wenn eine Frau ihren Eingebungen folgen kann, nimmt sie gewöhnlich eine Haltung ein, in der die Schwerkraft ihr hilft, statt sie zu behindern. Dies sind meist Positionen, in denen das Becken sich in einem asymmetrischen Winkel befindet. Auch Odent hält sie für sehr viel sicherer als das Liegen, auch er befürchtet den Druck der schweren Gebärmutter auf die Aorta und die untere Hohlvene der Frau. Wir müssen mit einer 300 Jahre alten Tradition brechen, nach der die Mutter auf dem Rücken zu liegen hat. Das französische Wort für gebären, *accoucher,* ist geprägt aus der Annahme, daß die Frau liegt.
In Odents Geburtszimmer befindet sich nichts, was der Frau eine Haltung vorschreiben könnte, kein Bett oder Entbindungstisch, keine Apparate, auch nichts, was in einem gewöhnlichen Wohnzimmer nicht vorhanden wäre. Die Hauptfarben sind braun und orange; es gibt ein

niedriges Holzpodest mit vielen Kissen in leuchtenden Farben, und, was vielleicht am wichtigsten ist, keine Uhr.
Ein Becken mit warmem Wasser gibt der Frau Gelegenheit, in gedämpftem Licht von warmem Wasser umgeben zu sein, was vor allem bei starken Rückenschmerzen wohltuend ist. Selbst bei einer schwierigen Geburt entspannen die Frauen, sobald sie im Wasser sind, leichter, gelangen in eine Art Traumzustand.
Viele Frauen knien, kauern sich zusammen oder gehen in den Vierfüßlerstand, so daß der Bauch hängen kann. Mit dieser Haltung kann sich der Kopf des Babys in die vordere Hinterhauptslage drehen, sie verhilft der Mutter zu einer veränderten Wahrnehmungsebene. In verschiedenen Religionen auf der ganzen Welt wird eine ähnliche Haltung beim Gebet eingenommen, da sie einen veränderten Bewußtseinszustand und ein Loslassen des bewußten, kritischen Verstandes fördere.
Eine Frau sollte die Freiheit haben, soviel Geräusche zu machen, wie sie möchte. In Odents Klinik brauchen die Frauen nicht still zu sein, oft schreien sie, wenn der Kopf des Kindes durchtritt und das Kind dann ganz geboren wird. Schreien trägt zur Entspannung der Muskeln im Dammbereich bei, so daß die Frau zum Gebären aktiv ihren Körper öffnet. Für manche Frauen ist es ein Schrei nahe der Ekstase.
Viele Gebärende stehen in der Austreibungsphase und beugen dabei die Knie leicht zur Hocke, während sie von hinten abgestützt werden. So wird im Beckenraum maximaler Druck erzeugt, die Frau braucht kaum Muskelkraft einzusetzen, um das Baby durch den Geburtskanal zu schieben, und kann die Muskulatur im Dammbereich optimal loslassen. Besonders sicher ist diese Hockstellung auch bei Steißlagen, da sich die Zeitspanne zwischen Geburt des Körpers und Geburt des Kopfes verringert. Odent empfiehlt die Hocke auch zur Geburt des zweiten Zwillings oder zur Geburt der Plazenta. In der Rückenlage treten Dammrisse meistens an der Unterseite der Scheide in Afternähe auf. In aufrechter Haltung bzw. abgestützter Hockstellung geht der Riß nur in die oberen Hautschichten und nicht in die Scheidenschleimhaut hinein. Bei Rückenlage in der Nachgeburtsphase kann die Behinderung der Hohlvene zu starken Blutungen beitragen – auch dies wird durch die aufrechte Haltung weitgehend vermieden.
Sie erlaubt der Frau meist eine aktivere Beziehung und direkten Augenkontakt mit ihrem Baby. Das Baby riecht die Mutter, wenn sie es nahe bei sich hat, und es ist sicher mehr als eine Annahme, daß der Geruch eine wichtige Rolle beim Ingangkommen des Stillens spielt.[23]
Odent glaubt, daß Müttern und Babys das Stillen nicht *beigebracht* werden muß, wenn sie vom allerersten Moment an ihre Signale aus-

tauschen können. Allerdings ist es auch wichtig zu warten, bis das Baby selbst nach der Brustwarze zu suchen beginnt.
Der Hautkontakt mit dem Baby verringert das Risiko starker Blutungen, weil dadurch der Oxytozinausstoß bei der Mutter Gebärmutterkontraktionen auslöst. Die westliche Kultur verband Weiblichkeit lange Zeit mit Passivität. Odent will mit einer veränderten Geburtshilfepraxis den Frauen den Weg zu einem aktiven Gebären öffnen. Die Geburtshelfer sollten lernen abzuwarten, zuzuschauen und eine liebevolle unterstützende Atmosphäre zu schaffen, in der die Frau »auf ihr archaisches Gehirn hören« und ihre Gefühle frei zum Ausdruck bringen kann. Die übliche Praxis, daß der Vater das Baby nach Leboyers Anregungen badet, gehe auf die herkömmliche Rückenlage und die entsprechende Passivität der Mutter bei der Geburt zurück. Er hat festgestellt, daß Eltern, wenn sie ihr Baby wirklich nach Leboyer baden möchten, das heute gewöhnlich gerne gemeinsam tun.[24]
Die Sterblichkeitsrate in Odents Klinik in Pithiviers beträgt zwischen 8 und 10 pro 1000 Geburten, die Kaiserschnittrate liegt bei etwa 6 Prozent, ebenso die Häufigkeit der Dammschnitte. Er führt keine Einleitungen, kein Sprengen der Fruchtblase und keine Zangengeburten durch.

4 Die ersten Tage nach der Geburt

Die erste Nacht

Viele Frauen, die ihre Erfahrungen schilderten, empfanden die erste Nacht als Qual. Sie sehnten sich nach ihrem Baby, mußten es jedoch nach den Klinikregeln die erste und auch die zweite oder dritte Nacht ins Säuglingszimmer geben. Die Frauen verliehen den Gedanken dieser Nacht, in der viele kaum oder gar nicht schliefen, oft sehr lebendig Ausdruck. Besonders unruhig waren jene Frauen, die Dolantin bekommen hatten und anschließend hellwach und aufgedreht waren. Offenbar durchlebten sie in diesen Stunden noch einmal alles und sehnten sich, das Baby anzuschauen und zu berühren. Viele sahen sich beraubt und schrieben ausdrücklich, sie hätten vor, deshalb ihr nächstes Kind zuhause zur Welt zu bringen.
Manche Frauen vermißten in dieser Nacht ihren Partner, um mit ihm über die gemeinsame Erfahrung sprechen zu können, ihr Mann war sich »verloren« vorgekommen oder »traurig«, als er heimging und sie und das Baby in der Klinik zurückließ. In bisher nur wenigen Kliniken dürfen Eltern und Baby zusammenbleiben, es sei denn, das Baby hat einen Geburtsschaden oder wurde tot geboren. Hier sollte man andere Rahmenbedingungen schaffen.

Die Versorgung in der Klinik

Die meisten Frauen wünschten sich, daß sie in den Kliniken gelassen und zwanglos *zu dem Zeitpunkt* tun könnten, was sie wollten, wenn ihnen danach zumute war, und wenn dies nun nicht wie zuhause möglich wäre, so doch zumindest mit dem reibungslosen Service eines guten Hotels, in dem das Personal hilfsbereit zur Verfügung steht, wenn der Gast Wünsche hat und nicht, wenn die Verwaltung es für angemessen hält.
Von den Einsparungen im Gesundheitswesen und dem Mangel an Einrichtungsgegenständen abgesehen, hängt die Atmosphäre auf Wöchnerinnenstationen eindeutig von den dort beschäftigten Menschen ab. Zwar beschwerten sich die Frauen darüber, daß es in älteren

Kliniken zu wenig Duschen, Badezimmer und Toiletten und keine Bidets gab, doch das Verhältnis zum Personal war der Schlüssel für alle Probleme bei der Wöchnerinnenbetreuung.
Die Frauen fanden in der Klinik keine Ruhe, und einige gingen vorzeitig heim, um sich dort zu erholen. Zuhause noch machten vielen die Betriebsamkeit und Unruhe der Klinik zu schaffen. Doch bemerkenswert ist, daß sie sich fast nie nach Erholung vom *Baby* sehnten, sondern daß ihnen der Klinikablauf zuviel wurde, denn oft wurden sie im Schlaf, beim Liebkosen des Babys oder beim Stillen gestört und in einigen Kliniken wurden der Mann oder die größeren Kinder nach einer kurzen Besuchszeit zum Aufbruch gedrängt.
In vielen Kliniken wurden den Frauen im Wochenbett nachts routinemäßig Beruhigungsmittel gegeben. Es bedrückte die Mütter, da sie sich Sorgen machten, nach Einnahme eines Beruhigungsmittels zum Stillen des Babys nicht aufzuwachen. Erkundigen Sie sich, was in Ihrer Klinik die Regel ist.
Die meisten Frauen wollten ihr Baby auf Wunsch Tag und Nacht immer bei sich haben, doch – und hier gibt es offenbar Probleme – störte es sie, wenn andere Frauen im Zimmer ihr Baby bei sich hatten und es weinte. Einige nahmen sich ein Privat- oder Einzelzimmer, andere machten von der Möglichkeit der ambulanten Geburt Gebrauch und kehrten nach etwa acht Stunden nach Hause zurück. Privatpatientinnen wurden oft sehr viel länger in der Klinik »festgehalten«, als ihnen lieb war. Sie führten ihre depressive Stimmung in den ersten zehn Tagen nach der Geburt darauf zurück, und gaben an, die Depressionen hätten sofort nachgelassen, als sie wieder zuhause waren.
Es schrieben auch Frauen, die ihren Klinikaufenthalt ausgesprochen genossen und es bedauerten, gehen zu müssen. Für manche war die Klinik eine Art »Refugium« gewesen, in das sie sich zurückgezogen hatten, andere genossen die Gesellschaft anderer Frauen, die sich alle in der gleichen Situation befanden. Anderen wiederum wurden gerade die Späße, Gespräche und das Gelächter zuviel. Sie verglichen die Atmosphäre mit der eines Internatsschlafsaales, äußerst ungeeignet, sich auf ein neugeborenes Baby einzustellen.
Die Bedürfnisse der einzelnen Frauen sind unterschiedlich. Wenn eine werdende Mutter bezweifelt, daß sie mit mehreren anderen Frauen zusammen sein möchte (allerdings haben die Zimmer in modernen Kliniken meist nicht mehr als höchstens vier bis sechs Betten) oder daß sie sich dem täglichen Ablauf der Klinikroutine unterwerfen möchte, sollte sie sich ein Einzelzimmer sichern oder die Klinik, wenn alles gut verlaufen ist, sehr bald wieder verlassen. Schon längere Zeit vorher sollte sie sich dann aber um eine Hebamme für die Nachsorge geküm-

mert haben, die zu ihr ins Haus kommt und sie und das Baby in den ersten zehn Tagen nach der Geburt versorgt.
Ein besonderer Punkt der Versorgung in der Klinik betrifft das Essen, über das sich viele Frauen beklagten. Gewöhnlich gab es zuviel schwere Speisen und zuwenig Salat und Obst. In manchen Kliniken wird die Auffassung vertreten, daß Obst für stillende Mütter nicht gut ist, weil das Baby davon Blähungen bekommt, und es kam sogar vor, daß den Frauen Weintrauben, die ihnen ein Besucher mitgebracht hatte, vorenthalten wurden, weil sie als die größten Übeltäter galten. Es wäre sinnvoll, wenn die Diätassistenten und die Kinderärzte mit dem Personal der Entbindungsstationen über geeignete Ernährung und zusätzliche Kost für stillende Mütter redeten.
Viele Frauen litten nach der Geburt unter Verstopfung oder zumindest schien allgemeine Besorgnis zu bestehen, daß sie unbedingt innerhalb von ein paar Tagen den Darm entleerten. (Bei einer Dammnaht ist es wichtig, daß die Frau keinen harten Stuhl hat, weil sonst die Naht geschädigt werden könnte.) In einigen Kliniken bekamen alle Frauen Abführmittel. Nur in wenigen Kliniken wurde Wert auf frisches Gemüse, Obst und Ballaststoffe gelegt. Besonders schwer haben es oft Frauen, die sich anders ernähren, z. B. vegetarisch. In einigen Fällen waren die Mahlzeiten nicht ausreichend, und besonders stillende Mütter wurden davon nicht satt. (Beim Stillen braucht eine Frau gewöhnlich etwa pro Tag 1000 Kalorien zusätzlich.)

Die Ernährung des Babys

In den letzten acht Jahren hat sich die Einstellung des Klinikpersonals zum Stillen[25] grundlegend verändert. Die Frauen werden meist darin bestärkt und unterstützt, ihr Baby in den ersten Lebensmonaten zu stillen. Stillen nach Bedarf wird allgemein günstiger eingeschätzt als Stillen nach Zeitplan.
In vielen Kliniken bekommen Babys jedoch immer noch zusätzliche Flüssigkeit, vor allem nachts, und zwar mit der Absicht, die Mutter schlafen zu lassen – manchmal selbst dann, wenn sie wach ist und auf ihr Baby lauscht. In manchen Kliniken bestehen die Kinderärzte darauf, daß Babys vor dem Anlegen Wasser bekommen, um eine Ösophagusatresie, einen angeborenen Verschluß der Speiseröhre, auszuschließen. Es gibt keinerlei Beweise dafür, daß es sicherer sein sollte, ein Baby zu beobachten, wenn es Wasser trinkt, als wenn es von der Mutter Kolostrum bekommt. Kolostrum hat viele Vorteile: Es überzieht die

Verdauungsorgane des Babys mit einer Art Schutzfilm gegen Bakterien und Viren, Infektionen des Verdauungstrakts und der Atemwege, außerdem verhindert Kolostrum, daß bei einem Baby, das künstliche Säuglingsmilch bekommt, die großen Eiweißmoleküle der Kuhmilch ins Darmgewebe gelangen und dort Immunreaktionen auslösen.

Die allgemeine Begeisterung für das Stillen hindert manchmal Frauen, die ihrem Kind die Flasche geben möchten, dies zuzugeben, manche fühlen sich zum Stillen gedrängt, obwohl sie es gar nicht möchten. Diejenigen, die die Flasche geben wollten, fühlten sich schuldig und spürten Druck der Schwestern: »Armes kleines Ding, deine Mutter möchte dich nicht stillen, jetzt bekommst du nur die Flasche.«

Umgekehrt fühlten sich auch stillende Mütter von Schwestern, die befürchteten, die Mutter habe nicht genug Milch, gedrängt. Die Mütter sollten in der Entscheidung wie sie ihr Kind ernähren möchten, völlig frei sein, ohne sich von der einen oder anderen Seite verurteilt zu fühlen.

Frauen aus der Mittelschicht sind hier im Vorteil und eher in der Lage, zu sagen, was sie wollen. Doch sind auch meistens sie es, die stillen. Arbeiterfrauen beginnen unter dem Druck der Klinik oft zu stillen in dem Vorsatz, dem Kind gleich zuhause die Flasche zu geben. Auch wenn es keinen Zweifel an den Vorteilen der Muttermilch als erster Nahrung des Säuglings gibt, sollte das Klinikpersonal in diesen Fällen der Mutter eher dabei helfen, das Baby auf die Flasche umzustellen. Frauen, die bald wieder an ihren Arbeitsplatz zurückkehren wollen, sind darauf angewiesen.

In der Begeisterung für das Stillen darf nicht vergessen werden, daß die Mütter dabei auch sachgemäße Unterstützung benötigen. Viele Frauen beklagten die mangelnde praktische Hilfestellung und waren verunsichert durch die sich widersprechenden Ratschläge seitens der Schwestern. Eine Schwester legt der Mutter das Baby in die Achselhöhle, dann kommt eine andere und legt das Baby so, daß sie mit der Hand seinen Kopf führen könne, eine dritte schlägt vor, die Beine des Babys unter ihren Arm zu schieben, und eine vierte legt das Baby auf ein Kissen. Und jeder Schwester sollte es recht gemacht sein!

Frauen, die in den ersten Tagen nach der Geburt sehr viele widersprüchliche Ratschläge bekamen, schätzten sich selbst sechs Wochen später in ihrer Fähigkeit, als Mutter gut zurechtzukommen, sehr gering ein.

Die meisten Mütter brauchen wahrscheinlich keinen Rat: sie brauchen eine günstige Umgebung. Das bedeutet Ruhe und Frieden, die Möglichkeit, sich zu entspannen und sich am Baby zu freuen, im eigenen Rhythmus und auf ihre Weise handeln zu können, und dazu ein oder

zwei hilfsbereite Schwestern, die ihnen zu verstehen geben, daß sie ihre Sache gut machen, die warmherzig und freundlich sind.
In manchen Kliniken gibt es noch äußerst zahlreiche Fütterungsregeln. Eine gute Absicht unterstellt, werden die ersten Tage doch durch diese Regeln unnötig kompliziert und die Beziehung zwischen Mutter und Kind gestört. Nach einer dieser Regeln sollte die Mutter ihr Baby nachts auf der Säuglingsstation stillen – wohl, um die anderen Frauen im Zimmer nicht zu stören. Auf harten Stühlen mit steilen Lehnen, unter gleißendem Licht, manchmal auch noch mit lauter Popmusik aus dem Radio, saßen die Frauen in einer Reihe.
Eine zweite Regel schrieb vor, daß die Mütter die Stilldauer in einer Tabelle einzutragen hätten. Manche Kliniken versuchen so beim Übergang vom Stillen nach Zeitplan zum Stillen nach Bedarf die Übersicht zu behalten. Hauptsächlich beim ersten Baby, bei dem die Mütter noch nicht wissen, wann es wirklich trinkt oder nur das Nuckeln genießt, ist diese Praxis eine unnötige Belastung und Verunsicherung.
Eine Beschränkung der Stillzeit, mit der man beabsichtigte, das Auftreten wunder oder aufgesprengter Brustwarzen zu reduzieren, bewirkte nur, daß die Frauen früher auf Flaschennahrung übergingen.
Trotz ernsthafter Bemühungen in vielen Kliniken – die durchaus auch von Erfolg sind – vermißten viele Frauen auf den Wöchnerinnenstationen die nötige Flexibilität, um angemessen auf ein neugeborenes Baby einzugehen. Es war schwer, genügend Ruhe zu finden, zwischen den Mahlzeiten ohne Störungen zu schlafen, spontan mit dem Baby umzugehen, bequem zu sitzen, ohne Schwierigkeiten aus dem Bett hinaus und hineinzukommen, zu baden oder zu duschen, wann man wollte und oft auch nur genug Bettwäsche, Binden oder Babykleidung zu bekommen.
Immer wieder beschwerten sich die Frauen über überheizte Räume. Manche Neugeborene, besonders Frühgeburten, kühlen schnell aus, wenn sie an die kalte Luft kommen. Doch neigen diese Babys auch zu Überhitzung, wenn es zu warm ist. Wahrscheinlich fühlen sich die meisten Babys bei zu hohen Zimmertemperaturen einfach nur unwohl, doch für ein Baby, das nicht gut saugt, kann damit das Risiko des Austrocknens verbunden sein. Ständiges Kommen und Gehen des Personals, brachte viele Frauen ganz durcheinander. Ausführliche Tagebuchaufzeichnungen über 24 Stunden, die ich erhielt, zeigten mir, daß jemand in sehr guter Verfassung sein mußte, um diese unaufhörliche Betriebsamkeit gut zu überstehen.

Die Bindung zwischen Mutter und Kind

Auf die ersten Minuten und Stunden nach der Geburt, in denen die Bindung zwischen Mutter und Kind entsteht, wurde durch die Arbeit von Klaus und Kennell[26] das Forschungsinteresse gelenkt: In verschiedenen Ländern schlossen sich zahlreiche Untersuchungen darüber an, wie sich die Umstände während der Geburt und der Zeit danach auf die Reaktion der Eltern gegenüber ihrem Kind, auf ihre Fähigkeit, es als ihr Kind anzunehmen, und auf die Faktoren auswirkt, die mütterliches Fürsorgeverhalten auslösen.

Ein in Schweden tätiger Geburtshelfer hat gefordert, neuere Erkenntnisse über die sensible Bindungsphase zwischen Mutter und Kind in die Praxis der Kliniken umzusetzen.[27] Er untersuchte die Interaktion von Erstgebärenden und ihren Babys am dritten Tag nach der Geburt und dann noch einmal nach drei Monaten. Die Mütter der einen Versuchsgruppe hatten in der ersten halben Stunde nach der Geburt zehn bis fünfzehn Minuten lang Hautkontakt mit ihren Babys. Die Mütter der Kontrollgruppe durften ihre Babys in der ersten halben Stunde nicht anfassen. Die Beobachter, die die Interaktionen aufzeichneten, wußten nicht, welcher Gruppe die Mütter angehörten. Sie stellten fest, daß die Mütter, die ihre Babys bei der Geburt anfassen konnten, sie nach 36 Stunden öfter im Arm hielten als die anderen Mütter, und daß es in ihrem Verhalten überraschende Unterschiede gab, besonders gegenüber Jungen: die Frauen waren doppelt so oft bereit, ihre Söhne anzulächeln wie die Mütter, die sie nicht berühren durften, ihre Bereitschaft, die Arme um den Körper ihres Babys zu legen, war sechs- bis siebenmal so groß. Nach drei Monaten bestanden immer noch Unterschiede. Die Mütter, die ihre Babys berührt hatten, nahmen öfter Blickkontakt mit ihnen auf und küßten sie und verbrachten weniger Zeit mit Säuberungsmaßnahmen als die anderen Mütter, ihre Babys lächelten und lachten häufiger und weinten seltener als die anderen; auch hier waren die Unterschiede bei Jungen ausgeprägter als bei Mädchen. Auch in anderen Ländern durchgeführte Untersuchungen weisen auf die Bedeutung eines frühen, ausgedehnten Mutter-Kind-Kontakts für die zukünftige Beziehung zwischen Mutter und Kind und für erfolgreiches Stillen hin. Sie enthalten Hinweise, daß der normalerweise zwischen allen Säugern und ihren Jungen stattfindende Bindungsvorgang durch Klinikpraktiken unterstützt oder gestört werden kann.

Es geht nicht nur um eine Bindung zwischen Mutter und Baby, auch der Vater muß eine Chance bekommen, in sein Vatersein hineinzuwachsen. Die Atmosphäre in der Klinik und alles, was das Personal tut und sagt, kann diese Entwicklung entweder fördern oder bewirken, daß der Mann

sich als Person, als Ehemann und Vater, der Verantwortung gegenüber seiner Frau und seinem Kind hat, minderwertig fühlt.
Rooming-in und freie Besuchszeiten für den Vater, damit er mit dem Baby umzugehen und es versorgen lernt, sind nicht nur eine luxuriöse Zusatzleistung der Klinik, sondern ein äußerst wichtiger Beitrag zu einer Gesamtatmosphäre, die die Entwicklung fürsorglichen Verhaltens fördert und einem Paar hilft, in das Elternsein hineinzuwachsen.
Informieren Sie sich deshalb vorher in den einzelnen Kliniken über das jeweilige Verfahren. Ein Säuglingszimmer muß nicht die strenge Trennung von Mutter und Kind bedeuten, und umgekehrt garantieren Bettchen neben der Mutter nicht ihre freie Entscheidung, ihr Kind jederzeit bei sich zu haben.
Manchen Müttern ist das ständige Zusammensein mit dem Baby in den ersten Tagen nach der Geburt einfach zu viel; die Erschöpfung nach einer langen, schwierigen und anstrengenden Geburt trägt ihren Teil dazu bei, der Hauptgrund dürfte jedoch sein, daß sich eine Erstgebärende der vollen Verantwortung für ein winziges Baby nicht gewachsen fühlt. Das Personal von Wöchnerinnenstationen könnte es sich zur Aufgabe machen, ihr Selbstvertrauen zu fördern, indem man der Frau die Bedingungen schafft, mit viel Zeit sich selbst als Mutter zu erleben und das Baby als das einzigartige Menschenwesen zu entdecken, das es ist.
Klaus und Kennell geben einige praktische Empfehlungen für die Klinikbetreuung, die die Entstehung einer Bindung zwischen den Eltern und ihrem Baby fördern:

- Kurse, die die Mutter und den Vater auf eine aktive Beteiligung an der Geburt vorbereiten.
- Eine Betreuungsperson während der Wehen, die die Frau emotional unterstützt.
- Mutter und Vater sollten nach der Geburt Hautkontakt zu ihrem Kind haben können.
- Die Eltern sollten in der ersten Stunde nach der Geburt mit ihrem Baby allein gelassen werden.
- Mindestens fünf Stunden am Tag Rooming-in für Mutter und Baby.
- Die Verantwortung für die Versorgung des Babys sollte ganz der Mutter überlassen werden. Es sollte jemand zur Hilfestellung verfügbar sein.
- Die Möglichkeit zu ausgedehntem Kontakt aller Mitglieder der neuen Familie miteinander.
- Lob und Ermutigung der Eltern seitens des Klinikpersonals.

Trotzdem brauchen Frauen, die aus irgendeinem Grund vom Baby getrennt wurden, weil es z. B. für lange Zeit in Intensivbehandlung bleiben mußte, nicht die langfristige Zerstörung der Beziehung zum Kind als solche fürchten.
Nach Untersuchungen in verschiedenem sozialen Milieu scheint es so zu sein, daß die Frauen und Babys am meisten unter einer Trennung leiden, die aus irgendeinem bereits vorhandenen Grund sehr verletzlich sind, und daß Armut und soziale Benachteiligung einen starken Einfluß auf emotionale Barrieren zwischen Eltern und Kindern haben.

Besuchszeiten

Für die Entstehung einer Familie spielt es auch eine wichtige Rolle, wie die Frage der Besuchszeiten in einer Klinik geregelt ist.
Fast immer stellte sich heraus, daß freie Besuchszeiten zu anstrengend sind. Man muß nicht nur dem eigenen Besuch, sondern auch noch dem der anderen Frauen zuhören. Eine Lösung scheint darin zu bestehen, daß in einem extra Zimmer jederzeit Besuch empfangen werden kann, und wo diese Möglichkeit bestand, wurde sie sehr begrüßt.
Beliebt war bei den Frauen eine besondere Besuchszeit nur für Ehemänner (oder jemanden, mit dem der Besuch vorher vereinbart wurde). In vielen Kliniken gibt es abends Besuchszeiten nur für Partner, und das scheint sich bewährt zu haben, besonders, wenn der Vater das Baby nehmen und versorgen konnte oder bei der abendlichen Stillmahlzeit dabei sein konnte. Allgemein bestand die Auffassung, daß diese Möglichkeit am besten *jeden* Abend und nicht nur an wenigen Abenden in der Woche bestehen sollte. Frauen, die schon größere Kinder hatten, machten sich oft ihretwegen Sorgen, wenn sie sie nicht besuchen durften. Sie waren sehr für besondere Besuchszeiten für Geschwister, damit auch sie das Baby kennenlernen und es anfassen konnten.
Allgemein waren die Frauen zwar mit einer eingeschränkten Besuchszeit einverstanden, doch flexible Besuchszeiten für den Mann und die Kinder waren sehr gefragt. In den Kliniken, wo der Mann jederzeit zu Besuch kommen konnte, schien die Atmosphäre besonders entspannt, herzlich und einladend zu sein.

Säuglingsintensivstationen

Enorme Veränderungen gab es in den letzten Jahren auf den Säuglingsintensivstationen. Frauen konnten von der großen Rücksichtnahme dort berichten, von der Bereitwilligkeit, mit der ihnen beim Stillen und der Versorgung des Babys geholfen wurde. Auf den meisten Intensivstationen sind beide Eltern willkommen und haben Tag und Nacht Zutritt. Auch der Vater kann bei der Versorgung des Babys helfen. Auf fast allen Intensivstationen bekamen die Frauen ausführliche, ehrliche Informationen in verständlicher Sprache, sie hatten nicht das Gefühl, es würde ihnen, um sie zu schonen, etwas vorenthalten oder verharmlost. Auf einigen Intensivstationen gibt es Zimmer für Mutter und Kind, so daß sie sich nicht von ihrem Baby trennen müssen.

Das gesamte Pflegepersonal von Säuglingsintensivstationen bezieht mittlerweile die Resultate der Untersuchungen über das Bindungsverhalten in seine Arbeit mit ein. In manchen Kliniken wird der Mutter, wenn ihr Baby auf der Intensivstation ist, so viel eher geholfen, das Baby als das ihre anzunehmen, als wenn sie sich mit ihm auf einer normalen Wöchnerinnenstation befände!

Die Frauen sahen sich intensiv in die Sorge um das Wohlergehen des Babys miteinbezogen und fühlten sich als zugehörig zu einer Gruppe von Menschen, die alle zum besten des Babys zusammenarbeiteten. Viele Frauen schrieben, daß sie niemals das Gefühl vermittelt bekommen hätten, lediglich zu »Besuch« auf der Intensivstation zu sein. Es gab ihnen Sicherheit, wenn der Kinderarzt für Auskünfte verfügbar war (was nicht auf allen Intensivstationen der Fall war), so daß sie tagtäglich über den Zustand des Babys auf dem laufenden waren. Daß die Schwestern das Baby beim Namen nannten, mit ihm redeten oder es wie eine eigenständige Person und nicht einfach wie einen kranken Patienten behandelten, half ihnen, mit ihren zwiespältigen Gefühlen gegenüber dem Baby zurechtzukommen. Es genügt nicht, wenn die Mutter oder der Vater kommen und gehen können, wann sie wollen. Viele kämpfen gegen äußerst negative Gefühle gegenüber dem Baby an, das mit angezogenen Beinchen wie ein Frosch in einer Plastikschachtel daliegt, an alle möglichen Apparate angeschlossen ist und so gar keine Ähnlichkeit mit einem Baby hat. Mit solchen Gefühlen wie auch Schuldgefühlen, die die Mutter eines zu früh geborenen, untergewichtigen oder eines behinderten Babys überkommen kann, muß das Pflegepersonal umgehen können, damit die Eltern allmählich Liebe für ihr Kind empfinden lernen.

Tag und Nacht im Klinikbetrieb

Wird eine Frau nachts in die Klinik eingeliefert oder auf die Wöchnerinnenstation gebracht, wird sie möglicherweise ganz anders versorgt als tagsüber.
Hier handelt es sich zwar hauptsächlich um die Unterschiede im Zusammenhang mit der Zeit nach der Geburt, doch können sie sich, wie wir sehen werden, auch störend darauf auswirken, wie eine Frau in den Wehen und bei der Geburt behandelt wird.
Die Personalbesetzung nachts ist oft drastisch eingeschränkt. Besonders für stillende Mütter, die ihr Baby anlegen möchten, wenn es aufwacht, scheint das Schwierigkeiten zu bringen. Es kann sein, daß mit Beginn der Nachtschicht ein völlig anderes Fütterungssystem gültig wird (häufig handelt es sich dabei um Aushilfspersonal, das mit der jeweiligen Wöchnerinnenbetreuung der Klinik oder den Vorgehensweisen der Tagschwestern nicht vertraut oder nicht daran interessiert ist). Daraus können Konflikte entstehen, die im Endeffekt Mütter und Babys treffen. Selbst wenn es nicht direkte Feindseligkeit ist, führt ein solch unkoordiniertes System fast immer zu Verwirrung und Durcheinander.
Des weiteren herrscht nachts weniger Disziplin und die Frauen können nicht schlafen, weil andere Patientinnen oder Angehörige des Personals sich laut unterhalten und umhergehen und man die Babys schreien läßt. Nach dem Klinikaufenthalt sehnten sie sich nur nach Ruhe und ungestörtem Nachtschlaf.
Manchmal brachten Aushilfsnachtwachen, die einerseits häufig kritisiert wurden, andererseits gerade etwas Entspannung in das rigide Kliniksystem: In einer Klinik, in der von den überarbeiteten, gehetzten Schwestern nicht viel Hilfe beim Stillen zu erwarten war, war eine nervöse Mutter, die ihr erstes Kind bekommen hatte, sehr dankbar, daß eine Aushilfsnachtwache sich in der ersten Nacht, als die Milch einschoß, immer wieder zu ihr setzte und ihr half, das Baby anzulegen. Dank der liebevollen Zuwendung dieser Hilfsschwester klappte es bei ihr mit dem Stillen auf Anhieb. In einigen Kliniken wurde den Frauen vermittelt, daß sie nach Möglichkeit nachts keine Wehen zu bekommen hätten oder daß zumindest die Geburt noch nicht zu weit fortgeschritten sein sollte. Die Geburt hatte am richtigen Ort, nämlich im Entbindungszimmer, und zur richtigen Zeit, etwa in Übereinstimmung mit den üblichen Bürozeiten, stattzufinden. In einer Klinik z. B. bekam eine Frau, deren Wehen im Vier-Minuten-Rhythmus immer intensiver wurden, zu hören, sie solle wieder einschlafen und aufhören, sich Dinge einzubilden. Die Nachtschwester schien sich dabei jedoch selbst nicht

ganz so sicher zu sein, denn als sie abgelöst wurde, hinterließ sie der Hebamme eine Nachricht über die Wehentätigkeit bei der Schwangeren. Diese untersuchte die Frau sofort und brachte sie ins Entbindungszimmer, denn die Austreibungsphase hatte schon begonnen. Eine andere Schwangere wurde, da sie offensichtlich noch nicht ganz starke Wehen hatte, mit Beruhigungsmitteln ins Bett zum Schlafen und der Mann wurde wieder nach Hause geschickt. Einige Frauen also mußten gerade dann auf die Unterstützung ihres Partners und die Hilfe des Klinikpersonals verzichten, als sie sie am nötigsten gebraucht hätten, und entweder mehrere Stunden in Angst und Schmerzen verbringen, bis der Klinikbetrieb wieder begann oder in den frühen Morgenstunden überstürzt ins Entbindungszimmer gebracht werden, während man sie vom Pressen zurückhielt. Auf diese Weise entging den Männern die Geburt.

Oft schien es von der Tageszeit abzuhängen, ob bestimmte Maßnahmen, vor allem der wehenverstärkende Tropf und die Epiduralanästhesie, eingesetzt wurden. Wenn eine Frau nachts Wehen bekam, war es sehr unwahrscheinlich, daß sie ein wehenverstärkendes Mittel oder eine Epiduralanästhesie bekam. Wenn andererseits die Geburt tagsüber begann und sich ganz allmählich über die Nacht hinzog, so daß die Schwangere am anderen Morgen, wenn der Betrieb wieder begann und die Ärzte ihre Visite hinter sich hatten, noch in den Wehen der Eröffnungsphase lag, wurde sie in vielen Kliniken an den Wehentropf gehängt. Die aktive Geburtsleitung richtete sich also hauptsächlich nach der *organisatorischen Zeiteinteilung* und nicht nach der Gesamtdauer und dem Verlauf der jeweiligen Geburt.

Falls nachts doch eine Wehenverstärkung notwendig wird, wird eher auf den Tropf als auf andere, einfache Mittel der Wehenanregung – in den Vierfüßlerstand zu gehen oder umherzugehen – zurückgegriffen, werden die Frauen vom Personal eher ermahnt, still im Bett zu bleiben, um nicht andere Patientinnen zu stören. Die Wehenverstärkung hat wie so oft die persönliche Unterstützung zu ersetzen.

In einigen Kliniken wurde die Nacht durch einen strengen Tagesablauf künstlich verkürzt, das heißt, die Mütter wurden zum Stillen geweckt, bekamen das Frühstück aber erst eine Stunde später. Auch weckte man alle Mütter um fünf oder sechs Uhr, ungeachtet dessen, daß zumindest einige der Frauen, die ihr Kind stillten, wenn es schrie, schon ein oder zwei nächtliche Stillzeiten hinter sich hatten und daß deren Babys noch schliefen.

Die mangelnde Flexibilität einer Entbindungsstation macht den jungen Müttern, die unter Schlafmangel leiden, das Leben besonders schwer, deshalb verließen einige Frauen vorzeitig die Klinik, um zuhause Ruhe zu finden.

Die allabendliche Verteilung von Schlafmitteln kann keine Lösung dieses Problems sein. Doch Schwestern sind anscheinend zu sehr daran gewöhnt, Probleme mit Medikamenten anzugehen.
Die Kliniken sind nicht wirklich dafür eingerichtet, daß Mütter nachts mit ihren Babys zusammenbleiben. Die einzige Alternative, damit das Baby nachts nicht ins Säuglingszimmer muß, ist offensichtlich die, daß dann alle Mütter ihre Babys bei sich im Zimmer behalten. Einige schreien dann sicherlich und gewähren den Müttern nur unruhigen Schlaf. Es gibt keine echte Lösung, solange Entbindungskliniken nicht jeder Mutter mit ihrem Baby ein Einzelzimmer bieten können. Auch der Kompromiß, ein unruhiges Baby ins Säuglingszimmer zu bringen, erwies sich als wenig sinnvoll.
In einer Klinik werden die Mütter ermuntert, ihr Baby nachts bei sich im Bett schlafen zu lassen, dort ist es nachts ruhig und friedlich. Ein Fotograf, der eines Nachts dort Fotos von diesen Müttern mit ihren an sie gekuschelten Babys machte, berichtete mir, daß keine der Mütter aufwachte, obwohl er und der Kinderarzt ins Zimmer kamen, so fest waren sie eingeschlafen. Am nächsten Morgen fragten mehrere Mütter: »Sollte heute Nacht nicht ein Fotograf kommen?« Offensichtlich können Mütter und Babys ruhiger schlafen, wenn sie in den ersten Tagen nach der Geburt Hautkontakt haben. Wenn das Baby nachts bei der Mutter bleiben soll, müßte sich auf jeden Fall die Gewohnheit ändern, nachts Schlaftabletten an alle zu verteilen.

Wenn das Baby gestorben ist

»Die Geburt eines toten Kindes ist nicht etwas, das der Beziehung zwischen Mutter und Kind vorausgeht und sie verhindert, sondern es wird eine bestehende Beziehung dadurch abgebrochen«, wie Judith Lumley, eine australische Frauenärztin, sehr richtig feststellt. Deshalb ist der Rat, möglichst bald wieder ein Baby zu bekommen, auf jeden Fall falsch.
Ich erhielt einige Briefe von Frauen, deren Babys starben. Es waren nicht viele, doch hatten sie eine spezielle Sicht der Klinikbetreuung und machten hilfreiche Verbesserungsvorschläge.
Diese Frauen wünschten sich auf jeden Fall ihren Mann in ihrer Nähe, sowohl, wenn ihnen in der Schwangerschaft gesagt wurde, daß ihr Kind tot sei, als auch dann, wenn sie es während der Wehen oder unter der Geburt erfuhren. Nicht immer dachte das Betreuungspersonal daran, den Vater herbeizuholen, damit er seiner Frau beistehen könne, wenn es

schon vor der Geburt sicher zu sein schien, daß das Baby tot war. So mußten die Frauen manchmal langwierige Tests allein über sich ergehen lassen und dann den langen Heimweg allein antreten. Wie üblich wurden die Männer auch in solch einem Fall bei der Epiduralanästhesie hinausgeschickt.

Nach der Geburt wurden die Frauen manchmal in ein Zimmer gelegt, von dem aus sie die anderen Frauen mit ihren Babys hören konnten. Eine qualvolle Konfrontation! Statt emotionaler Unterstützung bekamen die Frauen starke Medikamente, so daß sie sich benommen und krank fühlten, und sie »die volle Wirkung dieser Qualen erst erreichte, als sie wieder zuhause waren«. Manchmal fanden Frauen sich unter Medikamenteneinfluß ohne ihren Mann ganz allein in einem Zimmer wieder, vom Klinikpersonal mehr oder weniger ignoriert: »Den Ärzten und Schwestern war es wohl peinlich, mich zu sehen oder mit mir zu reden.« Nicht alle Angehörigen des Personals waren informiert: »Eine Putzfrau fragte mich, wo mein Baby sei.«

Um die Ergebnisse des Leichenbefunds zu erfahren, wurden die Frauen später bedauerlicherweise an einen Arzt verwiesen, den sie noch nie gesehen hatten und der nichts von ihrem Fall zu wissen schien. Sie mußten warten, bis er sich im Bericht und den Karteikartennotizen informiert hatte. In mindestens einem Fall wußte der Arzt nicht einmal, daß das Baby gestorben war und »schaute flüchtig meine Unterlagen an, worauf er zu meinem Entsetzen sagte: ›Aha, sie sind also nur zur Nachsorge da.‹ Wir mußten schreckliche 15 Minuten lang warten, bis er die Fallgeschichte, die Notizen und den Bericht gelesen hatte . . . wir waren erstaunt, wie leichtfertig etwas so Schwerwiegendes von der Klinik gehandhabt werden konnte.«

»Ich weiß noch, daß ich das Gefühl hatte, es wäre mir der rechte Arm abgeschnitten und in der Erde vergraben worden«, erinnerte sich eine Frau, die in einer großen Londoner Klinik keinen angemessenen emotionalen Beistand bekommen hatte.

Glauben Ärzte und Hebammen von sich, persönlich nicht genügend Zeit oder auch nicht entsprechende Fertigkeiten aufbringen zu können, um Beistand zu leisten, dann sollten in den Kliniken, in denen komplizierte Geburten stattfinden, dem Personal Menschen angehören, die ausschließlich »an der Trauerarbeit teilnehmen« können. Auch den Geburtshelfern könnten sie vielleicht im Umgang mit ihren Gefühlen des Versagens und der Schuld helfen, wenn ein Baby gestorben ist. Einige große Kliniken sind hier schon beispielhaft vorangegangen.

5 Für die Geburt planen

Mit den Helfern reden

Viele Konflikte zwischen den Ärzten und dem Pflegepersonal einerseits und den Frauen, die ein Kind erwarten, andererseits, sind auf mangelnde Kommunikation zurückgeführt worden. Frauenärzte behaupten oft, daß nur eine wirksamere Kommunikationsweise mit den Frauen gefunden werden müßte, und die Frauen würden die Art ihrer Betreuung widerspruchslos hinnehmen. Manche beschuldigen die Medien, den Widerstand gegen die üblichen Klinikpraktiken und die verschiedenen medizinischen Eingriffe geschürt zu haben und werfen der »beredten Minderheit der Mittelschichtfrauen« vor, bei anderen Frauen Unzufriedenheit zu stiften. Manche sehen die Lösung aller Probleme in einer besseren Verständigung seitens des medizinischen Fachpersonals. Sie mögen dann vielleicht weiter ausführen, daß jede Behandlung oder Untersuchung genau erklärt werden sollte, damit die Patientinnen ihren Grund und Zusammenhang verstehen, und schließen daraus, damit käme alles in Ordnung. Sie verwechseln hierbei natürlich Überredung mit Kommunikation. Es ist ein Irrtum zu meinen, Kommunikation bestehe darin, jemandem reine Informationen zu geben. Wirkliche Kommunikation ist wechselseitig – sie besteht aus einem Dialog.

Doch selbst bei einer guten Kommunikation kämen vielleicht immer noch Einwände. Denn die Meinungsverschiedenheiten über Geburtsatmosphäre und Geburtsmethoden und das Maß der Eingriffe bleiben bestehen. Im Grunde geht es dabei darum, *wer bestimmt,* darum, ob alle Geburten von Ärzten »geleitet« werden sollten oder ob die Frau Hilfestellung bekommen sollte, ihre Geburt selbst zu bestimmen. Viele Hebammen sehen heute ihre Kompetenzen sowohl von den Ärzten wie auch von den Frauen in Frage gestellt. Angesichts der Angriffe von zwei Seiten beziehen deshalb einige die Position der Frauenärzte gegen die Einmischung der Gebärenden und betrachten sich als Verfechterinnen eines professionellen Standards, den sie gegen eine Horde uninformierter, anspruchsvoller Frauen verteidigen müssen. Die Sprecherin des Britischen Hebammenverbandes, Margaret Myles, vertritt eine Ansicht, die heute von manchen anderen Hebammen geteilt wird:

Für die werdende Mutter ist die Geburt eine sehr persönliche Erfahrung – man könnte also vermuten, daß sie an den medizinischen Entscheidungen und Verordnungen bezüglich ihrer Geburtsbetreuung beteiligt sein sollte. Aber wahrscheinlich hat sie nur wenig Einblick in das umfassende Wissen und die jahrelange Erfahrung, die für eine fachgerechte Geburtshilfe notwendig sind. Wenn sie mehr Einblick hätte, wäre ihr klar, daß es klüger ist, den Experten vertrauensvoll die Entscheidungen zu überlassen, die immer das Wohlergehen von Mutter und Baby und beider Sicherheit im Blick haben.

Das sind grundsätzliche Differenzen über Machtausübung, die nicht durch noch so gutgemeinte Kommunikation ausgeräumt werden.

Man vergißt dabei auch das ungleiche Machtverhältnis von Ärzten und anderem Betreuungspersonal und der Frau, die lediglich besuchsweise in der Klinik ist. Selbst das Reinigungspersonal und Hilfsschwestern haben in diesem System eine andere Position als Patientinnen. Normalerweise wird diese Macht sehr milde ausgeübt. Doch wenn es darauf ankommt, kann sie sehr entschieden eingesetzt werden. Besonders dann, wenn Frauen unter starkem Medikamenteneinfluß stehen oder von der Hüfte abwärts nackt sind, in ihrer Bewegungsfreiheit eingeengt, an Apparate und Meßinstrumente angeschlossen werden und vielleicht auch unter Schmerzen leiden, zeigt sich, daß die Kommunikation zwischen Ärzten und Frauen, die ein Kind bekommen, nicht zwischen ebenbürtigen Partnern stattfindet.

Sich behaupten lernen

Nur selten können Sie in Geburtsvorbereitungskursen und schon gar nicht in der Schwangerengymnastik der Kliniken lernen, wie Sie am besten ausdrücken, was sie wollen, »nein, danke« zu sagen und auf ihren Persönlichkeitsrechten zu bestehen. Gerade das aber ist in der fremden Umgebung der Klinik wichtig, wo Sie es mit Experten zu tun haben, die Sie nicht kennen und die als offizielle Vertreter einer oft einschüchternden Institution auftreten. Es wird Ihnen nicht leicht gemacht, sich unserer starken kulturellen Prägung zu widersetzen, die Geburt als einen medizinischen Vorgang zu erleben:

Viele Frauen haben im Verlauf ihrer Sozialisation als Frau männliche Erwartungen verinnerlicht. Das trifft besonders auf den Bereich des Körpers und der Gesundheit zu, wo die Grenze zwischen medizinischer und sozialer Bewertung verschwommen ist und wo in einer sehr ungleichen Beziehung der Zugang zu Wissen den Ärzten vorbehalten ist. In unserer Gesellschaft wird von den Patienten erwartet, passiv zu sein, Frauen seien das sowieso: Frauen haben als Patientinnen also die doppelte Last an Verhaltenserwartungen zu tragen.[28]

Viele Geburtsvorbereiterinnen betonen, wie wichtig es sei, sich freundlich einzufügen, sich mit dem Klinikpersonal gut zu stellen und, das wird zwar nicht ausdrücklich gesagt, »sich Freunde und Einfluß zu verschaffen«. Heute kritisieren nun werdende Eltern, daß diese Einstellung in Geburtsvorbereitungskursen zu Anpassungsverhalten und der passiven Hinnahme unnötiger Eingriffe geführt hat. John Hargreaves äußert sich in einem Rundbrief des Londoner Geburtszentrums kritisch zu der von der Britischen Gesellschaft für Geburt, »NCT«, durchgeführten Vorbereitung:

Der NCT achtet sorgfältig darauf, keine Normen vorzugeben: Medikamente und Eingriffe jeglicher Art sind in Ordnung, wenn die Mutter das möchte. Diese Weigerung, eine Norm zu schaffen, die sich für natürliche Geburt einsetzt, verteidigt im Grunde den Status quo. Anstatt den Eltern dabei zu helfen, die gesellschaftliche Konditionierung wie auch den Druck seitens der Mediziner pro unnatürliche Geburt zu überwinden! Die Väter kommen oft nur am Rande vor: zu einem von acht Abenden sind sie zugelassen. Die Geburt wird als unvermeidbar mit Schmerzen verbunden vorgestellt, auch wenn die »merkwürdigen Atemübungen« vielleicht genügend ablenken, einen Teil der Wehen ohne Medikamente zu überstehen, die, so glauben viele, am Ende dann doch notwendig seien. Oft sind die Eltern nicht genügend darauf vorbereitet, den Routinemaßnahmen der Klinik zu entgehen. Ein falscher Schritt auf das Fließband, und sie wissen nicht, wie sie umkehren könnten. Was sie für harmlose Routine hielten – zum Beispiel das Sprengen der Fruchtblase – zieht dann den Wehentropf, eine Epiduralanästhesie, die Zange, eine Intensivbehandlung des Babys wegen Atemschwierigkeiten und Wochenbettdepressionen nach sich.

Wenn sich an der Einstellung zur Geburt in unserer Kultur etwas ändern soll, müssen *wir* das ändern. Das heißt, daß sie niemals lächeln und freundlich »Ja« sagen sollten, wenn Sie »Nein« meinen. Schon als kleine Mädchen lernen Frauen, gefällig zu sein, um als attraktiv und begehrenswert zu gelten, zu lächeln und zuzustimmen, wenn es der Mann offenbar *möchte*. Das ist unsere »weibliche« Sicht von uns selbst.

Sie *müssen* nicht mit Ihrem Frauenarzt übereinstimmen, auch wenn er Ihnen durch sein Wissen überlegen zu sein scheint.Es geht um *Ihren* Körper und *Ihr* Baby. Sie können sagen, daß Sie die Angelegenheit mit Ihrem Partner oder jemand anderem besprechen möchten, bevor Sie sich entscheiden, daß Sie mehr Informationen und mehr Zeit bräuchten, um sich seinen Rat zu überlegen. Lassen Sie sich nicht überrumpeln! Oft müssen Frauen erst lernen, Wut auszudrücken und sich zu behaupten, wo ihnen von klein auf geraten wurde, einzulenken und taktvoll zu sein, niemandem auf die Nerven zu gehen und ja nicht zu zeigen, wie

wütend sie sind. Wir versuchen, uns mit dem abzufinden, was die Gesellschaft von uns erwartet, schlucken inneren Ärger und Frustrationen hinunter, bis sie aus uns hervorbrechen, wenn wir es am wenigsten erwarten. Oft richten sich diese Gefühle dann gegen die Menschen, die uns am nächsten stehen und machen sich in Situationen Luft, in denen es sich letztendlich gegen uns selbst richtet. Wenn es zu einer solchen Situation zwischen Frauen und Ärzten kommt, wird der emotional überforderten Frau sehr schnell zu psychiatrischer Hilfe geraten. Damit ist sie fein säuberlich in eine Schublade gesteckt, der Arzt hat sich des Problems entledigt. Sie können einiges vorher unternehmen, um auch während der Geburt selbstbewußt Ihre Interessen vertreten zu können. Organisieren Sie eine Gruppe von Paaren, die ein Baby erwarten, sowie von Paaren, die vor kurzem ein Baby bekommen haben, um über die Geburtserfahrung zu sprechen. Suchen sie Frauen, die in der Klinik geboren haben, für die Sie sich entschieden haben oder Paare, die dieselbe Klinik auswählten. Solche Gruppen gehen manchmal ganz spontan aus Geburtsvorbereitungskursen hervor. Manche solcher Gruppen bestehen ausschließlich aus Frauen, doch ist es in jedem Fall sinnvoll, an solchen Gruppen auch die Person zu beteiligen, die Sie zur Geburt begleiten wird, ganz gleich, ob Frau oder Mann. Auch Ihr Arzt kann Ihnen den Kontakt zu anderen werdenden Eltern und Paaren mit einem Neugeborenen vermitteln. Es ist nicht schwierig, eine Selbsthilfegruppe zu gründen.
Hier einige Vorschläge für Fragen, die Sie in der Gruppe interessieren könnten:

- Welche Gefühle haben wir bei dem Gedanken an die Klinik?
- Wie stellen wir uns die Geburt vor und welches sind unsere Prioritäten?
- Wie schaffen wir uns die Bedingungen, sie auch zu verwirklichen?
- Wie war bei den Paaren mit Kind die Zusammenarbeit mit Ärzten und Hebammen?
- Wie können wir vermeiden, manipuliert zu werden?
- Mit welchen Strategien setzen wir unsere Ziele am ehesten durch?
- Wie wehren wir uns gegen unnötige Eingriffe?
- Welche Entscheidungen möchten wir während der Geburt selbst treffen können?
- Wie sichern wir uns das Recht auf diese Entscheidungen?

Üben Sie miteinander den Umgang mit Schwierigkeiten im Rollenspiel. Denken Sie daran, daß die Geburt aufregend sein wird, vor allem gegen Ende der Eröffnungsphase, und daß Sie sich im *Streß* befinden, so sehr

Sie das Erlebnis auch genießen mögen. Die körperliche und emotionale Gelassenheit, die Sie brauchen, um die Geburt geschehen lassen zu können, setzen eine innere Ruhe und Konzentration voraus, einen psychischen Zustand, bei dem Sie »sich in der eigenen Mitte befinden«. Befürchten Sie, mitten in einer Wehe Auseinandersetzungen oder Diskussionen führen oder sich Ihr Recht erkämpfen zu müssen, sind Sie gehemmt. Überlegen Sie sich deshalb, wie Sie mit gutgemeinten Übergriffen und Fragen und mit unwichtigen Vorkommnissen umgehen, damit Sie diese innere Harmonie aufrechterhalten können. Ihr Partner spielt dabei eine wichtige Rolle. Tatsächlich können Sie auf dem Höhepunkt der Geburt nur dann ohne Vorbehalte die bewußte Kontrolle aufgeben, wenn Sie sich auf die Stärke Ihrer Begleitperson verlassen können.

Auch die folgende Übung machen Sie am besten in der Gruppe, denn Sie brauchen dazu ein oder zwei Leute, die die Abläufe in der Klinik kennen. Auch Ihren Partner brauchen Sie.

Beginnen Sie mit einem Gespräch über die Techniken, die Sie während der Wehen anwenden möchten. Dann reden Sie darüber, wie Ihr Partner Ihnen dabei am besten helfen könnte. Proben Sie das zusammen.

Als nächstes stellen Sie sich vor, Sie hätten Wehen. Natürlich wird das mit richtigen Wehen keine Ähnlichkeit haben, doch kann es nützlich sein, geprobt zu haben, daß jemand Ende und Anfang, die Pause dazwischen und die Wehenstärke angibt. Das kann durch Kommentare Ihres Partners geschehen: »Jetzt beginnt eine Wehe – sie wird stärker – und stärker – jetzt ist sie auf dem Höhepunkt – sie wird langsam schwächer – läßt nach – jetzt hört sie auf – die Wehe ist vorbei.« Doch eigentlich lassen sich, schon deshalb, weil Sie bei der wirklichen Geburt ganz intensiv empfinden werden, wie der Druck kommt, wie es sich zusammenzieht und weitet, solche intensiven Körpererfahrungen nur schwer in Worten ausdrücken. Deshalb hier einige andere Möglichkeiten zur Wehensimulierung: Ihr Partner ergreift an Ihrem Oberschenkel (nicht über einer Krampfader) etwas Fleisch und hebt es leicht an. Anfangs kneift er nur ganz sanft, dann wird der Druck immer stärker. Sie passen Ihre Atmung der immer stärker werdenden Wehe an und gehen mit der Wehe so um, wie Sie das geübt haben. Nach etwa vierzig Sekunden verringert Ihr Partner den Druck und läßt die Wehe allmählich ausklingen. Sie sollten mit dieser Technik anfangs sehr sanft beginnen, damit Sie das Gefühl dafür bekommen, mit den Schmerzempfindungen umzugehen. Doch wenn Sie sich daran gewöhnt haben, ist es gut, wenn Sie auch mit wirklichen Schmerzen zurechtkommen. Wenn Ihnen das Kneifen an der Innenseite des Oberschenkels nicht zusagt, ist Ihnen vielleicht Druck hinter dem Knöchel lieber. Das

funktioniert zwar auch, der Nachteil aber ist, daß Sie die Schmerzen nicht in der Gegend spüren, in der sie in etwa auch bei der Geburt auftreten.
Manche ziehen auch das Drehen und Zusammenschieben der Haut am Unterarm, die »Stecknadeln«, vor. Oder ihr Partner drückt mit seinen Händen auf beiden Seiten fest Ihren Brustkasten zusammen.
Manche Paare üben dies sehr ungern, weil es dem Partner unerträglich ist, jemandem Schmerzen zu bereiten. Sprechen Sie darüber. Es steigert Ihr Selbstvertrauen enorm, wenn Sie vor Geburtsbeginn die Erfahrung gemacht haben, mit Schmerzen umgehen zu können. Vielleicht entdekken Sie auch, daß Sie einige Atem- und Entspannungstechniken anders, als Sie sie bisher geübt hatten, machen möchten.
Sehr laute Geräusche, die durch ihre Intensität Streß in Ihnen auslösen, sind eine weitere Möglichkeit, Wehen zu »üben«. Ihr Partner ruft wellenartig »Schallkontraktionen« hervor, indem er die Musik aus einem Kassettenrekorder allmählich immer lauter dreht und sie dann etwa eine halbe Minute lang ganz laut spielen läßt, um sie dann allmählich wieder leiser zu stellen. Wenn sie nicht ganz abgelegen wohnen, sollten Sie dabei vielleicht besser Kopfhörer benutzen!
Eine weitere Methode zur Überprüfung der Techniken im Umgang mit Schmerzen ist das Eintauchen der Hand in eiskaltes Wasser. Manche entscheiden sich hierfür. Der Nachteil besteht jedoch darin, daß sich Ihre Hand entweder im Wasser befindet oder nicht, wogegen Wehen ganz allmählich stärker werden und dann wieder abnehmen.
Sobald Sie mit den Wehen gut umgehen können, sollten Sie trainieren, mit Störungen und Fragen, die an Sie gestellt werden, umzugehen, mit dem Kommen und Gehen von Angestellten, die sich miteinander unterhalten, störenden Geräuschen wie z. B. einer Alarmglocke oder einer Stimme aus der Lautsprecheranlage, dem Gefühl körperlicher Übergriffe, das entstehen kann, wenn die Hebamme oder der Arzt sich Ihnen nähert und Ihren Körper berührt, Sie zum Beispiel vaginal untersucht, die Herztöne abhört, Ihren Bauch abtastet oder Ihren Körper in eine andere Haltung rollt. Sie brauchen eine oder zwei weitere »Spieler«, die den Part des Klinikpersonals übernehmen. Wichtig ist, daß sie ihre Rolle ernst nehmen. Ihre Aufgabe besteht darin, sich weiterhin auf das zu konzentrieren, was Sie gerade tun und sich durch keine Störung und keinen Eingriff aus dem Rhythmus bringen zu lassen. Ihr Partner unterstützt Sie weiterhin und hat den Geburtshelfern klarzumachen, daß Sie gerade eine Wehe haben, damit ohne Ihre Zustimmung keinerlei Eingriffe gemacht werden können.
Sie werden feststellen, und es wird Ihnen Selbstvertrauen geben, daß Sie selbst auf dem Höhepunkt einer Wehe anderen zu verstehen geben

können, daß Sie jetzt nicht gestört werden möchten – durch Blickkontakt oder eine Geste Ihrer Hand.
Hier einige Vorschläge, was Ihre Freunde, die den Part der Ärzte, Hebammen oder Medizinstudenten übernehmen, zu Ihnen sagen könnten: »Haben Sie gerade eine Wehe?« – »Hatten Sie schon einen Blasensprung?« – »Drehen Sie sich einfach auf die Seite, dann kriegen sie etwas gegen die Schmerzen.« – »Wünschen Sie sich einen Jungen oder ein Mädchen?« – »Was haben Sie im Urlaub vor?« – »Sie werden austrocknen, wenn Sie so weiteratmen.«
Nach diesen Übungen können auch zwei Leute, die sich direkt neben Ihnen über den gestrigen Tanzabend unterhalten, Sie nicht ablenken. Wirklich beeinträchtigend für eine Frau in den Wehen kann ein Gespräch zwischen zwei Hebammen sein, die eine schwierige Geburt besprechen, die sie gerade betreut haben, oder eine gerade im Nebenzimmer stattfindende, sehr komplizierte Geburt.
Auch wenn Ihnen die ersten Versuche sehr lächerlich vorkommen, machen Sie weiter, bis Sie sich sicher sind, in Ruhe, ohne sich ablenken zu lassen, mit Ihrem Partner die Geburtsarbeit verfolgen zu können. Es ist *Ihre* Geburt, und dafür können Sie sorgen.

Patientenrechte

Wenn Sie dem Arzt eine Frage stellen, haben Sie das Recht auf eine ausführliche, wahrheitsgemäße Antwort. Wenn Sie jedoch nicht fragen, kann der falsche Eindruck entstehen, Sie möchten vielleicht gar nichts wissen. Es liegt also an *Ihnen*. Sie haben das Recht, über die möglichen Risiken einer vom Arzt vorgeschlagenen Behandlung unterrichtet zu werden.
Jedem Eingriff, jeder Verabreichung von Medikamenten, die Nebenwirkungen auf Sie oder Ihr Baby haben könnten, muß von Ihnen zugestimmt werden. Sie können Ihre Zustimmung verweigern.
Es ist Ihr Recht, zu erfahren, um welches Medikament es sich handelt und welche möglichen Nebenwirkungen es hat. Ihr Arzt muß Ihnen ausführliche Sachinformationen geben.
Vor jedem Eingriff während der Schwangerschaft und bei der Geburt können Sie verlangen, daß man Ihnen Informationen über die möglichen Auswirkungen für Sie und Ihr Baby gibt. Dazu gehören Ultraschall, Einleitung, Wehenverstärkung, Sprengen der Fruchtblase und die Verwendung der Kopfschwartenelektrode. Äußern Sie sich nicht, so wird von Ihrer Zustimmung zu einer Maßnahme ausgegangen.

Sie haben das Recht, Ihre Unterlagen einzusehen, auf Wunsch müssen der Arzt oder die Klinik Ihnen Fotokopien davon anfertigen. Wenn Ihnen Unterlagen zur Übergabe an einen anderen Arzt ausgehändigt werden, können Sie sie natürlich öffnen und lesen.

Wenn Sie sich entschließen, gegen Anraten des Arztes die Klinik vorzeitig zu verlassen, müssen Sie wahrscheinlich eine Erklärung unterschreiben, in der Sie die volle Verantwortung für sich und das Baby übernehmen. Sie können nicht gegen Ihren Willen in der Klinik behalten werden.

Wenn Sie nicht wünschen, daß Studenten oder Hebammenschülerinnen bei der Geburt zuschauen oder Sie von Assistenten behandelt werden, müssen Ihre Wünsche respektiert werden.

Es besteht kein Anrecht darauf, daß der Vater oder eine andere Begleitperson bei der Geburt dabei sein können. Das müssen Sie mit Ihrem Arzt und der Klinik aushandeln.

Manchmal werden Patientinnen gebeten, an einem Forschungsprojekt mitzuwirken. Es gibt internationale Bestimmungen zur medizinischen Forschung. Sie sind ein Ergebnis der Nürnberger Prozesse und der entsetzten Reaktionen auf Experimente, die von Ärzten an Menschen in den Konzentrationslagern durchgeführt wurden.

Eine Patientin muß davon unterrichtet werden, wenn ihre Geburt im Zusammenhang mit einem Forschungsprojekt ausgewertet wird. Die mit ihm verfolgten Absichten und mögliche Kurz- und Langzeitwirkungen für sie und das Baby müssen ihr in verständlicher Weise erklärt werden. Es darf nichts unternommen werden, solange sie nicht ihre gut überlegte Zustimmung gegeben hat, und sie kann jederzeit aus dem Forschungsprojekt ausscheiden. Wenn während Ihrer Schwangerschaft oder bei der Geburt irgendwelche besonderen Untersuchungen durchgeführt werden, fragen Sie nach, ob diese zu wissenschaftlichen Zwekken angeordnet werden. In vielen Fällen geht es dabei um interessante Untersuchungen, und wenn Sie daran beteiligt sind, heißt das einerseits, daß auf Ihre Schwangerschaft besonderes Augenmerk gelegt wird. Manchmal ist das andererseits aber mit zusätzlichen Klinikbesuchen, besonderen Tests, oder zum Beispiel mit der Verabreichung von Medikamenten unter der Geburt verbunden, die Sie lieber nicht möchten. Dann können Sie aus dem Forschungsvorhaben ausscheiden.

Es verstößt gegen die Ethik, wenn eine Frau unter Streß, z. B. bei schon sehr heftigen Wehen, gefragt wird, ob sie an einem Forschungsprojekt teilnehmen würde. In einer bekannten Londoner Universitätsklinik wurde eine Frau gegen Ende der Eröffnungsphase darum gebeten, ein Forschungsvorhaben zu unterstützen und bekam eine Spritze. Als die Geburt ihres Babys kurz bevorstand, registrierte sie die Anwesenheit

einer Kinderärztin. Nach dem Grund gefragt, antwortete diese: »Oh, Sie haben Valium bekommen, vielleicht muß bei der Atmung Ihres Babys nachgeholfen werden.« Diese Frau hatte nichts gegen die Situation einzuwenden. Anderen Frauen geht es da vielleicht anders.
Ebenso dürfen nur mit Ihrer Zustimmung Tests vorgenommen werden. Das betrifft auch psychologische Tests.

In Ruhe entscheiden

Geburt kann als medizinisches Ereignis begriffen werden, bei dem alle Entscheidungen Ärzte zu treffen hätten. Sie kann aber auch als wichtige Erfahrung im Leben einer Frau und bei der Entstehung einer Familie angesehen werden, deren Bedingungen allein die Frau bestimmen sollte – die Art der Betreuung und, wenn alles gut geht, auch die Einzelheiten des Ablaufs.
Eine amerikanische Geburtsvorbereiterin und Autorin, Penny Simkin, entwickelte den ersten Geburtsplan, der Frauen helfen soll, ihre Wünsche klar zu äußern.[29] Zweck des *Geburtsplans* (siehe S. 157 ff.) ist es, daß Sie sich überlegen, was Sie sich wünschen – sowohl, wenn alles reibungslos verläuft, als auch für den Fall, daß es Komplikationen gibt, und Sie die Hilfe des Arztes benötigen. Den Plan für diese Situation habe ich *Plan für Unvorhergesehenes* genannt.
Es ist wichtig, daß Sie flexibel bleiben und sich auf alle Eventualitäten einstellen können. Sie können selbstverständlich die Ärzte und Hebammen nicht rechtlich binden, Ihren Wünschen zu entsprechen. Doch das gemeinsame Aufstellen eines Geburtsplans ist eine gute Gelegenheit, über Ihre Hoffnungen und Ängste zu reden und mit Ihren Betreuern zusammenzuarbeiten. So ist die Geburt nicht einfach etwas, das Ihnen widerfährt, sondern ein kreativer Vorgang, den Sie durch Ihre eigene Voraussicht und Ihre Vorlieben gestaltet haben.
Sie brauchen das nicht den Experten zu überlassen. Es geht um *Ihren* Körper, *Ihr* Leben und *Ihr* Baby. Es ist Ihr Recht und obliegt auch Ihrer Verantwortung, sich zwischen Alternativen zu entscheiden.
In manchen Gegenden gibt es wenig Wahlmöglichkeiten, doch in den Städten und vielen Ballungsgebieten können Sie vielleicht zwischen einer großen Klinik oder einer Klinik für Belegärzte oder zwischen Klinik und Hausgeburt entscheiden. Sehen Sie sich die jeweiligen Kliniken an.
Ihr Hausarzt führt vielleicht selbst die Vorsorge durch oder überweist Sie an einen Frauenarzt. Planen Sie eine Hausgeburt, sollten Sie nach

einem Arzt mit der entsprechenden Einstellung und Bereitschaft Ausschau halten.
Wenn Ihr Arzt keine Belegbetten an einer Klinik hat, sollten Sie ihn, bevor er Ihnen eine Klinik empfiehlt, über Ihre Wünsche informieren.
Ihren Geburtsplan sollten Sie mit dem Arzt Ihrer Wahl bei der ersten Vorsorge und dann noch einmal gegen Ende der Schwangerschaft besprechen. Ein vorausgehendes Gespräch mit Ihrer Geburtsvorbereiterin ist sicher von Nutzen. Der Geburtsplan sollte Ihren Unterlagen beigefügt werden, damit auch bei Schichtwechseln eine Information für alle, die Sie während der Geburt begleiten, möglich ist.
Ein Geburtsplan läßt sich erst dann erstellen, wenn Sie sich die Zeit genommen haben, die verschiedenen Möglichkeiten zu erkunden, also am besten dann, wenn Sie schon wissen, was in Ihrer nächsten Umgebung angeboten wird. Selbstverständlich ist das nicht ohne Bezug zur Realität und zu den üblichen Einstellungen und Praktiken der Geburtshelfer in den für Sie in Frage kommenden Kliniken möglich. Ohne die Verhandlungen mit diesen Menschen einen Geburtsplan aufzustellen, ist etwa so, als würden Sie sich ein Menü zusammenstellen, ohne zu berücksichtigen, was der Koch anzubieten hat. Es ist verständlich, daß einige Ärzte und Hebammen lieber so weitermachen würden wie immer und die Fertigkeiten anwenden möchten, bei denen sie sich sicher fühlen. Bedenken Sie dies bei Ihren Forderungen. Und auch, daß es sich, wenn Mediziner sich unbeholfen und autoritär verhalten, manchmal nicht einfach nur um Machtausübung handelt. Das kann auch Ausdruck ihrer Zweifel sein an ihrer Fähigkeit, etwas Neues zu machen. Ärzte, die fast immer einen Dammschnitt gemacht haben, sind sich vielleicht äußerst unsicher, ob sie über die nötigen Fähigkeiten verfügen, auch ohne Dammschnitt zu entbinden. Sie fürchten vielleicht, daß es zu einem großen Riß kommt. Und ebenso finden es Ärzte und Hebammen, die daran gewöhnt sind, daß die Frau bei der Geburt flach auf dem Rücken liegt, vielleicht beunruhigend, wenn eine Patientin darauf besteht, zu knien oder zu stehen. Denn dann wüßten sie nicht, welche Haltung sie selbst bei der Geburt einnehmen oder wie sie ihre Hände dabei einsetzen sollten.
Geburtshelfer, die daran gewöhnt sind, relativ viele Eingriffe zu machen, tappen im dunkeln, wenn sie sich nicht auf Apparate verlassen können. Ärzte, die selten eine völlig normale Geburt erlebten, können sich nur schwer vorstellen, daß eine Geburt ganz komplikationslos verlaufen kann, auch ohne daß sie irgendwie eingreifen.
Ein Geburtsplan dient nicht einfach nur Ihrer Beruhigung, obwohl

auch das ein wichtiger Aspekt ist. Mit einem Geburtsplan beginnen Sie, für Ihr Baby schon vor der Geburt zu sorgen, die Verantwortung für sein Wohlergehen *selbst* zu tragen und nicht der medizinischen Entscheidung von Ärzten und Hebammen zu überlassen.

Ein Geburtsplan kann als Grundlage für Gespräche mit dem Arzt oder der Hebamme über Ihre Wünsche dienen. Wenn Sie noch nicht wissen, wer Sie bei der Geburt betreuen wird, können Sie den Oberarzt oder den Chefarzt ansprechen. Durch die arbeitsteilige Regelung der Vorsorge, Geburtsbetreuung und Wochenbettpflege wird ein solches Gespräch sehr kompliziert, ist jedoch nicht unmöglich. Auch durch den Schichtdienst ergeben sich Probleme. Vielleicht haben Sie sich mit dem sie betreuenden Arzt und der Hebamme geeinigt, und dann ist deren Dienst zu Ende, und Sie haben es mit anderen zu tun. In solchen Situationen kann es besonders hilfreich sein, wenn in Ihren Unterlagen etwas Schriftliches vorliegt.

Häufige Fragen

Vielleicht hilft es Ihnen dabei, Ihre Fragen zu formulieren, wenn Sie wissen, welche Fragen für andere Frauen während der Schwangerschaft wichtig werden. Für den Fall, daß Sie nicht an einem Geburtsvorbereitungskurs teilnehmen, oder dort wenig Gespräche geführt werden, zitiere ich Ihnen hier einige der Fragen, die in meinen Kursen gestellt wurden. Natürlich ist das keine erschöpfende Liste, sie kann Ihnen jedoch den Themenkreis vermitteln, der besprochen werden kann.

- Kann mein Mann während der ganzen Wehenzeit und der Geburt dabei sein?
- Mein Partner kann zur Geburt nicht mitkommen, doch ich möchte gerne eine andere Bezugsperson zur Begleitung. Läßt sich das arrangieren?
- Kann ich mich darauf verlassen, daß diese Freundin als Bezugsperson akzeptiert wird?
- Mein Partner traut sich nicht zu, mich während der Geburt genügend zu unterstützen, weil er in der Schwangerschaft viel auf Reisen war, würde mich aber begleiten, wenn eine weitere Bezugsperson, die mit mir am Vorbereitungskurs teilgenommen hat, mitkäme. Läßt sich das ermöglichen?
- Ich werde voraussichtlich einen Kaiserschnitt bekommen. Kann der Vater auch während der Operation bei mir sein?

- Ich möchte, daß meine Freundin auch bei einem Kaiserschnitt bei mir bleibt. Sie ist darauf vorbereitet. Wird mein Wunsch respektiert?
- Kann ich während der Wehen umhergehen, wenn alles normal verläuft?
- Kann ich während der Wehen ein Bad nehmen/duschen?
- Kann ich in der Eröffnungsphase etwas essen und trinken, wenn ich Appetit bekomme?
- Kann ich mir selbst die bequemste Position für die Geburt aussuchen?
- Kann ich mich hinsetzen/auf die Seite legen/in die Hockstellung gehen?
- Mir wäre lieber, meine Schamhaare würden nicht abrasiert. Ist das möglich?
- Ich möchte keinen Einlauf. Kann man mir dies zusagen?
- Ist es eine Routinemaßnahme, bei Einlieferung in die Klinik oder später unter der Geburt die Fruchtblase zu sprengen?
- Wie hoch ist der Prozentsatz der Einleitungen in dieser Klinik?
- Bei wieviel Prozent der Frauen werden wehenverstärkende Mittel gegeben?
- Bei wieviel Prozent der Frauen wird CTG-Überwachung durchgeführt?
- Ich würde vorziehen, ohne Wehentropf zu gebären. Wird mein Wunsch bei normalem Geburtsverlauf respektiert?
- Bei wieviel Prozent der Frauen wird in dieser Klinik ein Dammschnitt gelegt?
- Bei wieviel Prozent der Frauen wird eine Zangengeburt gemacht?
- Kann ich mich darauf verlassen, keine Schmerzmittel zu bekommen, wenn ich nicht von mir aus darum bitte?
- Wieviele Frauen erhalten eine lokale Betäubung?
- Wieviel Prozent der Frauen bekommen bei einem Kaiserschnitt eine Epiduralanästhesie und wieviele eine Vollnarkose?
- Wie hoch war die Kaiserschnittrate an dieser Klinik im vergangenen Jahr?
- Wieviel Zeit läßt man uns nach der Geburt, um uns mit dem Baby vertraut zu machen?
- Ist es möglich, sich mehr Zeit auszubitten?
- Wenn bei mir ein Kaiserschnitt nötig ist, haben dann beide Eltern die Möglichkeit, das Baby im Arm zu halten, wenn alles gut verläuft?
- Wird mein Baby nach einer Zangengeburt automatisch ins Säuglingszimmer gebracht?
- Wie lange muß mein Baby voraussichtlich zur Beobachtung im Säuglingszimmer bleiben?

- Kann ich bei meinem Baby im Säuglingszimmer bleiben?
- Kann ich dort solange bei ihm bleiben wie ich mag?
- Kann mein Baby Tag und Nacht bei mir bleiben?
- Ist Stillen nach Bedarf möglich?
- Gilt das auch für die Nacht?
- Bekommen die Babys nach dem Stillen automatisch Tee oder Wasser?
- Wieviel Prozent der Frauen stillen in dieser Klinik?
- Wie lang ist die tägliche Besuchszeit für Väter?
- Können meine größeren Kinder täglich zu Besuch kommen?
- Kann auch mein Mann das Baby versorgen, z. B. das Kind baden und die Windeln wechseln, wenn ich auf der Wöchnerinnenstation bin?
- Können meine größeren Kinder das Baby im Arm halten?
- Wenn alles gut verläuft, möchte ich die Klinik nach ein paar Stunden wieder verlassen. Ist es möglich, nach etwa acht Stunden wieder heimzugehen?
- Ist eine Klinikentlassung nach vierundzwanzig Stunden möglich?

Wenn Sie diese Fragen ausführlich besprochen und bestimmte Vereinbarungen getroffen haben, kann es von Nutzen sein, mit einem freundlichen Brief die Gesprächsergebnisse und Vereinbarungen in Erinnerung zu rufen. Dieser Brief kann dann zu Ihren Unterlagen gelegt werden. Man erreicht damit in manchen Kliniken vielleicht, daß für die Zukunft eine Pflegeperson mit allen Müttern deren Wünsche bespricht und schriftlich den Unterlagen beifügt.
Der Geburtsplan könnte etwa folgendermaßen aussehen:

Ein Beispiel für einen Geburtsplan für die Klinikunterlagen:

MARIA SCHWARZ

Geburtsvorbereitung:	Gesellschaft für Geburtsvorbereitung
Geburtsvorbereiterin:	Susanne Klein, Wiesenweg 12 8 München 50, T. 8121123
Klinikbesichtigung:	12. Mai
Begleitperson bei der Geburt:	Hans Schwarz
Vorbereitende Maßnahmen:	Kein Einlauf Kein Rasieren der Schamhaare
Gewünschte Wehenverarbeitung:	Atmung, Entspannung, Umhergehen, der Situation angepaßte Positionen, auf Wunsch Massage.

Besprochene Schmerzmittel:	Auf Wunsch Lachgas; vorzugsweise nur 75 g Dolantin auf Wunsch; falls Epidurale, sollte sie bis zur Austreibung abklingen.
Geburt:	Möchte Ruhe im Zimmer/schwaches Licht/Baby selbst in Empfang nehmen/ Baby sofort auf den Bauch zu ausgedehntem Hautkontakt; Vater möchte Nabelschnur durchtrennen, wenn sie auspulsiert hat.
Versorgung des Babys:	Übernimmt ganz die Mutter; Besuch des Vaters jederzeit, beteiligt sich
Säuglingsernährung:	Muttermilch, keine künstliche Flaschennahrung; Stillen nach Bedarf, auch nachts; kein Zufüttern, kein Zuckerwasser.
Wochenbett:	Klinikentlassung nach zwölf Stunden, wenn alles in Ordnung ist. Mann nimmt Urlaub. Kontakt zur Nachsorgehebamme aufgenommen.

Alternative Geburtsmöglichkeiten

Die folgenden Möglichkeiten stehen nicht in jeder Klinik und bei jeder Hausgeburt zur Wahl, doch wenn Sie fragen, werden Sie feststellen, daß es mehr sind, als Sie annahmen. Ärzte und die Klinikverwaltung geben oft an, daß bestimmte Wünsche der Patientinnen gar nicht bekannt gewesen seien, die Patientinnen hätten nicht danach gefragt. Gehen Sie bitte nicht davon aus, daß alles in der einen Spalte positiv, in der anderen negativ sei. Sie können sich für Möglichkeiten aus jeder Spalte entscheiden und sie auf Wunsch miteinander kombinieren.

Medizinischer Ablauf	**Natürlicher Ablauf**
Ort der Geburt: Klinik	Ort der Geburt: zuhause oder Entbindungsheim
Geburtseinleitung	Spontaner Geburtsbeginn
Einlauf/Zäpfchen	Keine einleitenden Maßnahmen
Rasieren der Schamhaare	Keine Rasur
Sprengen der Fruchtblase	Spontaner Blasensprung

Medizinischer Ablauf	Natürlicher Ablauf
Anwesenheit der Begleitperson mit Ausnahme bestimmter Eingriffe erlaubt	Begleitperson die ganze Zeit und in jedem Fall willkommen
CTG	Abhören der Herztöne durch die Hebamme
Verbot der Nahrungsaufnahme	Essen und Trinken nach Bedürfnis der Frau
Tropf	Kein Tropf
In der Eröffnungsphase im Bett	Volle Bewegungsfreiheit während der Eröffnungsphase
Schmerzmittel / Betäubungsmittel z. B. Dolantin, Epiduralanästhesie	Atemrhythmen; Konzentration; Entspannung; Unterstützung durch die Begleitperson
Anordnung von Medikamenten und Eingriffen, wenn der Arzt das für ratsam hält	Jede Infusion/Eingriff nur nach Gespräch und aufgrund der eigenen Entscheidung der Mutter
Blasenkatheter	Eigenständige Blasenentleerung
Austreibungsphase zeitlich begrenzt	Keine zeitliche Begrenzung der Austreibungsphase
Pressen auf Anweisung	Spontanes Pressen
Forciertes Luftanhalten	Kein forciertes Luftanhalten
Passive Haltung / Rückenlage	Aufrechte Haltung / Selbstgewählte Haltung
Dammschnitt	Hinausschieben des Babys mit Hilfe der Atmung – Riß/intakter Damm
– Berührungsverbot der Mutter – »Steriler Bereich«	Mutter fühlt während und bei der Geburt den Kopf des Babys, nimmt es selbst in Empfang
Herkömmliche Entbindung	Geburt nach Leboyer oder Odent
Verzögerter Kontakt zum Baby oder Trennung von Mutter und Kind	Sofortiger Hautkontakt und ausgedehntes Zusammensein beider Partner mit dem Baby nach der Geburt
Versorgung nach Zeitplan	Zusammensein mit dem Baby, solange und so oft die Mutter das wünscht
Flaschenernährung	Stillen

Variationsmöglichkeiten

Wehenanregung I. Bei Einleitung, Prostaglandinzäpfchen und/oder Oxytozintropf und/oder Sprengen der Fruchtblase. II. Bei Prostaglandinzäpfchen, sofortiges/späteres/kein Sprengen der Fruchtblase; mit/ohne Oxytozintropf. III. Bei Oxytozintropf im/nicht im Bett; liegen/aufrecht sitzen. Wahl des Schmerzmittels: Art/Dosierung.

Epiduralanästhesie Irgendwelche Verzögerungen bis zur Verabreichung? Auffrischung nur durch den Anästhesisten/auch durch die Hebamme. Anästhesie wirkt auch noch in der Austreibungsphase/klingt bis zur Austreibungsphase ab.

Elektronische Herzton-Wehen-Überwachung Ständig/20 Minuten lang am Anfang; externe/interne Ableitung; Mutter im Bett/nicht im Bett/geht umher (nur bei Telemetrie möglich).

Kaiserschnitt Epiduralanästhesie oder Vollnarkose; Partner dabei/nicht dabei; Berührung/Im-Arm-Halten des Babys sofort/nicht sofort/durch die Mutter und/oder den Vater; Baby bleibt bei der Mutter/wird von ihr getrennt.

Zangengeburt / Saugglocke Art der Narkose; Entbindung macht allein der Geburtshelfer oder Mutter wird unterstützt, ihr Baby selbst in Empfang zu nehmen.

In einigen Kliniken ist das Konzept eines Geburtsplans, auf den sich der Arzt und die Frau einigen, eingeführt worden. Im Medical Centre der McMaster-Universität in Hamilton in Kanada hat sich daraus ein gut funktionierendes System entwickelt. Jede Schwangere bekommt dort ein Merkblatt über die Rechte der Patientinnen ausgehändigt. Folgende Rechte gelten in dieser Klinik:

1. Vor einer Untersuchung wird die Frau in voller Bekleidung begrüßt.
2. Die Behandlung der Frau beginnt zur vereinbarten Zeit, oder es wird ihr die ungefähre Wartezeit mitgeteilt.
3. Die Frau wird mit Achtung behandelt, ihre Intimsphäre gewahrt.
4. Alle Untersuchungen werden vor ihrer Durchführung erklärt.
5. Die Untersuchungsergebnisse werden in einer der Frau verständlichen Sprache erklärt.
6. Die Bezeichnung und Dosierung jedes Medikaments und seiner Nebenwirkungen werden der Frau mitgeteilt.
7. Auf Wunsch kann die Frau bei einer Untersuchung zuschauen, was passiert.
8. Die Frau trifft ihre eigene Entscheidung, der Arzt kann nur Empfehlungen aussprechen. Bei wichtigen Entscheidungen hat die Frau das Recht, die Meinung einer zweiten Fachperson einzuholen.
9. Alle Vereinbarungen sollten aufmerksam gelesen werden – keine Unterschrift sollte unter Druck erfolgen.
10. Der Arzt kann gewechselt werden, alle Unterlagen werden dem neuen Arzt zugeschickt. Um Veränderungen zu bewirken, ist es erwünscht, wenn die Frau dem früheren Arzt die Gründe für ihren Arztwechsel mitteilt.

In dieser Klinik wird der Geburtsplan, der zwischen der werdenden Mutter und dem Arzt in der Schwangerschaft vereinbart wurde, vorgelegt, sobald die Frau mit Wehen in der Klinik eintrifft. Die Hebamme bespricht mit der Frau deren Wünsche für die Geburt, so daß jeder im Geburtshilfeteam über das, was geplant ist, informiert ist.
In England und auch in Deutschland sind Hebammen jetzt immer stärker daran interessiert, daß die Frauen sich voll an den Entscheidungen beteiligen, viele Hebammen haben lebhaftes Interesse an einer *aktiven* Geburt und zeigen große Bereitschaft, der Frau zu der Geburtserfahrung zu verhelfen, die sie sich wünscht.

Wie Sie Ihren Geburtsplan entwerfen

Ein Geburtsplan kann zu einer endlosen Liste wichtiger Punkte, die es zu beachten gilt, geraten, und mit der zunehmenden Angst der Frau, daß vielleicht doch etwas schiefgeht, länger und länger werden. Wenn nicht jeder Punkt in diese Liste aufgenommen wird, ist sie möglicherweise sehr unzufrieden. Auch kann eine solche Liste vom Standpunkt des Arztes und der Hebamme unflexibel und sehr fordernd wirken.
Wenn Sie ihre Betreuungspersonen während der Geburt nicht schon kennen, sondern während der Wehen mit völlig fremden Menschen zu tun haben, dann besteht die einzige Chance, einen gewissen Einfluß auf den Ablauf der Geburt nehmen zu können, darin, sich in der Liste auf die allerwichtigsten Punkte zu konzentrieren.
Sie sollten mit der Diskussion über Ihren Geburtsplan nicht bis zum Geburtsbeginn warten. Wenn Sie Ihren Betreuern einfach eine Liste mit Geboten und Verboten in die Hand drücken, kann sie das sehr verstimmen. Am besten läßt sich ein Geburtsplan verwirklichen, wenn er Bestandteil einer auf Verständnis und Vertrauen basierenden Beziehung zu Hebammen, Schwestern und Ärzten ist. Er kann eine solche gute Beziehung nicht ersetzen. Wird er auf diese negative Weise verwendet, gibt er Ihnen einen falschen Eindruck Ihrer Einflußmöglichkeit, und am Ende passieren dann gerade all jene Dinge auf Ihrer Liste, die Sie vermeiden wollten. Geben Sie den Beziehungen zu anderen Menschen den Vorrang.

Die Aufstellung eines eigenen Geburtsplans verlangt, daß Sie vorausdenken, daß Sie alle Möglichkeiten mit demjenigen, der Sie zur Geburt begleitet, diskutieren und Gespräche mit Ärzten und Hebammen führen. Bedenken Sie auch, daß es zu Komplikationen kommen könnte, – und wie Sie dann wählen.

Es folgen einige Punkte aus den Wunschlisten anderer Frauen, die sich vielleicht auch für Ihren Geburtsplan eignen. Kreuzen Sie jeden wichtigen Punkt in dem Kästchen an, machen Sie zwei Kreuze bei Punkten, die Ihnen besonders wichtig sind.

Geburt

Begleitperson soll während der ganzen Zeit dabeisein können ☐☐

Außer im Fall einer Verstopfung kein Einlauf und keine Zäpfchen ☐☐

Kein Rasieren der Schamhaare ☐☐

Rasieren nur im Dammbereich ☐☐

oder einfaches Abschneiden längerer Haare ☐☐

Keine Geburtseinleitung, außer es liegen triftige medizinische Gründe vor, die mir erklärt worden sind (z. B. Diabetes, sehr hoher Blutdruck, lange Zeit nach Blasensprung kein Wehenbeginn, Anzeichen dafür, daß das Baby schnell geboren werden muß), erfordert meine Zustimmung ☐☐

Kein Sprengen der Fruchtblase ☐☐

oder

erst gegen Ende der Eröffnungsphase, falls sie bis dahin nicht von selbst geplatzt ist ☐☐

oder

nur, wenn ein triftiger medizinischer Grund besteht, so daß dem Baby eine Kopfschwartenelektrode zur Aufzeichnung der Herztöne angelegt werden muß ☐☐

Kein Glukosetropf, außer aus eindeutigen medizinischen Gründen; die Möglichkeit, während der Wehen trinken und essen zu können ☐☐

Möglichkeit, während der Wehen umherzugehen und solange aufzubleiben, wie ich das wünsche ☐☐

Im Bett sein, jedoch Möglichkeit, die Position je nach Bequemlichkeit zu wechseln ☐☐

Elektronische Herztonüberwachung ☐☐

Herztonüberwachung mit Herztonrohr durch die Hebamme statt elektronisch, außer nach meiner Zustimmung aus eindeutigen medizinischen Gründen, die mir erklärt worden sind ☐☐

Elektronische Herztonüberwachung, aber erst nach spontanem Blasensprung ☐☐

Herztonüberwachung durch externe, jedoch nicht durch interne Ableitung

Abhören der Herztöne durch Höhrrohr, jedoch externe elektronische Herztonüberwachung über einen Zeitraum von 30 Minuten zu Beginn

Gewißheit, jederzeit – Tag und Nacht – eine Epiduralanästhesie bekommen zu können, wenn ich das möchte

Gewißheit, daß mir keine Schmerzmittel aufgedrängt werden

Behandlung durch Akupunktur/elektronische Nervenstimulation/ Hypnose

Hilfe und Unterstützung der Hebamme bei der Atmung und Entspannung, um die Wehen ohne Medikamente zu verarbeiten

Möglichkeit, auf dem Bett in jeder Haltung, die bequem ist, pressen zu können

Gebärstuhl

Gebärschemel

Sitzsack

Spontanes Mitschieben bei den Preßwehen – keine Aufforderung zum Pressen

Gewißheit, daß die Austreibungsphase zeitlich nicht begrenzt wird, solange alles komplikationslos verläuft

Möglichkeit, einen kleinen Dammriß statt eines Dammschnitts in Kauf zu nehmen

Unterstützung, um mit unverletztem Damm gebären zu können

Nach der Geburt

Baby soll nicht mit Katheter abgesaugt werden, außer es besteht bei Atemschwierigkeiten die Notwendigkeit dazu

Abklemmen der Nabelschnur erst, wenn sie aufgehört hat, zu pulsieren

Falls kein besonderes Risiko einer starken Nachgeburtsblutung besteht:

keine Syntozinonspritze in der Austreibungsphase um ein Zusammenziehen der Gebärmutter zu bewirken

Syntozinonspritze erst, nachdem die Nabelschnur auspulsiert hat

Syntozinonspritze erst, wenn sich die Plazenta eine Stunde nach der Geburt noch nicht gelöst hat

Ich möchte das Baby sofort auf den Bauch gelegt bekommen

Ich möchte das Baby sofort im Arm halten ☐☐

Ich möchte das Baby selbst aus mir herausheben ☐☐

Ich möchte das Baby gleich anlegen können, wenn ich das wünsche ☐☐

Ich möchte längeren direkten Hautkontakt zum Baby ☐☐

Ich möchte nicht, daß mir das Baby ohne meine Zustimmung weggenommen werden kann ☐☐

Ich möchte das Baby auf Wunsch Tag und Nacht bei mir haben ☐☐

Die Möglichkeit, daß die Schwestern mein Baby versorgen, wenn ich mich ausruhen oder schlafen möchte ☐☐

Stillen nach Bedarf ohne zeitliche Einschränkung der Stilldauer ☐☐

Hilfe beim Stillen durch Stillberatung oder speziell ausgebildete Schwestern ☐☐

Ich möchte das Baby bei mir im Bett haben ☐☐

Das Baby soll nicht als erste Mahlzeit Wasser bekommen ☐☐

Zusicherung, daß das Baby ausschließlich Muttermilch bekommt – kein Zuckerwasser, sterilisiertes Wasser oder Tee ☐☐

Gewißheit, daß dem Baby kein Absaugröhrchen in den Rachen eingeführt wird, um Fehlbildungen festzustellen, außer es besteht ein eindeutiger medizinischer Grund und ich stimme zu ☐☐

Auch wenn Sie noch so gut vorausplanen, ist bei einer Geburt mit Überraschungen zu rechnen. Es ist wichtig, flexibel zu sein. Wenn nicht alles komplikationslos verläuft, können Sie auf jeden Fall mitentscheiden. Bei einem Kaiserschnitt z. B. gibt es mehrere Möglichkeiten, besonders, wenn Sie schon vorher wissen, daß bei Ihnen wahrscheinlich einer gemacht werden muß.

Wenn etwas Unvorhergesehenes passiert

Bei drohendem Kaiserschnitt erst probeweise Beobachtung der Wehen, Operation nur, wenn unbedingt nötig ☐☐

Die Gewißheit, daß bei einem Kaiserschnitt meine Begleitperson die ganze Zeit bei mir bleiben kann ☐☐

Falls es keine Notoperation ist, die Wahlmöglichkeit zwischen Epiduralanästhesie und Vollnarkose ☐☐

Der Sichtschutz soll gesenkt werden, damit ich sehen kann, wie das Kind herausgehoben wird ☐☐

Die Möglichkeit, daß ich das Baby sofort nach der Geburt anfassen und im Arm halten kann ☐☐

Die Möglichkeit, das Baby gleich anzulegen, wenn alles in Ordnung ist ☐☐

Bei einer Vollnarkose die Gewißheit, daß mein Partner anwesend sein und das Baby willkommen heißen kann, während ich noch bewußtlos bin ☐☐

Die Zusage, daß das Baby nicht auf die Intensivstation kommt und ich also nicht vom Baby getrennt werden muß, wenn alles in Ordnung ist ☐☐

Wenn mein Baby Intensivbehandlung braucht

Die Möglichkeit, es jederzeit auf der Intensivstation zu besuchen, wenn ich das möchte ☐☐

Die Möglichkeit, das Baby, so bald es geht, zu berühren ☐☐

Die Möglichkeit, sich an der Versorgung des Babys zu beteiligen ☐☐

Die Zusicherung, daß auch der Vater Gelegenheit hat, all dies zu übernehmen ☐☐

Die Möglichkeit, Milch abzupumpen und die Unterstützung, so bald als möglich mit Stillen zu beginnen ☐☐

Besprechen Sie alle diese Möglichkeiten mit Ihrem Partner und notieren Sie hier eventuell das, was Ihnen beiden am wichtigsten ist.

Erinnern Sie sich, daß sich nur durch ein positives Verhältnis zu Ihren Betreuern dieser Geburtsplan verwirklichen läßt. Ihr Partner kann Ihnen das zum Teil abnehmen, indem er mit den Betreuungspersonen im Gespräch bleibt, Fragen stellt, Interesse daran hat, etwas von ihnen zu erfahren und Verständnis für ihre Einstellungen hat. Respektieren Sie die Aufgabe der Mediziner, statt sie von der Hand zu weisen, weil Sie sie nicht der Rede wert finden. Vergessen Sie nicht, daß es dem Arzt vor allem um Ihre Sicherheit geht und akzeptieren Sie diese Tatsache durch Ihre Ausdrucksweise. Wenn Sie z. B. gerne möchten, daß Ihr Partner die Nabelschnur durchtrennen kann, machen Sie mit einem »vorausgesetzt, daß alles in Ordnung ist« klar, daß Sie seine medizinische Sicht akzeptieren, und doch genaue eigene Vorstellungen davon haben, was Sie gerne möchten.

Wenn Sie über Eingriffe sprechen, die Sie vermeiden möchten, können sie die Rolle der Mediziner würdigen und gleichzeitig Ihre Helfer um Unterstützung bitten. Anstatt zu verkünden: »Einem Dammschnitt stimme ich nicht zu«, können Sie zum Beispiel die Frage stellen: »Können Sie mir helfen, damit ich nach Möglichkeit ohne Dammschnitt auskomme?« Wenn Sie sich so ausdrücken, dann bitten sie im Grunde Ihre Geburtshelfer darum, ihre Fähigkeiten anzuwenden, um Ihnen zu helfen.

Zeigen Sie, daß Sie auch an das Wohlbefinden Ihrer Helfer denken: »Wenn ich in der Austreibungsphase am Boden in Hockstellung bin, wäre es dann für Sie eine Hilfe, sich an einen Sitzsack zu lehnen?« Ihr Partner hat die sehr wichtige Aufgabe, bei der Verständigung zwischen Ihnen und Ihren Geburtshelfern zu vermitteln. Bitten sie Ihren Partner, sich vorzustellen, daß er Ihnen jetzt gerade in den Wehen Beistand leistet und wählen Sie aus den folgenden Sätzen die aus, die am ehesten eine positive Reaktion auslösen: »Sie findet, daß es leichter ist, wenn sie während der Wehen nicht abgelenkt wird. Bringen Sie sie bitte nicht aus ihrer Konzentration« – »Lassen Sie sie in Ruhe!« – »Hören Sie auf!« – »Ich weiß, daß sie eine natürliche Geburt möchte. Bitte fragen Sie sie erst deswegen . . .« – »Sie dürfen Ihr diese Spritze nicht geben!« – »Würden Sie bitte das Ende der Wehe abwarten und das mit ihr besprechen. Sie hat mir gesagt, daß sie gerne ohne Dolantin auskommen würde.«

Sie haben Ihre eigene Art sich auszudrücken und möchten wahrscheinlich keine Sätze aus einem Buch auswendig lernen, doch wenn Sie sich vorher überlegen, wie sie Bitten formulieren, können Sie auch mitten im aufregenden Geburtsgeschehen das gute Verhältnis zu Arzt und Hebamme aufrecht erhalten.

Ein abschließendes Wort

Wir haben viele Möglichkeiten, mit unserem Körper umzugehen, und wir können wählen, ob wir dem zustimmen wollen, was Ärzte und Hebammen ihm antun wollen. Entscheidungen können *gemeinsam* getroffen werden – die Experten sollten uns die nötigen Informationen geben und uns verschiedene Alternativen anbieten, und *wir* treffen dann die Entscheidung. Geburt ist für die Frau eng mit der Wahrnehmung des eigenen Körpers verbunden, mit ihren Beziehungen zu anderen Menschen, ihrer Rolle als Frau und ihrer eigenen Identität. Deshalb ist die Art und Weise, wie wir unser Baby zur Welt bringen, so wichtig.

Die Geburt ist wie der Tod eine grenzüberschreitende Erfahrung. Sie kann entweder eine Unterbrechung im Fluß des menschlichen Daseins sein, das wenig oder nichts mit dem leidenschaftlichen Verlangen zu tun hat, mit dem das Baby entstanden ist – oder etwas Schönes und Würdevolles. Die Geburt kann zu einem Freudenfest werden.

Anhang

Anmerkungen

[1] Es wird in diesem Buch nicht versucht, die Wahlmöglichkeit einer Hausgeburt zu diskutieren. In England bringen heute nur noch weniger als 2 Prozent der Frauen ihr Kind zu Hause zur Welt, obwohl sicher viel mehr Frauen den Wunsch hätten, wenn sie nur wüßten, wie sie eine Hausgeburt verwirklichen können. Die nötigen Informationen dazu erhalten Sie in meinem Buch »Hausgeburt, Die natürliche Alternative«, München, Biederstein, 1982.

[2] *G. Chamberlain,* »Lectures Notes on Obstetrics«, 4. Aufl., Blackwell Scientific Publications, 1980.

[3] »The use of diagnostic ultrasound imaging in pregnancy«, National Womens's Health Network, 1984.

[4] *Harold Speert,* »The Sloane Hospital Chronicle«, Philadelphia, F. A. Davis, 1963, zitiert in: Richard W. Wertz und Dorothy Wertz, »Lying-in: A History of Childbirth in America«, New York, Free Press, 1977.

[5] *Mona L. Romney und H. Gordon,* »Is your enema really necessary?«, in: British Medical Journal, 282 (1981), 1269-71.

[6] *E. A. Friedman,* »Labor, Clinical Evaluation and Management«, New York, Appleton-Century Crofts, 1967.

[7] *M. Martell u. a.,* »Blood acidbase balance at birth in neonates from labors with early and late rupture of membranes«, in: Journal of Pediatrics, 89 (1976), 963-7.

[8] Diese Abbildung ist entnommen aus: Geoffrey Chamberlain, »Lecture Notes on Obstetrics«, Oxford, Blackwell Scientific Publications, [4]1980.

[9] *Ann Cartwright,* »The Dignity of Labour«, London, Tavistock Publications, 1979.

[10] *Sheila Kitzinger,* »Some Mothers' Experiences of Induced Labour«, London, National Childbirth Trust, [2]1978.

[11] D. Richter u. a. in einem Papier zum 5. Internationalen Kongreß zur Psychosomatischen Geburtshilfe und Gynäkologie in Rom, 1977.

[12] *Sheila Kitzinger,* »Some Mothers' Experiences«, a.a.O.

[13] *Ann Cartwright,* »The Dignity of Labour«, a.a.O.

[14] *Kieran O'Driscoll,* »An obstetrician's view of pain«, in: British Journal of Anaesthetics, 47 (1975), 1053-8.

[15] *R. Caldeyro-Barcia u. a.,* »The bearing-down efforts and their effects on fetal heart rate, oxygenation and acid base balance«, in: Tagungsbericht des 1. internationalen Kongresses über Perinatale Medizin, Berlin, 1979.

[16] *Sheila Kitzinger,* »Natürliche Geburt«, München, Kösel, [4]1985, und »Bereit zur Geburt. Das Übungsprogramm mit Tonkassette«, München, Kösel, 1985.

[17] *Ian Chalmers u. a.,* »The use of oxytocin and incidence of neonatal jaundice«, in: British Medical Journal 2 (1975), 116-18.

[18] *Julius A. Roth,* »Ritual and magic in the control of contagion«, in: American Sociological Review, 22 (1957), 310-14.

[19] vgl. »Ambulante Geburt«, hrsg. von Kornelia Nacke und Jürgen Lipp, München, Kösel, 1984.

[20] Die Abbildungen 10–13 sind entnommen aus: *Janet* und *Arthur Belaskas,* »New Life«, London, Sidgwick and Jackson, 1979.

[21] *Frédérick Leboyer,* »Geburt ohne Gewalt«, München, Kösel, [4]1986.

[22] *Michel Odent,* »Erfahrungen mit der sanften Geburt«, München, Kösel, 1986.

[23] *Aidan Macfarlane,* »Die Geburt«, Stuttgart, Klett-Cotta, 1978.

[24] *Jane Gillett,* »Childbirth in Pithiviers, France«, in: Lancett II, 894, 27. Okt. 1979; *Michel Odent,* »The Evolution of Obstetrics at Pithiviers«, in: Birth and the Family Journal, 8, 1, Frühjahr 1981.

[25] *Sheila Kitzinger,* »Alles über das Stillen«, München, Kösel, [2]1986.

[26] *Marshall Klaus und John Kennell,* »Mutter-Kind-Bindung«, München, Kösel, 1983.

[27] *P. Du Chateau,* »The influence of early contact on maternal and infant behaviour in primiparae«, in: Birth and the Family Journal, 4 (1976), 149-55.

[28] *Mary Chamberlain,* »Old Wives Tales«, London, Virago, 1981, S. 154.

[29] *Penny Simkin und Carla Reinke,* »Planning your Baby's Birth«, Seattle, Pennypress, 1981.

Register